The Bear And The Nightingale

熊與夜鶯

Katherine Arden
凱薩琳・艾登　穆卓芸——譯

獻給我摯愛的母親

目錄

第三部

人物系譜

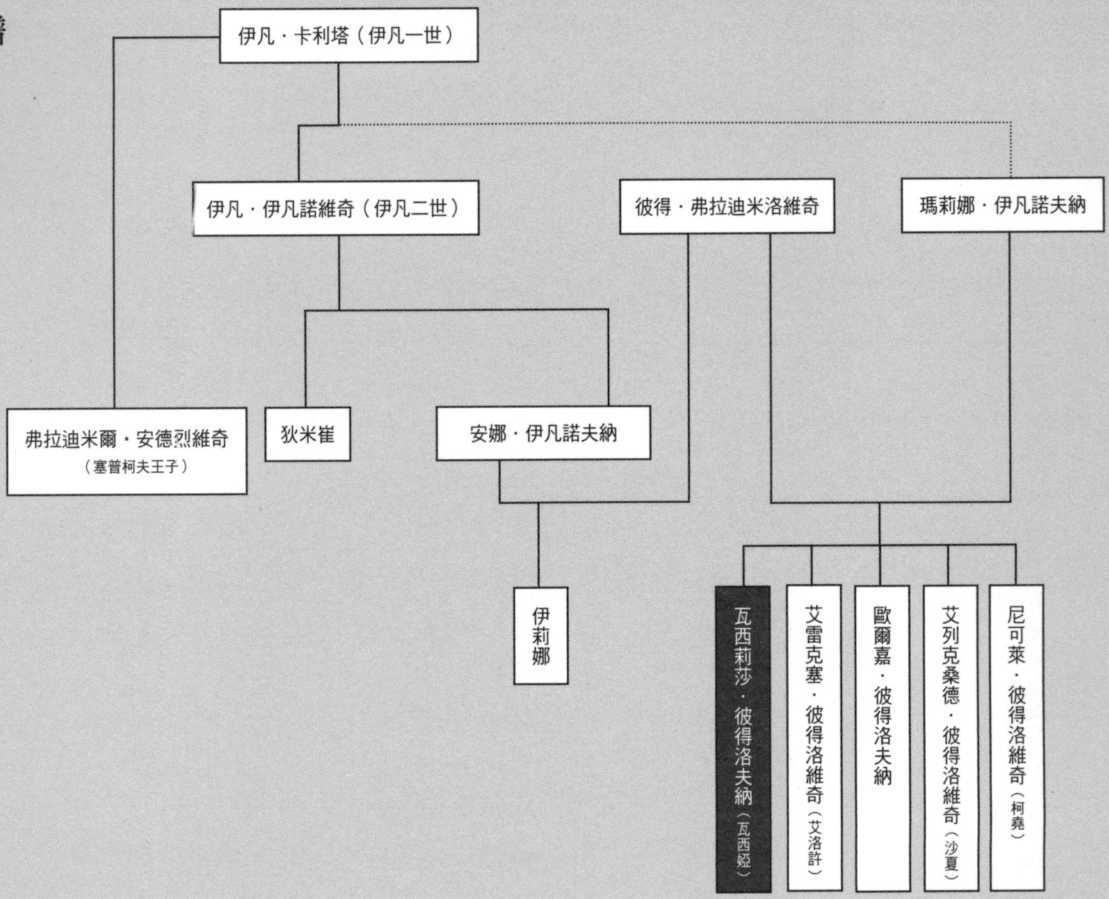
伊凡・卡利塔（伊凡一世）
伊凡・伊凡諾維奇（伊凡二世）
彼得・弗拉迪米洛維奇
瑪莉娜・伊凡諾夫納
弗拉迪米爾・安德烈維奇
（塞普柯夫王子）
狄米崔
安娜・伊凡諾夫納
伊莉娜
瓦西莉莎・彼得洛夫納（瓦西婭）
艾雷克塞・彼得洛維奇（艾洛許）
歐爾嘉・彼得洛夫納
艾列克桑德・彼得洛維奇（沙夏）
尼可萊・彼得洛維奇（柯堯）

人物介紹*

彼得・弗拉迪米洛維奇　雷斯納亞辛里亞的領主，與妻子瑪莉娜育有三男二女，處事公正。

瑪莉娜・伊凡諾夫納　彼得的妻子，當今大公伊凡二世同父異母的妹妹。

尼可萊・彼得洛維奇　小名柯堯，彼得的大兒子。

艾列克桑德・彼得洛維奇　小名沙夏，彼得的二兒子，立志成為教士，只有他能夠制伏瓦西婭。

歐爾嘉・彼得洛夫納　彼得的大女兒，家中排行第三，乖巧美麗，經大公作媒嫁入宮中。

艾雷克塞・彼得洛維奇　小名艾洛許，家中排行第四，經常和瓦西婭一起玩，暗中守護妹妹。

瓦西莉莎・彼得洛夫納　小名瓦西婭，家中排行第五，擁有一頭烏黑的頭髮，湖綠的眼睛，靜不下來，喜歡爬樹。

敦婭　照顧彼得全家多年的保母。

伊凡・伊凡諾維奇　莫斯科的大公，伊凡二世，人稱俊俏伊凡。

安娜・伊凡諾夫納　伊凡二世的女兒，性格膽小瑟縮，信仰虔誠。

坎斯坦丁・尼可諾維奇　容貌俊秀的年輕神父，擅畫聖像，深得許多女士們的青睞。

*（編按）俄國人的完整名字組成為「本名・父名・姓氏」。本書在表示全名時為「本名・父名」，其規則在於，當加上父名，男女的字尾會發生變化。男性加父名是，父名後加-vich，女性加父名則是加-vna。因此，「瓦西莉莎・彼得洛夫納」，意思是「彼得的女兒瓦西莉莎」。

海邊有棵綠橡樹；
樹上一條金鎖鏈：
博學貓在鏈上走
日日夜夜不停歇；
要哼歌兒往右繞，
要說故事向左邊。

——普希金

第一部

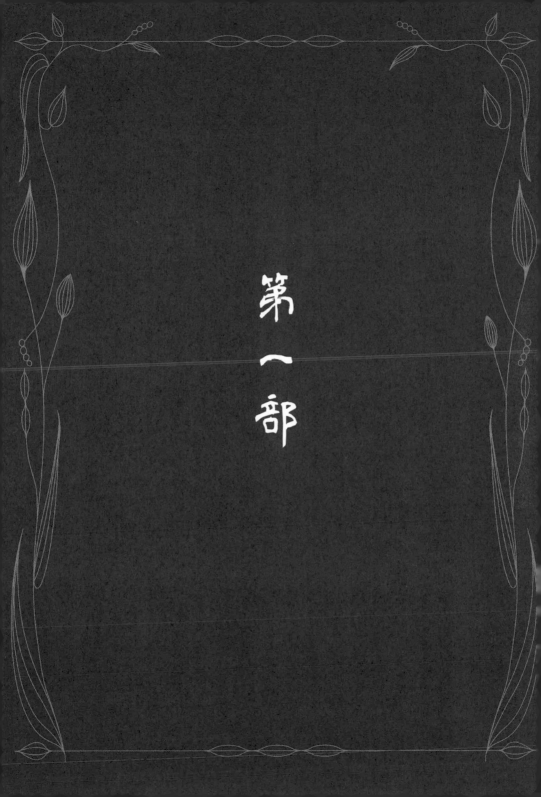

1 霜魔

羅斯[1]北部，歲入晚冬，空氣溼黏，似雨非雪，二月的銀白已然退去，換成三月的鬱灰。彼得．弗拉迪米洛維奇一家禁食六週，只吃黑麵包和酸白菜，挨餓加上溼氣，全家人都在抽鼻子。然而，沒人在乎凍瘡或鼻水，甚至也沒想著熱粥與烤肉，因為敦婭要講故事了。

這天晚上，老婦人坐在最適合講故事的地方，廚房爐灶[2]邊的長椅上。巨大的火泥爐灶比人還高，大得能輕鬆塞下弗拉迪米洛維奇家的四個小孩。除了煮飯、溫暖廚房、讓病人做蒸氣浴，平坦的灶頂還能睡人。

「今晚你們想聽什麼故事？」敦婭問。彼得的孩子們面朝她坐在小凳子上，灶火烘得她背暖洋洋的。這些孩子都愛聽故事，連一心向神的老二沙夏也一樣。不論誰問他，沙夏總說自己更想禱告。然而教堂太冷，屋外雨雪又大，沙夏探頭出去很快就溼了臉，只能黯然放棄，坐在離大家都有點遠的凳子上，臉上擺著不得已的冷漠。

其他孩子聽到敦婭一問，立刻七嘴八舌：

「我要聽獵鷹芬尼斯特的故事！」

「灰狼伊凡！」

「火鳥！我要聽火鳥！」

小艾洛許站在小凳上拚命揮手，想蓋過哥哥姊姊的聲音。家裡的獵豬犬抬起爬滿疤痕的大腦袋，望著眼前的吵鬧。

敦婭還沒回答，門啪地開了，狂風剎時從外頭吼了進來。只見一名女子站在門口，甩掉長髮上的水珠，臉龐凍得發亮，身子比自己的孩子還瘦。灶火照得她臉頰、喉嚨和太陽穴暗影斑駁，深邃的眼眸火光熊熊。她俯身一把抱起撲來的艾洛許。

小不點興奮尖叫：「媽媽！瑪邱席卡！」

瑪莉娜．伊凡諾夫納一屁股坐在小凳子上，朝爐灶拉近了點。艾洛許依然窩在她懷裡，拳頭抓著她的辮子。瑪莉娜打了個寒噤，但隔著厚衣服並不明顯。「希望累壞的母羊今晚能夠順利生產，」她說：「否則你們的老爸恐怕回不來了。妳在說故事嗎，敦婭？」

「我在等哪時能靜下來。」老婦人酸溜溜地說。很久很久以前，她也曾為瑪莉娜接生過。

「我要聽故事，」瑪莉娜立刻說道。她聲音很輕，但眼神幽暗。敦婭狠狠瞥了她一眼。風在屋外嗚咽。「我要聽霜魔的故事，敦婭席卡，跟我們說冬王卡拉臣的故事。今晚他就在外頭，氣惱雪融了。」

一聽這名字，敦婭沒有說話，年紀較大的孩子則是面面相覷。在羅斯，霜魔名叫莫羅茲科，是

1　羅斯：羅斯人來自北歐，九世紀時受雇於交戰的斯拉夫人和芬蘭部落，從而建立留里克王朝，之後更占據了現今的烏克蘭、白俄羅斯和西俄羅斯，於是這些地區及其居民便以這群征服者為名。羅斯一詞延續至今，許多俄國和白俄羅斯的人名均可見到。（編按：全書注釋為作者原注。）

2　爐灶：俄國的爐灶（英文拼作pech）體積龐大，十五世紀時普遍用於加熱室內與烹飪，其煙道系統能確保發熱均勻，一家人冬天時通常睡在灶上，以保持身體溫暖。

冬天之魔，但很久以前的人都叫他死神卡拉臣。卡拉臣是黑暗嚴冬之王，夜裡專抓壞小孩，把他們變成冰柱。他的名字是忌諱，誰在他掌管大地時說溜嘴，就會招來厄運。瑪莉娜緊緊抱住兒子，艾洛許扭動身軀，拉了拉母親的辮子。

「好吧，」敦婭猶豫片刻之後說：「我就來說莫羅茲科的故事，說說他的慈祥與殘酷。」她特別強調是莫羅茲科，這個名字很安全，不會帶來厄運。瑪莉娜冷笑一聲，扳開兒子的雙手。其他孩子都沒反對，儘管這個故事很老，他們已經聽過很多次，但用敦婭那渾厚清晰的嗓音說出來，總是百聽不膩。

「從前從前，在某個王國——」敦婭起了頭，隨即停下來兇巴巴地瞪著艾洛許。艾洛許在母親懷裡扭個不停，發出蝙蝠般的尖叫。

「噓！」瑪莉娜輕斥一聲，將辮尾塞回兒子手裡，讓他繼續玩。

「在某個王國，」老婦人嚴肅地重說一次。「住著一位農夫，他有一個非常漂亮的女兒。」

「她名字呢？」艾洛許喃喃說道。他已經大到懂得挑戰童話的權威，問清楚故事細節。

「她的名字叫做瑪琺，」老婦人說：「小瑪琺跟六月的陽光一樣美，而且心腸好又勇敢。但瑪琺沒有母親。她母親在她出生後不久就死了。雖然父親後來又娶了妻子，但她還是像沒了母親的孤兒一樣，因為繼母雖然能幹，會做好吃的蛋糕，又會織衣服和釀克瓦斯酒[3]，心腸卻很冷酷。她討厭善良美麗的瑪琺，什麼好東西都只給自己那懶惰的醜女兒。為了讓瑪琺變醜，她把最苦最累的家事都交給她，想讓瑪琺雙手變粗，彎腰駝背，滿臉皺紋。但瑪琺是個堅強的女孩，說不定還懂一點魔法，因為她不但毫無怨言做完所有家事，還變得愈來愈美。」

「那位繼母——」敦婭見艾洛許張開嘴巴，趕緊接著說：「達婭．尼可拉夫納見自己無法讓瑪琺變老或變醜，便決定徹底甩掉這個女兒，於是某年寒冬，她對自己的丈夫說，『老公啊，我覺得瑪琺應該嫁人了。』

「瑪琺正在伊斯巴[4]裡煎餅，轉頭一臉驚喜望著繼母，因為繼母除了批評從來不曾關心過她，但她的歡喜很快就轉成驚詫。

「達婭接著說道，『我已經替她找好對象，就用雪橇把她送進森林，嫁給冬王莫羅茲科吧。像她這樣的黃花閨女，還有比他更好、更有錢的新郎嗎？哎呀，他可是掌管白雪、黑杉和銀霜的君主呢！』

「農夫——他叫波里斯．波里索維奇——驚恐萬分望著老婆。他很愛女兒，而且沒有哪個人類女孩禁得起冬王冰冷的擁抱。然而，達婭或許也懂一點魔法，因為她的丈夫就是無法反對她。波里斯哭著讓女兒坐上雪橇，載她到森林深處，將她留在一棵杉樹下便離開了。

「女孩孤零零坐了很久，身體不停顫抖，愈來愈冷，最後總算聽見巨大的喀擦聲和枝葉折斷的聲響。她抬頭看見霜魔彈著手指，在林子裡蹦蹦跳跳朝她奔來。」

「所以他長什麼樣子？」歐爾嘉問道。

敦婭聳聳肩。「他的長相眾說紛紜，有人說他是杉林間一道呼嘯的冷風，有人說他是駕著雪橇的老人，雙手冰冷，兩眼炯炯有神，還有人說他是正值壯年、白衫白袍的戰士，手拿冰製的武器，沒有人曉得。但瑪琺感覺有東西朝她靠近，一道刺骨強風掃過她的臉龐，讓她冷到極點。接著霜魔對她說話了，聲音有如寒風和落雪：『小姑娘，妳身子還暖和嗎？』

---

3 克瓦斯：以黑麥麵包製成的發酵飲料。

4 伊斯巴：農舍，木造小屋，通常有木頭雕飾，複數為**伊斯比**。

「瑪珐家教很好，從來不抱怨，因此她說：『還暖和，謝謝，霜魔大人。』惡魔一聽就笑了，寒風立刻吹得更強，高高的樹木全在哀號。霜魔又問：『現在呢？有沒有更暖和一點，親愛的？』瑪珐雖然冷得快要說不出話，還是回答：『很暖和，我很暖和，謝謝。』狂風在她頭頂上方齜牙咆哮，呼呼作響，可憐的瑪珐感覺皮膚都快被扒掉了。但霜魔這回不再笑了。他再次問：『暖和嗎，親愛的？』瑪珐眼前發黑，努力動著凍壞的嘴唇說：『嗯……很暖和。我很暖和，霜魔大人。』

「霜魔對女孩的勇氣充滿敬佩，又心疼她的痛苦，便用藍色的織錦裹住她，將她放上雪橇，載著她離開森林回到她家門前。瑪珐下了雪橇，織錦還在身上，腳邊多了一大箱寶石、金子與銀飾。波里斯見到女兒回來，不禁歡喜落淚，但達婭和她女兒見到瑪珐一身華麗，容光煥發，還帶了王子送給她的嫁妝，母女倆都氣壞了，於是達婭便對丈夫說：『老公，快點讓麗莎坐上雪橇，霜魔送給我寶貝女兒的禮物絕對要比瑪珐多一百倍！』

「儘管波里斯心裡反對這件蠢事，還是讓麗莎坐上雪橇。那女孩穿著上好的禮服和厚厚的皮大衣，由父親載到森林深處的同一棵衫樹下。她一樣坐了很久，雖然穿著皮大衣，還是愈來愈冷，最後終於看見霜魔扳著手指，哈哈笑著從林間奔來。他蹦蹦跳跳到麗莎面前，朝她臉龐吹了口氣，呼出一道北方來的刺骨寒風，笑嘻嘻地問：『親愛的，還暖和嗎？』麗莎抖著身體說：『當然不暖和，你這個蠢人！你難道沒看到我快凍死了嗎？』

「寒風吹得更兇，在他倆身旁捲起淒厲的旋風。霜魔頂著風聲問道：『現在呢？夠暖和嗎？』女孩尖叫回答：『傻蛋！怎麼可能？我冷死了！從小到大從來沒這麼冷過！我在等我的新郎，但霜魔那個笨蛋就是沒來。』霜魔一聽，眼神冷硬如石，伸手掐住女孩的喉嚨，彎身在女孩耳邊說道：『現在夠暖和了嗎，小姑娘？』但女孩無法回答，因為他一碰到她，她就倒在雪裡凍死了。

「達婭在屋裡來回踱步，焦急等待。至少兩箱金子，她摩挲雙手喃喃自語，還有絲絨婚紗和上等羊毛織成的床毯。波里斯一言不發。夜幕低垂，女兒還是沒有回來。最後，達婭要丈夫去森林接她，再三叮囑他要把財寶箱固定好。波里斯隔天清晨回到他放下女兒的衫樹下，卻沒見到財寶箱，只有倒在雪裡已經斷氣的麗莎。

「波里斯沉痛地抱起女兒，載她回家。達婭衝到屋外大喊，『麗莎，好女兒，妳回來啦！』

「接著達婭看見女兒的屍體蜷縮在雪橇尾端，霜魔就在這時出現，用手指戳了她的心臟，達婭也立刻倒地而亡。」

屋裡一陣欣慰的沉默。

歐爾嘉憂愁地說：「那瑪琺呢？她嫁給他了嗎？嫁給霜魔？」

「果然冰死人。」柯堯冷笑嘰咕了一句。

敦婭狠狠瞪他一眼，但不打算回他。

「嗯，沒有吧，歐爾嘉，」她對女孩說：「我想沒有。冬天要人類女孩做什麼？她應該帶著全羅斯最好的嫁妝，嫁給有錢農夫了吧。」

這結局一點也不浪漫。歐爾嘉正想抗議，但敦婭已經要睡了。她緩緩起身，骨頭吱嘎作響。爐灶頂大得像床，老人、小孩和病人都躺過。敦婭鋪好床，讓艾洛許和她一起睡。

其他孩子吻別母親。孩子們離開後，瑪莉娜站起來。雖然穿著冬衣，敦婭還是看出她變得好瘦，讓她心頭一痛。**春天就要來了**，老婦人安慰自己，**森林將再次翠綠**，**母獸也會開始產奶。我會做蛋派、凝乳和烤野雞給她，陽光也會還她往昔的光彩**。

然而，看著瑪莉娜的眼神，老婦人有種不好的預感。

2 巫婆的孫女

小羊終於出生了。纖纖弱弱、溼漉漉的，有如淋雨發黑的枯木。母羊義無反顧地舔起小傢伙，很快牠便踩著小小羊蹄搖搖晃晃站起來。「是小男生，」彼得．弗拉迪米洛維奇對母羊說，自己也站起來。他腰才挺直，背就痛得發出抗議。「但妳可以選別晚嗎？」外頭狂風咬牙切齒，母羊意興闌珊地搖了搖尾巴。彼得咧嘴笑著走出羊圈。很棒的小公羊，在冬末的風雪中誕生。這是好預兆。

彼得．弗拉迪米洛維奇是位好領主、好波亞[5]，擁有大片肥沃土地和許多農人為他幹活，是他決定要在這樣的夜裡替母羊接生。不過，每回牲畜有新成員，他都會在場，往往由他親自血染雙手，迎接小生命降臨。

雨雪已經停了，夜空逐漸清澈，幾顆頑強的星星從雲層間露臉。彼得關上羊圈的門走進前院，雖然天氣已經由冷轉溼，冬雪還是掩蓋了他家的屋簷，只有斜屋頂和煙囪逃過一劫，還有屋子周圍的地面也沒有雪，被家裡的男丁努力剷光了。

屋子分成夏冬兩房。夏廂窗戶寬闊，還有開放式的壁爐，但入冬就會關閉，此刻埋在雪裡，被霜凍住，像是廢棄一般。冬廂有著大爐灶和小小的高窗，煙囪總是輕煙裊裊。每年一到堅凍，彼得就會用冰磚抵住窗框，既能阻絕寒冷，又能讓光進來。這會兒他妻子房裡爐火閃閃，窗戶的光有如金條映在雪上。

彼得想到妻子，不禁加快了腳步。瑪莉娜聽到小羊出生一定很開心。外屋間的走道有屋頂，地上鋪著木材，抵擋雨、雪和泥濘。破曉一陣雨雪斜斜掃入走道，弄溼了木材又結凍，踩上去很危險。霧水低壓壓的，夾雜著痘疤般的雨雪，但彼得的毛氈靴踩在冰上又實又穩。他走進鼾聲微微的廚房，用杓子舀水清洗黏滑的雙手。灶頂上的艾洛許翻了個身，在夢裡喃喃自語。

他妻子的房間很小，以便抵擋霜寒，不過很明亮，而且以北羅斯的標準來說算是相當豪華。木牆上覆著織布，美麗的地毯是她的嫁妝，從沙皇格勒[6]千里迢迢運送過來，木凳子精雕細琢，毛茸茸的狼皮和兔皮毯隨意堆放。

角落的小火灶火光熊熊，瑪莉娜還沒睡，裹著羊毛白袍坐在火旁梳頭。雖然生了四個孩子，她的及膝秀髮依然又濃又黑，加上好心的火光，感覺就和彼得多年前娶回家的新娘沒有兩樣。

「生了嗎？」瑪莉娜說完放下梳子，開始紮辮子，眼睛依然盯著火爐。

「嗯，」彼得心不在焉地說。房裡暖洋洋的，他脫下卡夫坦長袍接著說：「生了一頭漂亮的小公羊，母羊也很好——是好兆頭。」

瑪莉娜露出微笑。

「真好，我們正需要運氣，」她說：「我懷孕了。」

彼得上衣脫到一半，聽到這話愣住了，嘴巴開了又閉起來。是有可能沒錯，只是這年紀懷孕有

5　波亞：基輔羅斯貴族及後來的莫斯科貴族，地位僅次於王公（knyaz）。

6　沙皇格勒：沙皇之城，即君士坦丁堡。

點大，而且這年冬天她變得好瘦……

「又有了？」他一邊說著一邊直起身子，將上衣放在一旁。

瑪莉娜聽出他語帶苦惱，笑容裡多了幾分酸楚。她用皮繩綁好辮尾，接著才說：「是啊，」她將辮子甩到背後。「是女孩，秋天生。」

「瑪莉娜……」

她聽出丈夫話裡的意思。「我要生，」她說：「我要生下她。」喃喃道：「我要一個像我母親那樣的女兒。」

彼得皺起眉頭。瑪莉娜從來不曾提起她的母親，而敦婭從莫斯科就跟著瑪莉娜，也幾乎絕口不提她。

傳說伊凡一世在位期間，有一名衣衫襤褸的女孩騎著高大的灰馬，隻身進了克里姆林[7]的大門。雖然她又餓又髒又累，傳言還是緊緊跟隨在她腳邊。人們說她舉止優雅，眼睛和羽衣仙女一樣美。最後傳言終於飄到大公[8]耳中。「帶她來見我，」伊凡一世略感興趣地說：「我還沒見過羽衣仙女。」

伊凡・卡利塔心腸冷酷，野心勃勃，狡黠聰明又貪得無厭。他必須這樣才能倖存下來，因為莫斯科對自己的大公毫不留情。然而，事後據波亞們說，伊凡一見到那女孩就呆住了，愣了整整十分鐘，還有人更信誓旦旦，說伊凡走到那女孩面前牽起她的手時，眼裡甚至泛著淚光。

伊凡當時已經兩度喪偶，長子比他年輕的新歡還大，不過一年後他還是娶了這位神祕女孩。然而，就連王公也無法平息傳言。王妃從來不說自己來自何方，自始至終不肯透露。侍女們竊竊私語，說她能馴服動物、夢見未來、呼風喚雨。

❄

彼得抓起外衣掛在火爐附近。務實的他向來對傳言嗤之以鼻，但妻子病懨懨坐在爐邊望著火光，房裡只有火焰晃動，將她的手和喉嚨鍍成金黃。她的模樣讓彼得心神不寧，在木頭地板上來回踱步。

自從弗拉基米爾大公[9]用第聶伯河替基輔施洗，拖著舊神遊街之後，羅斯就成了基督教國家。但由於領土遼闊，所以改宗緩慢，即便修士進駐基輔五百多年，羅斯依然充滿未知的力量，其中一些就顯現在神祕王妃的通徹眼眸裡，讓教會深感不安。於是在主教堅持下，王妃的獨生女瑪莉娜遠嫁給嘯風荒野上一名波亞，從莫斯科必須跋涉多日才能到達。

彼得時常感謝天賜好運，讓他娶到如此美貌與智慧齊備的妻子。兩人彼此相愛，但瑪莉娜絕口不提自己的母親，彼得也從沒問起。長女歐爾嘉是普通女孩，乖巧漂亮，他們不需要再添一個女兒，尤其是繼承神祕外婆傳說中魔力的女孩。

「妳確定身體負荷得了？」彼得終於打破沉默：「艾洛許已經是個意外，而且還是三年前的事

---

7 克里姆林：俄國大城市中央的宮城（外圍有城牆的建築群），雖然現在克里姆林專指俄國最有名的宮城，亦即莫斯科的克里姆林宮，但其實俄羅斯各大古城都有克里姆林。

8 大公：中世紀俄羅斯各大公國（諸如莫斯科、特維爾或斯摩稜斯克）的統治者，「沙皇」一詞直到西元一五四七年恐怖伊凡加冕時才開始使用。

9 弗拉基米爾大公：西元九八九年，基輔羅斯時期，將東正教立為國教。（編按）

了。」

「我確定，」瑪莉娜轉頭望著丈夫，手掌緩緩握拳，但他沒有發現。「我會把她生下來。」

房裡一陣沉默。

「瑪莉娜，妳母親那樣……」

她牽著丈夫的手站起來。彼得伸手摟住她的腰，感覺她身體一僵。

「我不曉得，」瑪莉娜說：「她擁有我缺乏的天賦。我還記得莫斯科那些貴族是如何竊竊私語，但魔法是我母親族裡女性與生俱來的權利，歐爾嘉比較像是你的女兒，而不是我的。但這孩子——」她伸手比劃搖籃的形狀。「會不一樣。」

彼得將妻子抱得更緊一點，瑪莉娜突然緊摟住他，心跳砰砰打在他的胸膛。彼得懷裡有她的體溫，聞到她在浴室裡洗淨的秀髮淡淡飄香。**這麼晚了**，彼得心想，**何苦現在傷神呢？**女人的天職就是生兒育女。瑪莉娜已經給了他四個孩子，不過當然還能再生一個。要是這孩子有些奇特——反正船到橋頭自然直。

「那就在肚子裡把她養得健健康康的吧，瑪莉娜．伊凡諾夫納。」他說。瑪莉娜背對火光，彼得看不到她破涕為笑。他抬起妻子的下巴吻了她，瑪莉娜喉嚨脈搏猛跳，她是那麼消瘦，裹著厚袍宛如雛鳥般柔弱。「睡吧，」他說：「明天有羊奶可喝，母羊應該會剩一點。妳要多為寶寶想，讓敦婭烤給妳喝。」

瑪莉娜緊挨著他。彼得彷彿熱戀中的少年將她一把抱起，轉著圈圈。瑪莉娜摟著丈夫的脖子開懷大笑，目光有一瞬間從他臉上移開，飄向熊熊火光，彷彿她在火裡讀到未來。

❄

「拿掉吧，」隔天早上敦婭說道：「管妳懷的是女孩、王子或古代先知，都別生下來。」清晨時分，雨雪又來了，再次在屋外怒吼呼嘯。兩名女人在爐灶邊縮著身子，一邊取暖一邊就著火光縫縫補補。敦婭氣沖沖地穿著針。「妳沒那個體重和力氣生孩子，懷孕只會殺了妳，愈早拿掉愈好。妳已經幫丈夫生了三個男孩，自己也有了一個女兒，幹嘛再生一個？」敦婭在莫斯科就是瑪莉娜的保母，之後隨她住進彼得家，幫她拉拔四個小孩長大，想說什麼沒有人攔得了她。

瑪莉娜帶著幾分嘲弄淺淺一笑。「妳這麼說，敦婭席卡，」她說：「西蒙神父會怎麼講？」

「西蒙神父又不會死在產褥上，對吧？可是妳，瑪邱席卡……」

瑪莉娜默默望著手裡的針線活兒不說話，但當她抬頭望著保母細長的雙眼，臉卻慘白如水，敦婭感覺都能看到脖子裡的血管了，讓她不禁打了個寒顫。「孩子，妳看到什麼了？」

「沒事。」瑪莉娜說。

「拿掉吧。」敦婭說，幾乎是求她了。

「敦婭，我非生下她不可。她會和我母親一樣。」

「妳母親！妳說那個獨自騎馬走出森林的邋遢女孩？受不了拜占庭宮廷裡的生活而形銷骨立的女人？妳難道忘了她變成多麼晦氣的醜婆子了嗎？戴著面紗搖搖晃晃進教堂，躲在自己房裡吃得又肥又圓，兩眼無神？妳母親。妳真希望自己的孩子變成那樣？」

敦婭像是烏鴉叫似的，嗓子都啞了。因為她還記得那女孩走進伊凡的皇宮，想到就鼻酸。那麼茫然、柔弱，卻又美得驚人，渾身罩著奇蹟，讓伊凡看癡了。王妃——唉，或許他曾帶給她安穩，至少些許，但他們讓她住在女子廂房，穿著厚重的織錦，給她聖像、奴婢和上好的燉肉。那煥發的容顏、令人屏息的光彩就這麼漸漸黯淡。早在她入土為安之前，敦婭就已經哀悼她的逝去了。

瑪莉娜苦笑搖頭。「不希望，但妳還記得從前嗎？妳跟我說了許多故事。」

「她施了好多美妙的魔法和奇蹟。」敦婭恨恨地說。

「我只得到一點點天賦，」瑪莉娜沒有理會年邁的保母，接著往下說。敦婭了解瑪莉娜，聽出她語氣裡的遺憾。「但我女兒會比我強。」

「就為了這個理由，妳要讓那四個孩子沒有母親？」

瑪莉娜放下手邊的活兒。「我——不是。對，如果真是那樣的話。」她聲音幾不可聞。「但我有可能活下來。」瑪莉娜抬頭說：「妳會答應我好好照顧他們的，對吧？」

「瑪邱席卡，我老了。我可以答應妳，但我死後……」

「他們會沒事的。他們——他們非這樣不可。敦婭，我看不到未來，但我會活著看她出生。」

敦婭在胸前比了十字，不再說話。

3 乞丐與陌生人

瑪莉娜陣痛那天，十一月第一道狂風吹得光禿的樹木沙沙搖晃，疾風夾雜著嬰兒的第一聲啼哭呼嘯而來。瑪莉娜微笑望著出生的女兒，對彼得說道：「她叫瓦西莉莎，我的瓦西婭。」

清晨風停了，瑪莉娜輕輕吐了口氣，溘然而逝。

妻子下葬那天，彼得面色鐵青，白雪紛紛有如眼淚。小女娃從頭到尾都在大哭，有如哀號的風魔。

那年冬天，屋裡隨時迴盪著女娃的啼哭。敦婭和歐爾嘉不止一次束手無策，因為她是那麼瘦小蒼白，瞪著大眼，手腳孱弱。柯堯不止一次半認真地揚言要將妹妹扔出屋外。

但冬天過去，女娃活了下來。她不再號哭，靠著農婦的奶水愈長愈壯。

時光如落葉飛逝。

某個天氣和她誕生那天類似的早晨，冬天才剛要露出牙尖，瑪莉娜的黑髮小女兒溜進冬廂的廚房，雙手摁在爐灶頂上，兩眼閃閃發光，拉長了脖子想看個究竟。敦婭正從灰燼裡撈蛋糕，屋子裡滿是蜂蜜的香氣。「蛋糕好了嗎，敦婭席卡？」女孩探頭到爐灶裡說。

「快了，」敦婭一邊說著一邊將女孩往後拉，免得她頭髮著火。「妳要是能乖乖坐在凳子上縫妳的上衣，瓦西婭，待會兒就能吃一整塊蛋糕。」

瓦西婭想到蛋糕，立刻乖乖回到凳子邊。餐桌上已經擺了一疊蛋糕在放涼，棕色外皮沾了幾許灰燼，小女孩望著蛋糕，其中一塊突然崩了角，露出仲夏陽光般的金黃內裡，微微冒著熱氣。瓦西婭嚥了嚥口水，早上吃的熱粥彷彿是幾百年前的事情。

敦婭警告似的瞪了她一眼。瓦西婭乖乖閉起嘴巴，繼續縫上衣，可是衣服的裂口好大，她肚子好餓，她平常就沒什麼耐心，何況現在。只見她針腳縫得愈來愈寬，有如老人齒間的縫隙，終於忍不住放下衣服，溜到熱騰騰的蛋糕旁，伸手就能摸到。敦婭正背對桌子彎腰盯著爐灶，什麼都看不到。

小女孩繼續悄悄靠近，有如鎖定蟋蟀的小貓，接著突然伸手一抓，三塊蛋糕瞬間消失在她的亞麻袖子裡。敦婭猛地轉身，瞥見女孩的臉。「瓦西婭——」她開口正想罵人，但嚇到的瓦西婭已經笑著躍過門檻，跑到陰霾的屋外了。

秋去冬來，灰褐色的田野上全是收割後的殘株與稀疏白雪。瓦西婭一邊啃著蜂蜜蛋糕，一邊想著要躲到哪裡。她跑過前院，穿過農人的小屋，出了鐵柵門。天氣很冷，但瓦西婭毫不在意。她是寒冬出生的。

瓦西莉莎．彼得洛夫納是隻醜小鴨，身體瘦得像蘆葦，長手指，大腳丫，眼和嘴大得不成比例。歐爾嘉都叫她青蛙，完全不把她看在眼裡。但小女孩的眼睛綠得像夏天暴風雨中的森林，嘴巴甜得像蜜，明明很理智，而且聰明，但偶爾就是會犯傻，想出一些魯莽的點子，讓家人面面相覷，不曉得她為何要這樣。

收成後的黑麥田邊，有一墩翻過的土在零星的白雪旁，昨天還沒有。瓦西婭決定過去瞧瞧。她一邊跑著，鼻子裡聞到風味，知道今晚會下雪。烏雲有如溼漉漉的羊毛掛在樹梢上。

到了土墩她往下一看，只見一名長得像是彼得翻版的九歲男孩正在大坑裡挖結霜的土。

「你在幹嘛，艾洛席卡？」她滿嘴蛋糕這麼問。

艾洛許倚著鏟子，瞇著眼睛對她說：「妳覺得咧？」他很喜歡這個妹妹，你叫她做什麼都行，簡直跟弟弟一樣棒。但他比她大了快三歲，不能讓她沒大沒小。

「不知道，」瓦西婭邊吃邊說：「要不要吃蛋糕？」她將剩下的半塊蛋糕遞出去，心裡有點後悔。這塊最順口，最沒沾到灰。

「拿來。」艾洛許放下鏟子伸出髒兮兮的手，但瓦西婭站在他搆不著的地方。

「先跟我說你在做什麼。」她說。艾洛許怒目而視，瓦西婭瞇著眼作勢要吃，於是他讓步了。

「我在蓋碉堡，」他說：「這樣韃靼人來的時候，我就能躲在這裡，用箭把他們射成豪豬。」

瓦西婭沒見過韃靼人，也不曉得碉堡需要多大才能抵擋韃靼人，但她還是狐疑地望著土坑說：「看起來不怎麼大。」

艾洛許白眼一翻說：「所以我才在挖呀，把洞挖大一點，妳這蠢人。好了，蛋糕拿來。」

瓦西婭手伸到一半突然停住。「我也要挖洞用箭射韃靼人。」

「不行，妳沒辦法。妳又沒弓箭和鏟子。」

瓦西婭一臉氣憤。艾洛許七歲生日那天得到一把刀和一副弓箭，而她求了一年還是什麼都沒拿到。「無所謂，」她說：「我可以用樹枝挖土，爸爸之後會給我弓箭。」

「才怪，他才不會給。」瓦西婭把蛋糕給他之後，還是去找樹枝了，而他也沒有反對。兩人默默聯手挖了幾分鐘。

但用樹枝挖土很快就無聊了，就算不時跳起來看韃靼惡魔來了沒也一樣。瓦西婭心裡開始盤算，不曉得能不能說服艾洛許別再蓋碉堡，跟她一起去爬樹。這時，一道陰影忽然遮住坑頂上方。

只見姊姊歐爾嘉氣喘吁吁，氣沖沖地站在洞口，顯然是從灶火旁被叫來找亂跑的弟弟妹妹。她低頭瞪著他們說：「泥巴都沾到眉毛上了，敦婭會怎麼說？爸爸──」她話還沒說完，就看見兩個小鬼像受驚的鷓鴣鑽出坑外，可惜艾洛許手腳較慢，被姊姊一個箭步從背後抓個正著。

瓦西婭手長腳長，行動敏捷，而且她寧願被罵也想安安靜靜享受最後一點蛋糕，因此她頭也不回地往前跑，有如野兔奔過光禿禿的田野，歡呼著閃過殘株，直到身子隱沒在午後森林裡，留下氣喘吁吁的歐爾嘉和被她揪著領口的艾洛許。

「妳為什麼老抓不到**她**？」艾洛許被姊姊拽著往家裡走，忿忿不平地說：「她才六歲。」

「因為我不是不死的卡謝伊，」歐爾嘉沒好氣說：「也沒有跑得比風快的馬。」

回到廚房，歐爾嘉將艾洛許扔在灶旁，對敦婭說：「我抓不到瓦西婭。」老婦人抬頭翻了翻白眼。瓦西婭只要不想被抓，就很難被逮到，只有沙夏有辦法。於是敦婭決定拿縮在一旁的艾洛許出氣。她扒光他的衣服，拿布沾水幫他擦身子──艾洛許覺得那布一定是蕁麻做的──再換上乾淨的衣服。

「搞什麼，」敦婭幫男孩擦澡，嘴裡唸唸有詞：「我下回一定告訴你爸爸，讓他罰你拉手推車、砍柴和堆肥一個冬天。搞什麼，弄得全身髒兮兮，還挖洞──」

敦婭還沒罵完就被打斷了。艾洛許的兩個哥哥大步走進廚房，高大的身體飄著柴煙和牲畜的氣味。他們跟瓦西婭不一樣，完全不耍小把戲，直接拿起蛋糕一口塞進嘴裡。「起南風了，」小名柯堯的長子尼可萊．彼得洛維奇嚼著蛋糕，口齒不清地對妹妹說。歐爾嘉已經恢復平日的文靜，坐在爐灶旁織衣服。「今晚應該會下雪。我們好不容易才把牲畜趕回欄裡，屋頂也弄好了。」柯堯將溼透的靴子扔在灶火旁，一屁股坐在凳子上，順手又拿了一塊蛋糕。

歐爾嘉和敦婭瞪了靴子一眼，臉上同時露出不悅，只見乾淨的爐灶被結凍的泥巴濺得斑斑點點。歐爾嘉在胸前劃十字。「要是天氣變了，明天全村一半的人都會生病，」她說：「希望爸爸能在下雪前回來。」她皺著眉頭數起縫線。

彼得家的老二沒有說話，默默放下挾著的柴薪將蛋糕吞進肚子，接著走到門對面角落的聖像前跪了下來。他在胸前比了十字，起身吻了聖母瑪利亞像。「沙夏，你又在禱告了？」柯堯嘻皮笑臉說：「祈禱雪別太大，爸爸不會著涼。」

老二聳聳削瘦的肩膀。他有一雙嚴肅的大眼，睫毛像女孩般又濃又密。「我是在禱告沒錯，柯堯，」他說：「你也可以試試看。」他輕輕走到灶前，脫下潮溼的襪子，溼羊毛的嗆鼻臭味頓時跟泥巴、捲心菜和牲畜的味道混在一起。沙夏和馬群相處了一整天，歐爾嘉皺了皺鼻子。

柯堯無動於衷，繼續檢查其中一隻溼掉的厚毛靴，發現毛皮處脫線。他嫌惡地咕了一聲，將它扔回另一隻靴子旁。兩隻靴子開始冒氣。爐灶聳立在四人面前，敦婭在煮晚餐的燉肉，艾洛許有如守著老鼠洞的貓兒盯著鍋子。

「敦婭，剛才是怎麼了？」沙夏問。他進廚房時正好聽見她在訓人。

「瓦西婭。」歐爾嘉一句帶過，接著跟哥哥交代蜂蜜蛋糕和小妹躲進森林裡的前因後果。她邊說邊織衣服，淺笑中帶著一絲懊悔。她夏天大快朵頤留下的豐滿還在，臉和身體都圓潤得可愛。

沙夏笑了。「哎，瓦西婭餓了就會乖乖回來了。」他說，轉頭關心更重要的事：「敦婭，鍋子燉的是狗魚嗎？」

「丁鱖，」敦婭沒好氣地說。「今天破曉歐雷格拿了四條來。你們那個怪胎妹妹個子那麼小，不該在森林裡遊蕩。」

沙夏和歐爾嘉對看一眼，聳聳肩沒說什麼。瓦西婭一會走就開始往森林跑，總是要到晚飯前才會像貓一般踩著靴子輕手輕腳回來，而且一定帶著一把松果賠罪，愧疚地紅著臉。

這回他們倆都錯了。虛有其表的太陽從天空滑落，樹影拉得好長好長。最後是彼得．弗拉迪米洛維奇先回來，手裡抓著一隻斷了脖子的雌雉走進屋裡，而瓦西婭還沒有回來。

❄

初冬的森林安安靜靜，樹木間的雪變厚了。瓦西莉莎．彼得洛夫納對眼前的自由半是愧疚、半是欣喜，將剩下的半塊蜂蜜蛋糕放在冰冷的樹枝上，一邊吃著一邊聆聽森林的微鼾。「我知道雪來了你就會睡覺，」她大聲說道：「你不能醒來一下嗎？你看，我有蛋糕。」她拿起證據（這會兒只剩碎屑）舉到胸前，彷彿在等候回答。除了沙沙拂過樹木的微風，沒有人出現。

瓦西婭聳聳肩，用手指沾起蛋糕碎屑吃了，接著在林子裡跑了一會兒，想蒐集些松果。但松果都被松鼠吃了，而且森林很冷，就算對一個在森林出生的女孩也是如此。最後，瓦西婭終於良心發現，拍拍身上的冰和樹皮打道回家。森林裡暗影幢幢，變短的白晝一下成了黑夜。瓦西婭加快腳步。她回去肯定會被臭罵一頓，但敦婭會替她準備好晚餐。

跑著跑著，她忽然皺眉停下。灰榿木左轉之後，繞過邪惡的老榆樹，應該就會看到父親的田。這條路她已經走過千百次，但這會兒她沒見到榿木或榆樹，只有黑針雲杉和一小片覆著雪的草地。瓦西婭調頭換個方向，但還是不對，這裡全是纖細的山毛櫸，被冬天剝光了身子瑟縮著，有如白皙的少女。小瓦西婭突然不安了起來。她不可能迷路，她從來不曾迷路。她在森林就和在家一樣熟。

一陣風來，吹得樹木搖晃，但她此刻一棵樹也不認得。

迷路了，瓦西婭心想。她在初冬傍晚迷路，而雪就要降下。她再次轉頭換個方向，但在搖晃的樹林裡她一棵樹也不認得。淚水突然湧上她的眼眶。**迷路了，我迷路了**。她好想要歐爾嘉或敦婭，想要爸爸和沙夏。她想要熱湯和毛毯，甚至針線活兒都好。

一棵雄偉的橡樹出現在她面前。小女孩停下來。那樹和其他的都不一樣，更大更黑更猙獰，有如邪惡的老婦人。風吹得它巨大的黑色枝幹颯颯搖晃。

瓦西婭開始發抖。她輕輕走到樹前，伸出一隻手貼著樹幹，感覺它和別的樹一樣粗糙冰涼，隔著毛皮手套都覺得冷。她繞著樹走，伸長脖子仰望樹枝，才剛低頭就差點跌了一跤。

樹底下一名男子動物似的蜷縮，正呼呼大睡。瓦西婭看不到他的臉，被他兩隻手臂遮住了。從他衣服的裂口，她瞥見雪白的皮膚。瓦西婭湊近看，那男子紋風不動。

呃，他不能睡這裡，雪就要從南方來了，他會死的。再說他可能知道父親的房子在哪裡。瓦西婭想伸手搖醒他，但還是打消念頭，開口喊道：「老爺爺，起來！月亮出來前要下雪了，**快起來！**」

男子還是沒有反應。過了很久，瓦西婭正鼓起勇氣想碰他肩膀時，忽然聽見一聲悶哼，接著就見到男子抬起頭，朝她眨了眨一隻眼睛。

小女孩嚇得後退。男子一邊的臉很好看，有稜有角，灰色眼眸，另一隻眼睛卻是空的，眼窩用線縫死，半邊臉上滿是傷疤。

那人瞪著灰眼朝女孩眨了眨，坐起身子似乎想看清楚點。他體型很瘦，渾身骯髒破爛，從上衣的破洞可以看見肋骨，說起話來卻低沉有力。

「欸，」他說：「我已經很久沒遇到羅斯女孩了。」

瓦西婭聽不懂他的意思。「你知道這裡是哪裡嗎？」她說：「我迷路了。我父親是彼得．弗拉迪米洛維奇。你帶我回家，他就會讓你填飽肚子，在爐灶旁睡覺。快下雪了。」

獨眼男噗哧一笑。他有兩顆犬齒特別長，笑起來會戳到嘴唇。他站起來，瓦西婭發現他很高，骨架很大。「我知道這裡是哪裡嗎？」他說：「哎，我當然知道，德瓦琪卡[10]，小姑娘。我會帶妳回家，但妳得先過來幫我一下。」

瓦西婭從小被寵慣，不大懂得提防人，這會兒卻沒有動作。

那人灰眼一瞇。「什麼樣的小女孩會一個人跑來這裡？」接著語氣放柔：「那雙眼睛，我還記得……欸，快過來，」他哄她：「妳父親會擔心。」

他低頭看她。瓦西婭皺著眉往前一步，又一步。那人伸出一隻手。

忽然間，雪地傳來馬蹄和馬嘶聲，獨眼男嚇得身體一縮，小女孩慌忙後退，從他手邊閃開，獨眼男倒在地上縮成一團。騎士和馬來到空地，那馬雪白強壯，騎士側身下馬，瓦西婭看見他筋骨結實，臉頰和脖子皮膚緊緻，披著厚厚的皮袍子，一雙藍眼炯炯發亮。

「怎麼回事？」他說。

獨眼男瑟縮地說：「沒你的事，是她自己找上門的——她是我的。」

騎士目光冰冷澄澈地望著他，聲音響徹空地：「是嗎？去睡吧，梅德韋得，冬天來了。」

獨眼男嘴裡嘀咕，但還是乖乖回到橡樹根間，灰眼慢慢閉上。

騎士轉頭看著瓦西婭。小女孩後退一步，準備拔腿就逃。「德瓦琪卡，妳怎麼來這裡？」他說，講話快而威嚴。

淚水滑落瓦西婭迷惘的臉龐。她被獨眼男貪饞的臉嚇壞了，騎士咄咄逼人的語氣也很可怕，但他只是瞪她一眼，就讓她不敢再哭。瓦西婭抬頭看他。「我是瓦西莉莎·彼得洛夫納，」她說：「我爸爸是雷斯納亞辛里亞[11]的領主。」

兩人對看一眼，瓦西婭的勇氣就瓦解了，轉身就跑。騎士無意追趕，但當馬來到身邊，他倒是轉頭看她，彼此意味深長互望一眼。

「他變強了。」騎士說。

白馬甩了甩一邊耳朵。

騎士沒再開口，只是再次望向女孩逃跑的方向。

❄

擺脫橡樹的陰影之後，瓦西婭發現天竟然黑得那麼快。在橡樹下時，天還是將暗未暗，這會兒卻完全黑了。夜色混沌，大雪欲來，空氣裡滿是降雪的氣息。林中火把處處，男人們竭力嘶吼，但瓦西婭毫不在乎。她又認得周圍的樹了。她只想奔向歐爾嘉和敦婭的懷抱。

黑夜裡竄出一匹駿馬，騎士手上沒有火把，馬比騎士早一秒看見女孩，揚起身子猛然停步。瓦西婭側身摔倒，擦傷手，她握起拳頭堵住湧到嘴邊的哭聲。騎士低聲咒罵，瓦西婭認出他的聲音，下一秒就被哥哥抱起來。「沙夏，」瓦西婭小臉埋在沙夏頸邊，啜泣道：「我迷路了。森林裡有一

10 德瓦琪卡：小女孩。

11 雷斯納亞辛里亞：「森林之地」之意。

個男的，兩個，還有一匹白馬和黑色的樹，我好害怕。」

「兩個男的？」沙夏問：「在哪？妳有受傷嗎？」說完隨即將她微微推開，上下檢查她是否無恙。

「沒有，」瓦西婭打著哆嗦。「沒有，我只是很冷。」

沙夏沒有說話。雖然他將她放到馬上動作很輕，但瓦西婭看得出他很生氣。沙夏翻身上馬，抓起披風一角裹住她。瓦西婭臉頰靠著他柔軟的皮革劍帶，心裡感到一陣平安，緩緩停止哭泣。

沙夏很寵這個小妹，經常讓她跟進跟出，拿他的劍或偷拔弓弦的線，甚至會給她燒剩的蠟燭或榛果。但此刻恐懼讓他怒火中燒，一路都沒跟妹妹說話。

他左呼右喊，瓦西婭尋獲的消息漸次傳開。要是下雪前沒找到人，她肯定熬不過今晚，得等來春褪去她身上的白雪才可能被發現——如果運氣好的話。

吆喝完後，他轉頭罵起妹妹：「小笨蛋，妳是發什麼神經，竟然不顧歐爾嘉跑到森林裡？妳以為自己是林中仙子，還是忘了現在是冬天？」

瓦西婭搖搖頭。她顫抖得很厲害，牙齒不停打顫。「我想找地方吃蛋糕，」她對沙夏說：「可是迷路了，找不到那截榆樹幹，後來在橡樹下遇到一個男的，兩個男的，還有一匹馬，然後天就黑了。」

高她一個頭的沙夏皺起眉頭。「那橡樹長什麼樣？」他問。

「很老，」瓦西婭說：「樹根很高，只有一隻眼睛——不是樹，是那個男的。」她抖得更凶了。

「嗯，先別想他們了。」沙夏說，一邊催促疲憊的馬兒加快腳步。

歐爾嘉和敦婭等在門口，善良的老婦人滿臉淚水，歐爾嘉則是蒼白得像童話裡的雪精靈。兩人耙光灶裡的煤炭，朝滾燙的石壁潑水製造蒸氣。瓦西婭發現身上的衣服被扒個精光，人被推到灶口溫暖身體。

身體一暖，她就開始挨罵了。

「偷拿蛋糕、跑給姊姊追，妳怎麼可以讓我們擔驚受怕，瓦西席卡？」敦婭邊哭邊說。

瓦西婭眼皮沉重，愧疚地喃喃說道：「對不起，敦婭。對不起，對不起。」

他們用可怕的芥末籽擦她身體，拿樺樹枝輕輕抽她，替她活絡氣血，再用羊毛毯裹住她，幫擦傷的手上了繃帶，然後灌她熱湯。

「妳真的很壞，瓦西婭。」歐爾嘉說。她將妹妹抱在懷裡替她梳頭，瓦西婭已經快睡著了。

「今晚先這樣吧，敦婭，」歐爾嘉又說：「明早再說，反正很快。」

她們將瓦西婭放到灶頂上，敦婭上灶睡在她旁邊。

妹妹睡著後，歐爾嘉頹然坐在火旁，父親和兩個哥哥在角落舀燉肉吃，全都面色凝重。「沒事了，」歐爾嘉說：「我想她不會著涼。」

「那我呢？」彼得氣沖沖說：「被人從壁爐前叫去找人的又不是她。」「還有我，」柯堯說道：「男人白天替父親修屋頂，晚上只想飽餐一頓，而不是拿著火把去找人。我明天一定要賞她幾皮帶。」

「然後呢？」沙夏冷冷地說：「她又不是沒被打過。帶女孩是女人的工作，不是男人的事。敦婭老了，歐爾嘉就快嫁人了，到時就剩老敦婭照顧她了。」

彼得一言不發。六年前妻子下葬之後，他就沒想過再娶。儘管不少女人不會拒絕他的追求，但他想到自己的小女兒就害怕。

柯堯上床之後，他和沙夏坐在漆黑的屋裡，望著聖像前微弱的燭光。「你能接受我們忘了你媽嗎？」彼得問。

「瓦西婭根本不記得她，」沙夏說：「但一個懂事的女人，姊姊和慈祥的老保母以外的女人，對瓦西婭有好處。我們很快就管不動她了，爸爸。」

兩人久久不語。

「母親離開我們不是瓦西婭的錯。」沙夏輕聲說道。

彼得沉默不語。沙夏起身朝父親鞠躬告別，轉身吹熄蠟燭。

4 莫斯科大公

隔天，彼得揍了女兒一頓，雖然不算凶狠，瓦西婭還是哭了。她被禁足不准離開村子，這回對她來說不算辛苦，因為她得了重感冒，而且惡夢連連，一直夢見自己又回到林中空地，遇見獨眼男、白馬和陌生騎士。

沙夏誰也沒說，一個人去了森林西邊尋找獨眼男和樹根很高的橡樹，但什麼都沒發現。之後大雪連下三天，下得又急又猛，所以沒人出門。

一如往常，他們的生活一到冬天就會縮小，只剩吃飯和睡覺，就算做起家事也是昏昏沉沉。屋外大雪愈積愈高，某個寒冬傍晚，彼得坐在自己的凳子上削榿木棍做斧柄。他鐵著臉，因為想起了寧願忘記的往事。**好好照顧她。**多年前，當死神的手覆上瑪莉娜的美麗臉龐，她說：**我選了她，她很重要。答應我，彼得。**

彼得含淚答應，但妻子已經鬆開他的手倒回床上，望著不知何處，臉上露出淺淺的微笑。她笑得溫柔喜悅，但彼得不認為她是為他而笑。瑪莉娜再也沒有開口，隨即在破曉前離開人世。

後來，彼得想，**他們已經挖好墓穴，我破口大罵，因為女人家不讓我靠近那裡。我自己——我替她換上壽衣，那冰冷的屍體還飄著血味，再親手將她下葬。**

那年冬天，小女娃成天號哭，而他無法直視她的小臉，因為瑪莉娜選擇了女兒，不是丈夫。現在，他必須補償。

彼得瞇眼望著斧柄。「等河水結凍，我就要去莫斯科。」他打破沉默。

房間裡一陣驚呼。瓦西婭發燒又喝了熱蜂蜜酒[12]，腦袋昏昏沉沉，呻吟一聲從灶上探出頭來。

「爸，你又要去嗎？」柯堯問：「去莫斯科。」

彼得抿唇不語。瑪莉娜過世那年寒冬，他就去了莫斯科。伊凡・伊凡諾維奇大公是瑪莉娜的同父異母哥哥，為了孩子，彼得不得不努力挽回他和大舅子的關係。但他沒有再娶，當時或後來都沒有。

「這回去找老婆。」沙夏說。

彼得草草點頭，感覺全家人都盯著他。鄉下女人很多，但莫斯科來的大家閨秀才能帶來光彩與財富。伊凡不可能一直縱容他這個妹夫。為了小女兒，他必須再討一個老婆，可是……**瑪莉娜，我真的好蠢，竟然以為自己會熬不過。**

「沙夏和柯堯，你們跟我一起去。」彼得說。

兩個兒子臉上的欣喜蓋過了責備。「去莫斯科嗎？」柯堯問。

「順利的話，兩週就會到，」彼得說：「我在路上會需要你們，而且你們還沒進過宮，應該讓大公認識你們。」

廚房裡亂成一團，兩名男孩興奮地交頭接耳，瓦西婭和艾洛許吵著要跟，歐爾嘉嚷著想要珠寶和好衣裳，但被兩個哥哥得意洋洋拒絕了。那一晚就在爭執、懇求和幻想中劃下句點。

❄

大雪三回，下得又密又實。仲冬過後下了最後一場雪，接著就是遍地藍霜。人們感覺呼吸凍在鼻子裡，太弱的生命熬不過寒夜，結凍的河面光滑如鏡，夏日車轍雜沓的顛簸土路覆滿晶瑩的冽霜，這會兒都成了雪橇路。兩個大男孩望著天空與寒霜，只能在屋裡踱步，替已經上油的靴子上蠟，已經磨利的矛尖磨亮。

出發的日子終於到了。彼得和兩個兒子夜半起床，天微亮就奔進前院。男丁們等在那裡，鋒利的晨光染紅他們的臉頰。三匹坐騎嘴吐白氣，不停踏地。彼得那暴躁的蒙古種馬梅特[13]已經上好馬鞍，一名男丁死命抓著轡頭，指關節都白了。彼得拍拍坐騎，躲開梅特咬來的牙齒，翻身上馬。男丁感激退開，喘個不停。

彼得一眼盯著陰晴不定的坐騎，一眼環顧亂哄哄的四周。馬廄裡擠滿了人、牲畜與雪橇，毛皮堆旁是一箱箱的蠟燭與蜂蠟，蜂蜜酒和蜂蜜被推到一旁，以便擺放捆好的乾糧。柯堯正在發號施令，替最後一架雪橇上貨，鼻子被清晨的寒冷凍得發紅。他有著母親的黑眼，女僕們見他走過，全都咯咯嬌笑。

這時一個籃子啪地落地，差點打在拉橇馬腳上，揚起一陣雪花。拉橇馬嚇得往斜前衝，柯堯趕緊閃開，彼得想去解危，但沙夏比他們都快一步。他側身下馬，動作快得像貓，一轉眼已經抓住拉橇馬的轡頭，在牠耳邊低語。拉橇馬滿臉羞愧安靜下來。彼得看著沙夏手指一旁說了什麼，男丁們連忙抓住韁繩，固定好嚇到馬兒的籃子，接著他又笑著說了什麼，男丁們都笑了。沙夏重新上馬。他的馬鞍比哥哥的好，跟馬也很親近，扶劍的動作又優雅。**真是天生的戰士**，彼得心想，**也是天生的領導者。瑪莉娜，我何其有幸能有這兩個兒子。**

---

12 蜂蜜酒：由水和蜂蜜混合發酵而成的酒。

13 梅特：原文唸作梅特以爾（Myetyel），意思是「暴風雪」。

歐爾嘉奔出廚房，瓦西婭小跑跟在後頭，兩名女孩的刺繡薩拉凡[14]連身裙在雪地裡格外顯眼。歐爾嘉雙手抓著圍裙，圍裙裡是剛出爐的熱熱軟軟的黑麵包，柯堯和沙夏立刻湊過來，拿起麵包就吃。瓦西婭抓著二哥披風說：「為什麼我不能去，沙席卡？敦婭有教過我，我可以幫你們煮晚餐。我很小，可以跟你騎一匹馬。」她雙手抓著披風不放。

「今年不行，小青蛙，」沙夏說：「妳很小，太小了。」他見妹妹一臉沮喪，便屈膝跪在她身旁，將剩下的麵包塞到她手裡說：「小姊妹[15]，快把麵包吃了，長壯一點，這樣才能出遠門。願神保佑妳。」他摸摸她的頭，接著翻身上馬。瓦西婭大喊：「沙席卡！」但沙夏騎著棕色的米許[16]走開了，一邊喝令男丁們把物品放到最後一架雪橇上。

歐爾嘉握住妹妹的手拉了拉她。「走吧，瓦西席卡。」她拉著不情願的瓦西婭，姊妹倆一起朝彼得跑去。她手裡的最後一塊麵包已經快涼了。

「父親，祝您旅途平安。」她說。

喔，**小歐爾嘉是多麼不像她母親啊**，彼得想，**只有臉長得一樣，幸好。瑪莉娜像籠中的老鷹，歐爾嘉比較溫柔。我會替她找個好對象**。他低頭朝兩個女兒微笑。「願神保佑妳們兩個，」他說：「說不定我會幫妳找個丈夫回來，小歐爾嘉。」瓦西婭委屈嘟囔，歐爾嘉臉紅嬌笑，差點把麵包掉在雪上。彼得及時抓住麵包，心裡直呼好險。歐爾嘉已經將麵包皮切開，舀了蜂蜜倒進麵包裡，讓熱氣把蜂蜜融軟。他啃了一大塊（他牙齒還很好）滿足地咀嚼起來。

「還有妳，瓦西婭，」他嚴肅地說：「聽姊姊的話，別離家太遠。」

「知道了，爸爸。」瓦西婭說，還是一臉渴望地盯著那幾匹坐騎。

彼得用手背揩了揩嘴，動作像是命令。「再見了，我的女兒，」他說：「我們要出發了，小心雪橇。」歐爾嘉點點頭，神情有些感傷，但瓦西婭沒有點頭，一臉不服氣。前院一陣吆喝和甩韁聲，接著男人們就離開了。

歐爾嘉和瓦西婭站在前院，聽著馬車鈴聲叮噹作響，直到車隊消逝在晨光之下。

❄

啟程兩週後，雖然比預期晚了許多，彼得父子三人還是一路平安地來到莫斯科外圍，抵達莫斯科河畔繁華熱鬧的貿易站。上萬處烽火煙霧瀰漫，他們還沒見到大城，就先嗅到味道。城廓微微浮現，伴隨著鮮艷的半圓穹頂，大紅大藍大綠，在迷濛中若隱若現。最後他們終於見到莫斯科城，宏偉骯髒，有如腳上沾滿泥巴的美貌女子。金色高塔傲然俯視窘困的百姓，金紋聖像神情莫測高深，任由王公和農婦親吻祂們僵硬的臉龐，低頭禱告。

街上雪泥滿地，被數不清的腳步攪得稀爛。幾名乞丐鼻子凍得發黑，抓住了兩名男孩的馬鐙。柯堯一腳將人踹開，沙夏卻牽起他們的髒手。街道向四方延伸，他們緩緩前行騎了很久，直到昏紅的冬陽西垂，三人才精疲力竭滿身泥巴來到宮城門前。宏偉的木門以銅包覆，門頂上方塔樓數座，十幾名持矛士兵盯著宮前大路，城牆上站著弓箭手。

14 薩拉凡：類似連身服或圍裙的女性服裝，有肩帶，穿在長袖上衣之外，直到十五世紀初期才開始普及。我在小說裡讓它提前問世，因為這類服裝特別容易讓西方讀者想起童話故事裡的俄羅斯。

15 小姊妹：俄文暱稱「謝斯提翁卡」的直譯，可以用來稱呼自己的姊姊或妹妹。

16 米許：英文拼作 Mysh，老鼠。

士兵們一臉森然望著彼得、他的兒子和雪橇，但彼得一拿出上等蜂蜜酒遞給士兵隊長，士兵們的臉色便立刻放鬆下來。彼得先朝隊長鞠躬，再朝士兵作揖，衛士恭維稱謝之後，就揮手放行了。

克里姆林本身就是一座城鎮，除了大小宮殿，還有小屋、馬廄、打鐵鋪子和無數興建中的教堂。最早的城牆由兩層橡木建成，然而經年累月下來已經成了碎片，瑪莉娜的同父異母哥哥伊凡·伊凡諾維奇大公下令修築更厚的宮牆。空氣裡飄著陶土味。陶土是用來抹在木材上的，但防火效果有限。木匠四處大呼小叫，甩去鬍鬚上的木屑渣。僕役、修士、波亞、衛兵和商人成群亂轉，爭吵拌嘴。韃靼人騎著好馬，羅斯商人指揮載滿貨物的雪橇，雙方推來擠去，一點小衝突就朝對方破口大罵。柯堯看得目瞪口呆，故意仰頭掩飾緊張。他手剛碰轡繩，身下的座騎就扭了一下。

彼得來過莫斯科。他喝令手下找地方安置馬和雪橇。「把馬看好，」他對最牢靠的手下歐雷格說：「別放著他們不管。」無所事事的僕役、瞇眼上下打量的商人和衣著俗麗的波亞圍在他們左右，馬一消失絕對找不回來。歐雷格點點頭，粗糙的指尖撫弄長刀的刀柄。

彼得之前就派人通知自己即將來訪。信差在馬廄外等他，對他說：「大人，大公召見您，他正在桌前等著迎接北方來的妹婿。」

從雷斯納亞辛里亞到皇宮長路漫漫，彼得又髒又傷又冷又累。「很好，」他草草回答：「我們這就過去。別弄了。」最後這一句是對沙夏說的。他正在替自己的愛馬摳去蹄裡的積雪。

父子三人用冰水洗去臉上髒污，披上厚重的羊毛卡夫坦和發亮的貂皮帽，將配劍取下收好。宮城裡教堂和木造宮殿星羅棋布，地面踏成了爛泥，濃煙嗆鼻。彼得匆匆跟著信差，沙夏瞇眼注視著鍍金的圓頂和上漆的塔樓，柯堯同樣東張西望，只不過目光更常在好馬和騎士手上的武器流連。

他們來到一扇橡木雙開門前，進去只見大廳裡坐滿了人，還有狗在漫步，大桌上山珍海味。大廳盡頭的鏤刻高臺上坐著一名髮色明亮的男子，正切著淌血的肉塊放入嘴中。

伊凡二世人稱俊俏伊凡，年紀三十上下，已經不再年輕。之前原本由他哥哥西蒙掌權，但某年夏天一場瘟疫帶走了西蒙，也結束了他的統治。

這位大公確實俊俏，頭髮金如淡蜜，堂堂的儀表讓女人趨之若鶩。他還是出色的獵人，擅長駕馭獵犬與戎馬。他桌上擺著一隻裹著香料烤熟的大野豬，壓得桌子吱嘎作響。

彼得的兩個兒子嚥了嚥口水。寒冬中趕路兩週，兩人都飢腸轆轆。

彼得大步穿越大廳，兩個兒子跟在後頭。眾人的目光瞬間射來，有的打量，有的純是好奇，只有大公依然低著頭享用晚餐。高臺後方的壁爐大得可以烤牛，火光照得伊凡的臉沒入暗影，賓客的臉閃閃發亮。彼得父子走到高臺前停下來，彎身鞠躬。

伊凡用刀尖叉起一塊豬肉，黃鬍髭上血滴斑斑。「你是彼得．弗拉迪米洛維奇，對吧？」大公嚼著肉緩緩說道，暗影下的眼睛從上到下打量了他一番。「娶了我同父異母妹妹的人？」他喝了一口蜂蜜酒，接著說：「願她安息。」

「我是，伊凡．伊凡諾維奇。」彼得說。

「幸會了，妹夫，」大公一邊說著一邊將骨頭扔給椅子下的野狗：「你遠道而來有何指教？」

「我想介紹犬子給您認識，葛蘇達[17]，大公殿下，」彼得說：「他們倆是您外甥，都快到娶妻生子的年紀。若神應許，我也希望替自己找個伴，讓我那幾個更小的孩子別再沒有母親。」

「了不起，」伊凡說：「他們是你兒子？」他目光射向站在彼得身後的男孩。

---

17 葛蘇達：近似「陛下」或「殿下」。

「對，這位是長子尼可萊・彼得洛維奇，這位是次子艾列克桑德。」柯堯和沙夏往前一步。

大公像看彼得那樣，目光上下打量了男孩們一眼，隨即停在沙夏身上。這孩子才剛長鬍鬚，也還沒擺脫男孩的骨架，但動作輕盈，灰色的眼眸毫無懼色。

「外甥們，幸會了，」伊凡說，眼睛依然盯著彼得的次子。「小子，你長得很像你母親，」沙夏嚇了一跳，只是鞠躬回禮，沒有說話。大廳裡沉寂片刻，接著伊凡大聲說：「彼得・弗拉迪米洛維奇，歡迎你隨時到宮裡來，與我同桌吃飯，直到你事情忙完。」

話一說完，他就逕自吃起烤肉，不再理會他們。侍從匆匆在高臺上挪出三個位子讓彼得父子入座。柯堯完全不用別人招呼。烤豬仍然汩汩流著肉汁，派上的乳酪和蘑菇熱得冒泡，賓客用的圓麵包擺在桌子中央，旁邊是大公專用的上好灰鹽。柯堯立刻狼吞虎嚥，但沙夏沒有動作。「爸，大公剛才看我的眼神，」他對彼得說道：「好像比我更清楚我的想法。」

「沒事，大公都是這樣，」彼得拿了一片熱騰騰的派說：「他們兄弟太多，個個覬覦下一座城市或更大的獎賞，誰不懂得看人，誰就可能送命。辛納奇[18]，多留心活著的人，因為活人很危險。」說完他就專心吃起派來。

沙夏不禁皺眉，還是裝了一大盤食物。他們這一路吃了太多詭異的燉肉和生硬無味的糕點，偶爾靠其他旅人招待才吃好一點。大公桌上全是佳餚美味，父子三人飽餐一頓，直到再也吃不下為止。

宴後，他們分到三間客房，房裡很冷又有害蟲在爬，但他們已經累得根本不在乎。彼得等雪橇安頓好，手下都去睡了，這才倒在床上酣睡過去。

5 馬克維茲丘的聖徒

「爸爸，」沙夏激動地說：「修士說莫斯科北方有位聖徒，在馬克維茲丘上設了修道院，已經收了十一名門徒。他們說他能跟天使說話，每天都有許多人去那裡求他祝福。」

彼得哼了一聲。他已經在莫斯科停留一週，勉強自己各種巴結奉承。最新（才剛結束的）一次是去造訪韃靼特使。一位來自欽察汗國首善之都薩萊的行政長官，怎麼可能將區區北羅斯領主的進貢看在眼裡，但彼得還是厚顏送上皮草，一張張狐狸、白鼬、兔子和黑貂的毛皮攤在特使鄙夷的目光之下，最後總算讓特使收起架子，裝出誠摯至極的表情向他道謝。這些毛皮獻給可汗肯定能換來不少黃金，獻給再南邊的拜占庭王子也是。**這麼做很值得**，彼得心想，**或許有一天我會慶幸征服者裡有我的朋友**。

筋疲力竭的彼得穿著金縷衣滿身是汗，卻還無法休息，因為這會兒他的二兒子被聖徒和奇蹟的故事搞得激動莫名。

「聖徒哪裡都有。」彼得對沙夏說，心裡突然好渴望清靜與粗茶淡飯。莫斯科人愛吃拜占庭菜，但使用羅斯食材的結果讓他腸胃很不好受。今晚又要大吃大喝，而且得明查暗訪：他還是要為自己找個妻子，替歐爾嘉挑個丈夫。

18 辛納奇：源自辛（兒子）的暱稱詞，意思是「小子」。

「爸爸，」沙夏說：「可以的話，我想去那座修道院看看。」

「沙席卡，你在莫斯科城隨便扔一塊石頭都會砸到教堂，」彼得說：「何必捨近求遠？」

沙夏嘴角一撇。「莫斯科的修士眷戀地位，自己大魚大肉，卻向可憐人宣揚清貧的好處。」

的確。彼得雖然是好領主，卻缺乏超越的正義觀，只是聳聳肩：「你那位聖徒可能也好不到哪裡。」

「就算如此，我還是想去見他。求你了，父親。」沙夏雖然眼眸是灰的，卻有著母親的濃眉長睫。此刻他低垂雙眼，削瘦的臉龐讓眉與睫毛顯得格外細緻。

彼得沉吟不語。旅途艱險，但這條莫斯科往北的路常有人走，沒那麼危險，再說他並不想教出膽小怯懦的兒子。「帶五個人去，還有兩打蠟燭，這樣他們應該會收留你。」

男孩臉龐一亮，彼得不禁抿緊雙唇。瑪莉娜已是一具枯骨，但他曾在她臉上見過同樣的神情，靈魂如火光一般點亮她的臉。

「謝謝你，父親。」男孩說完便奪門而出，動作如鼬鼠般敏捷。彼得聽見兒子在宮殿前的多爾[19]吆喝手下，叫人備馬。

「瑪莉娜，」彼得喃喃說道：「謝謝妳為我生了這幾個兒子。」

❄

三一修道院鶴立於荒野之上，雖然朝聖者在積雪的森林裡踩出一條小徑，但兩旁樹木依然偉岸濃密，讓鐘塔形的木造修院相形見絀。沙夏不禁想起自己的村子。修道院由數棟小木屋組成，院外是一道堅固的鐵柵欄，煙和烤麵包的味道從院裡飄來。

歐雷格是隨從的頭兒，和沙夏並肩而騎。沙夏勒韁止住馬說：「我們不能所有人都進去。」

歐雷格點點頭，所有人叮鈴噹啷下了馬。「你和你，」歐雷格說：「看著路上，替我們把風。」

被選中的兩人站到一旁，鬆開馬的肚帶，開始尋找柴火。其餘的人從沒上門閂的狹窄柵門走了進去。大樹的陰影有如煤渣，灑在小修院的木牆和木屋頂上。

一名纖瘦的男子拍拍沾滿麵粉的雙手，從屋裡走出來。他不太高，也不太老，兩隻水汪汪大眼中間卡著一道寬闊的鼻梁，眼睛綠中帶棕，有如森林裡的池塘。他穿著粗布僧袍，袍上滿是麵粉。沙夏一眼就認出他來。就算他穿破布丐衣或主教的華袍，沙夏都不會認錯。男孩在雪地上跪了下來。

修士戛然止步。「孩子，你來做什麼呢？」

沙夏幾乎不敢抬頭，勉強擠出一句：「巴圖席卡[20]，我來求您祝福。」

修士挑眉說：「你不用那樣喊我，我沒有受按立，和你一樣是神的子女。」

「我們帶了蠟燭來奉獻。」沙夏依然跪著，結結巴巴道。

修士伸出棕黑削瘦、滿是硬繭的手到沙夏腋下，將他一把扶起。兩人幾乎同高，只是男孩肩膀較寬，而且還在發育，精瘦得像馬駒。「我們這裡只對神屈膝。」修士說。他看著男孩的臉端詳片刻，接著突然說：「我正在做今晚禮拜奉獻用的麵包，過來幫我。」

沙夏點點頭沒有說話，揮手要手下離開。

---

19 多爾：院子或門前庭院。

20 巴圖席卡：Batyushka，指「小神父」，對東正教神職人員的敬稱。

廚房裝潢簡陋，被爐灶烘得悶熱。麵粉、水和鹽擺在一邊等著攪拌、搓揉，放進灰燼裡烤。沙夏和修士默默工作了一會兒，卻沉默得很自在，廚房裡滿滿的平靜安祥。修士問得那麼輕描淡寫，男孩幾乎不覺得被人追問，於是一邊揉麵，有些笨拙地做著不熟悉的活，一邊交代自己的故事：父親的身分、母親早逝，還有父子三人到莫斯科的旅程。

「然後你來這裡，」修士替他把話補完。「你想找什麼呢，孩子？」

沙夏開口欲言，又閉上嘴巴。「我——我不知道，」他一臉羞愧承認道：「某個東西吧。」

沒想到修士竟然笑了。「所以你想待下來？」

沙夏不知該說什麼。

「我們這裡生活很艱苦，」修士語氣嚴肅了起來。「你得自己搭房子、自己種菜、自己烤麵包，必要時幫助別人。但這裡有平安，超越一切的平安。我知道你已經感受到了。」他看見沙夏依然目瞪口呆，便說：「沒錯，很多朝聖者來過這裡，希望留下來，但我們只收不曉得自己在找什麼的尋覓者。」

「對，」過了半晌，沙夏終於緩緩說道：「對，我想留下來，非常想。」

「很好。」謝爾蓋．拉多涅茨基說，說完便回頭烤起了麵包。

❄

回程時，他們一路策馬狂奔。歐雷格見少主人目光如火，心裡惴惴不安，便緊緊騎在他身旁，決定要向彼得稟報，卻還是被沙夏搶先一步。

火紅夕陽匆匆西斜，教堂和宮殿的塔樓映著紫藍天空成了剪影。沙夏一回到莫斯科城，便將氣喘吁吁的馬留在多爾，踩著臺階奔到父親房間，發現父親和哥哥正在更衣。

「你好，小兄弟[21]，」柯堯見到沙夏進來便說：「教會的事搞定了嗎？」他包容地看了弟弟一眼，便繼續專心著裝。他微微吐舌，將黑色的貂毛帽瀟灑地戴在烏黑的頭髮上。「你回來得正是時候。快去洗掉身上的臭味，今晚有人設宴款待我們，可能要介紹女兒給爸爸認識。就我打聽到的可靠消息，她已經成年，而且……**怎樣啦**，沙夏？」

「謝爾蓋．拉多涅茨基要我去馬克維茲丘的修道院。」沙夏又說了一次，更大聲一點。

柯堯一臉茫然。

「我想當修士。」沙夏說。這下他們都聽到了。彼得正在穿紅跟長靴，聽到這話倏地回頭望著兒子，差點沒摔倒。

「**為什麼？**」柯堯驚惶大喊。沙夏咬著牙不讓自己破口罵人。他哥哥已經勾引好幾個宮裡的侍女了。

「我要把生命奉獻給神。」他帶著一絲優越告訴柯堯。

「看來那位聖徒打動你了。」彼得說道。柯堯還沒從驚嚇中恢復過來。彼得重新站穩，開始穿另一隻靴子，不過稍微太用力了點。

「我——是的，父親。」

「很好，那你就去吧。」彼得說。

柯堯低呼一聲。彼得穿好靴子站起來。他穿著赭黃和鏽紅兩色卡夫坦，手上的金戒指映著燭光

21 小兄弟：俄文暱稱「布拉提席卡」的直譯，可以用來稱呼自己的哥哥或弟弟。

閃閃發亮，頭髮和鬍鬚抹了精油，看上去英挺又不自在。

沙夏以為會大吵一架，愣愣望著父親。

「但有兩個條件。」彼得說。

「哪兩個條件？」

「第一，在你去修道院之前，不准再見這位聖徒，而且你得花一年想一想，明年秋收才能去。第二，你必須記得一件事，既然當了修士，所有屬於你的財產都將由你哥哥和弟弟繼承，你以後只能靠禱告想辦法。」

沙夏一臉不平。

「可是，爸，要是我得明年才能——」

「不行，」彼得打斷沙夏，不讓他有商量的餘地。「你想當修士都隨你，但必須張大眼睛做好決定，而不是被某個隱士的話牽著走。」

沙夏勉強點了點頭。

「知道了，爸爸。」他說。

彼得神情比往常嚴肅，沒有再說什麼便大步走下臺階，迎著漸暗的暮光步向默默等候的坐騎。

6 群魔

俊俏伊凡只有一個兒子，金髮野貓狄米崔．伊凡諾維奇。莫斯科都主教[22]艾雷克塞負責教這名男孩識字和治國之術。他是羅斯地位最高的教長，由君士坦丁堡牧首[23]親自冊封，但他有時覺得教導這孩子簡直需要奇蹟。

男孩們已經為了樺樹皮折騰了三小時。狄米崔和表哥，年輕的塞普柯夫王子弗拉狄米爾．安德烈維奇打打鬧鬧，到處打翻東西。艾雷克塞絕望地想，叫宮裡的貓乖乖坐著可能還簡單一些。

「爸爸！」狄米崔大喊：「爸爸！」

伊凡．伊凡諾維奇從門外進來，兩名男孩立刻從凳子上起身朝他鞠躬，一邊推推搡搡。「出去吧，孩子們，」伊凡說：「我有話跟神父說。」

男孩們一溜煙跑了。艾雷克塞頹然坐在爐邊椅子上，替自己斟了一大杯蜂蜜酒。

「我兒子怎麼樣？」伊凡在都主教對面坐了下來。兩人相識多年，艾雷克塞早在西蒙過世、伊凡繼位之前就效忠於他。

「勇敢、漂亮、迷人，跟花蝴蝶一樣，」艾雷克塞說道：「他會是好君主，如果能平安長大的

22 都主教：東正教的高階神職人員。中世紀時，羅斯都主教是東正教會於俄羅斯的最高權威，由拜占庭正教會任命。

23 牧首：東正教的精神領袖，領導君士坦丁堡（今伊斯坦堡）正教會。

話。你怎麼會來找我，伊凡．伊凡諾維奇？」

「安娜。」伊凡短短回答。

都主教皺起眉頭。「她狀況更糟了嗎？」

「沒有，但她不會好起來了。她年紀太大，沒辦法在宮裡嚇人了。」安娜．伊凡諾夫納是伊凡和第一任妻子的獨生女。女孩母親死了，繼母恨不得她消失。人們見到她總是交頭接耳，猛劃十字。

「女修道院那麼多，」艾雷克塞說：「事情很簡單。」

「不能在莫斯科，」伊凡說：「我妻子不可能答應。她說只要安娜還待在城裡，就免不了閒言閒語。王室出了瘋子很丟臉，她必須離開。」

「你要的話我可以安排，」艾雷克塞疲憊地說。他已經為大公安排過太多事了。「送她去南方。只要給女院長夠多金子，她就會收留安娜，隱藏她的出身。」

「謝了，神父。」伊凡說道，又斟了一點酒。

「不過，我覺得這還不是最大的問題。」艾雷克塞說。

「問題可多著，」大公拿起酒杯一仰而盡，用手背揩了揩嘴。「你指哪件事？」

都主教朝門口努了努下巴。「弗拉基米爾．安德烈維奇，塞普柯夫王子。他爸媽想給他娶媳婦了。」

伊凡無動於衷。「他才十三歲，還早得很。」

艾雷克塞搖頭說：「他們有中意的對象，立陶宛王公的二女兒。別忘了，弗拉基米爾也是伊凡．卡利塔的孫子，而且比你家的狄米崔大。要是他長大成親，而你意外早逝，他比你兒子更有資格統治莫斯科。」

伊凡氣得臉色發白。「他們哪敢！我是大公，狄米崔是我兒子。」

「所以呢？」艾雷克塞不為所動。「可汗不在意誰當大公，只要對方能滿足他的目的就好。強者為王，欽察汗國就是這樣維持境內和平的。」

伊凡想了想。「所以呢？」

「讓弗拉基米爾娶別的女人，」艾雷克塞立刻說：「不是公主，而是出身微賤到羞辱人的女孩。只要她長相夠美，血氣方剛的小伙子一定上鉤。」

伊凡啜飲蜂蜜酒，咬著指頭沉思。

半晌後，他開口道：「有一位領主很有錢，叫彼得・弗拉迪米洛維奇。他女兒是我姪女，嫁妝應該不會少。她肯定是美人胚子，因為我妹妹很美，她母親明明是乞丐，卻把我父親迷倒了，最後娶了她。」

艾雷克塞眼睛一亮，捋了捋棕鬍子。「有，」他說：「我聽說彼得・弗拉迪米洛維奇正在莫斯科，也想為自己找老婆。」

「沒錯，」伊凡說：「他讓所有人都嚇了一跳。我妹妹已經過世七年了，沒有人想到他打算再娶。」

「既然如此，」艾雷克塞說道：「何不把你女兒許配給他？」

伊凡驚訝得放下酒杯。

「這樣一來，安娜會留在北方遙遠的森林裡，」都主教接著說：「而弗拉基米爾敢拒絕彼得的女兒嗎？她可是大公的近親，拒絕等於是侮辱你。」

伊凡皺著眉頭說：「但安娜想去修道院。」

艾雷克塞聳聳肩說：「那又怎麼樣？彼得．弗拉迪米洛維奇不是惡人，她會過得開心的。想想你兒子吧，伊凡．伊凡諾維奇。」

❄

惡魔正坐在角落縫衣服，房間裡就只有她看見。安娜．伊凡諾夫納將十字架緊緊抓在胸前，閉著眼呢喃道：「走開，走開，**求求你走開**。」

她睜開眼睛，惡魔還在那兒，但多了兩個女的盯著她看，其餘的人則是故作專心在針線活上。安娜試著不往角落瞧，但就是沒辦法。惡魔坐在凳子上，完全沒有察覺。安娜打了個寒顫，沉甸甸的亞麻衫軟趴趴的攤在她腿上。她雙手縮進衣服光滑的皺摺裡，掩飾身體的顫抖。

一名侍女輕輕走進房裡。安娜慌忙拿起縫針，沒想到那雙破舊的韌皮鞋[24]竟然停在她面前。

「安娜．伊凡諾夫納，妳父王召妳去見他。」

安娜愣住了。父親已經大半年沒召見過她。她呆坐片刻，突然起身脫下素色外衣，換上赭黃和深紅兩色的薩拉凡，拉緊衣襟遮住骯髒的肌膚，刻意不去理會栗色長辮子的油臭。

羅斯人喜歡乾淨。每到冬天，她那些同父異母的妹妹幾乎每週去浴場，但浴場裡有一個大肚子惡魔，躲在水蒸氣裡朝她們獰笑。安娜曾經指給妹妹們看，但她們都看不見。她們起先以為她在幻想，後來覺得她很蠢，最後只會瞅她一眼，完全不理她。於是安娜學會不提浴場裡的那雙眼睛，就像她也絕口不提那個在角落裡縫衣服的禿頭怪物。她有時會瞄一眼，她忍不住，除非繼母硬拖著她或用激將法，否則她絕不踏進浴場半步。

安娜解開油膩的辮子重新編好，摸了摸胸口的十字架。大家都說她是所有女兒中最虔誠的，但他們不知道教堂裡只有聖像的臉，沒有惡魔會恐嚇她。要是可以，她恨不得住在教堂，讓焚香和聖徒的眼睛保護她。

繼母的工作室裡火爐很燙，大公一身華麗冬衣站在爐邊頻頻冒汗，雖然眼睛被火照得發亮，神情還是一樣尖酸。他的妻子坐在灶火旁，高聳的頭巾底下鑽出一條細辮子，懷間放著縫針。安娜走到他們面前幾步停下，點頭為禮。大公夫婦默默打量了她一會兒，父親對她繼母說：

「天哪，夫人，」他一副生氣的模樣：「妳就不能帶她去洗澡嗎？她看起來像是活在豬圈一樣。」

「有什麼關係，」她繼母答道：「反正她都許配給人了。」

安娜原本像個有教養的女孩盯著腳尖，聽到這話突然抬起頭來。「許配？」她喃喃道，氣惱自己怎麼沒壓住聲音，像尖叫一樣。

「妳要嫁人了，」她父親說：「嫁給一位北方的波亞，彼得．弗拉迪米洛維奇。他很有錢，會待妳很好。」

「嫁人？可是我想……我希望……我打算進修道院。我想要……我要為您禱告，父王，這是我最想做的事。」安娜絞著雙手說。

「胡說，」伊凡立刻反駁道：「妳會喜歡當母親的，而且彼得．弗拉迪米洛維奇是好人。修道院對女孩來說太殘酷了。」

殘酷？錯了，修道院很安全。安全又蒙祝福，可以緩和她的瘋狂。安娜從有記憶以來，就想進修道院。她嚇得皮膚發白，上前撲在父親腳邊。「不要，父王！」她喊道：「求求你！我不要嫁

---

24 韌皮鞋：用樺樹內皮製成的鞋子，重量輕，製作簡易，但很耐用，俄國人稱之為**拉普地**。

人。」

伊凡不無柔情地扶起女兒。「夠了，」他告訴安娜：「我已經決定了，這是最好的做法。當然，嫁妝不會少，我等著妳替我生一窩強壯的外孫。」

安娜又瘦又小，繼母的表情透露了她對安娜生孩子這事的懷疑。

「可是——求您了，」安娜低聲道：「他為人如何？」

「去問其他女人吧，」伊凡溺愛地說：「我相信她們會告訴妳很多傳聞。夫人，幫她把該弄的東西準備好，還有拜託妳千萬記得婚禮前要叫她洗澡。」

告退之後，安娜強忍啜泣拖著腳步回到縫紉室。嫁人！不是隱居，而是成為領主的管家；不是平安待在修道院，而是成為領主播種的器皿。奴婢們說北方的波亞都是色鬼，身穿獸皮，生幾百個孩子，凶狠好戰，而且（有人常說）仇視基督，敬拜魔鬼。

安娜脫下美麗的薩拉凡，全身顫抖。連在莫斯科這個算是安全的地方，她的不潔幻想都會召來惡魔，隻身待在荒涼的領地又會怎樣？那些女人說北方的森林住著妖魔鬼怪，一年有八個月是冬天。安娜不敢再想，坐下來繼續幹活，雙手卻抖得縫不直線，儘管她努力克制，亞麻衣上還是滴滿了無聲的淚水。

7 市場相會

彼得．弗拉迪米洛維奇渾然不知自己的命運已經被大公和教長決定了，隔天一早便起床去了莫斯科主廣場的市集。徹夜喝酒說話讓他頭痛欲裂，嘴裡有餿蘑菇的味道，而且（**他這個慣壞孩子的蠢老頭**）自己的兒子想當修士。彼得對沙夏期望很高。這孩子頭腦比他哥哥冷靜聰明，騎馬和劍術也更在行。這樣一個孩子竟然要住破房子種菜來榮耀神，彼得想不出還有比這更糟蹋的事。

唉，他安慰自己，**十五歲還年輕**。沙夏會醒過來的。虔誠是一回事，放棄家人和財產選擇餓肚子、睡冰冷的床就另當別論。

嘈雜聲打斷了他的思緒，彼得搖頭甩掉空想。凜冽的空氣裡飄著馬、柴火、煤渣和蜂蜜酒的味道。小販腰間纏著酒杯，站在黏乎乎的酒桶旁吹噓蜂蜜酒的好處。麵包師傅端著熱氣騰騰的托盤，賣衣服、珠寶、蜂蠟、紫檀、蜂蜜、銅器、青銅飾品和金飾的攤販推推搡搡爭搶位子，鼓譟如雷，連清晨的太陽都嚇了一跳。

莫斯科的市場還算小的呢，彼得心想。

薩萊是汗國首都，那裡才是巨商大賈匯集之地，販售奇珍異寶給一個劫掠三百年而不墜的王朝。就連南方的弗拉基米爾和西方的諾夫哥羅德，這兩處的市集也比莫斯科的大。但還是有商販從拜占庭往北和往東走，寄望商品能在蠻族城鎮賣個好價錢，尤其是北方沙皇格勒的王公們，對毛皮出價更是大方。

彼得不能空手而歸。歐爾嘉的禮物很好買，他挑了一條鑲珍珠的絲頭巾，襯托她烏黑的秀髮。三個兒子的禮物是匕首，刃短而沉，手柄雕花。但他怎麼也找不到適合瓦西莉莎的禮物。她不喜歡小飾品，也不喜歡頭巾或珠子項鍊，但他又不能給她匕首。彼得皺著眉繼續找。就在他拿起一枚金胸針掂重量時，忽然瞥見一名奇怪的男子。

彼得說不上來這人哪裡奇怪，只覺得他在擾攘人群中格外靜定。他穿著打扮有如王公，靴子繡工精緻，腰間掛著短刀，刀把上的白寶石閃閃發亮。他沒戴帽子，露出黑色鬈髮，這在男人來說很奇怪，尤其這會兒是寒冬，天空凜冽，腳下積雪又厚，踩著沙沙作響。他臉刮得很乾淨，沒有鬍鬚，這在羅斯人當中非常少見，彼得從遠處分辨不出他是老還少。

彼得察覺自己盯著人看，便撇開目光，但心裡還是很好奇。珠寶商像是分享祕密似的對他說：「你在想那傢伙是誰嗎？許多人也很好奇。他不時會來市集，但沒有人知道他是哪裡人。」

彼得不大相信，珠寶商冷笑一聲說：「真的，葛斯帕定[25]。他從來不上教堂，主教很想用異教崇拜判他石刑，但他很有錢，總是帶著最珍奇的東西來賣，因此大公壓下了教會，讓那人自由來去。搞不好他是魔鬼。」珠寶商半笑著說，語氣輕鬆，隨即皺起眉頭：「我從來沒在春天見過他。他總是只在冬天出現，總是如此，在年關將近的時候。」

彼得哼了一聲。他不否定魔鬼可能存在，但不信它們會穿得像王公一樣在市場上招搖，無論冬夏。他甩了甩頭，指著一只手鐲說：「這玩意兒不好，銀的邊緣都發綠了。」珠寶商大聲反駁，兩人認真討價還價起來，將黑髮怪人拋到腦後。

❄

奇怪男子走到離彼得不到十步的一處攤位前，伸出纖細的手指摸了摸那一疊真絲織錦。他用手就能判斷貨品好壞，對於眼前的布料只是略略看過，淺色眼眸骨溜轉動，朝著人潮洶湧的市場東瞄西看。

布商巴結又謹慎地望著奇怪男子。商販們都認識他，有些覺得他是那群巨商大賈之一，曾帶著奇珍異寶來莫斯科，例如拜占庭的武器和輕如朝霞的瓷器。商販們都記得。但奇怪男子此行必然另有目的，否則不會到南方來。他討厭城市，而且跨越伏爾加河很危險。

半晌後，奇怪男子彷彿突然覺得織錦顏色太艷、觸感太柔似的，厭煩地放下布料大步穿越市集。他的馬在廣場南側嚼著乾草，一名陰沉的老人站在馬首旁，蒼白削瘦，虛弱得不對勁。那匹白馬壯碩如山，輓具鑲印著銀邊，經過的男人都面露讚賞。牝馬甩甩耳朵，宛如女人賣弄風情一般，馬主人看了不禁淺淺一笑。

忽然間，人群中竄出一名指甲乾裂的大漢，一把抓住白馬的韁繩。馬主人臉色一沉，雖然並未加快腳步，因為沒必要，但廣場上吹起了一道寒風。男人們抓緊帽子和鬆開的衣服，小偷則是翻身上馬，朝馬腹狠狠一蹬。

牝馬文風不動，怪的是馬夫也沒有反應，既沒大喊也沒揮手，只是默默看著，凹陷的雙眼看不出表情。

---

25 葛斯帕定：對男性的尊稱，比英文 mister（先生）更恭敬，或可譯為「大爺」或「大人」。

小偷猛擊馬肩，但白馬蹄也沒抬，只是甩了甩尾巴。小偷遲疑困惑了半秒，不過已經遲了，馬主人一個箭步將他從鞍上拽下來。小偷似乎想叫喊，但發現——喉嚨凍住了。他喘著氣伸手抓住頸間的木十字架。

馬主人不無逗趣地笑著說：「你侵犯了我的東西，你覺得信仰救得了你嗎？」

「葛蘇達，」偷馬賊結結巴巴說：「我不曉得——我以為——」

「以為我不會到人類的地方？嘖，我愛去哪兒就去哪兒。」

「求求您了，」小偷喘不過氣：「大爺，求您——」

「別唉唉叫，」奇怪男子譏諷道：「等一下就會放開你了，讓你曬太陽。不過——」他聲音變得更低，笑意也像覆水般消失了。「你已經被我做了記號，是我的人了。下回再被我摸到，你就會死。」小偷哽咽似的咳了一聲，突然發現揪住他的人不見了，只剩手臂和喉嚨一陣灼痛。

只見奇怪男子已經坐在鞍上，沒人看見他怎麼上去。他調轉馬頭，策馬穿過擁擠的市集。馬夫躬身告退，跟著消失在人群之中。

牝馬步履輕盈，快而穩健，馬主人氣慢慢消了。

「是預兆領我來的，」他對馬兒說：「來這個發臭的城市，其實我根本不該離開自己的地方。」他已經來莫斯科一個月，不眠不休尋找，一張臉孔都不放過。「嗯，預兆不會錯，」他喃喃道：「而且我只瞥見了一眼。時機或許過去了，或許還沒到。」

牝馬一邊耳朵朝主人一彎，奇怪男子抿著雙唇說：「不可能，我是這麼容易認輸的人嗎？」

牝馬繼續徐徐向前。男子搖搖頭。他還沒落敗，魔力還在他喉間和掌心抖動著，蓄勢待發。答案就在這可悲的木造之城的某處，他一定會找到它。

他掉頭向西，策馬飛奔。林子裡的沁涼會滌清他的腦袋，他還沒落敗。

還沒。

❄

奇怪男子抵達大公的餐宴，蜂蜜酒、狗、塵土和人的氣味迎面而來。伊凡旗下的波亞全是冰霜大地鍛鍊出來的大塊頭，個個驍勇善戰，奇怪男子頂多勉強比得上他們當中個子最小的。他走進大廳，引來許多人側目，但沒有人能直視他的眼睛或挑戰他，連最勇敢、最爛醉的人也不例外。奇怪男子逕自在高臺上坐了下來，自顧自地喝起蜂蜜酒，卡夫坦長袍上的銀刺繡被火把照得閃閃發亮。公主的一名侍女坐在他身旁，垂著長長的睫毛偷看他。

稍早前，伊凡瞇著眼睛收下奇怪男子的禮物，邀他參加晚宴。四旬齋[26]將至，眾人吵鬧地吃喝著。然而——**這裡也一樣**，男子心想，**這些狼吞虎嚥的陰暗臉龐**——坐在這群鬧哄哄臭醺醺的人之間，他頭一回感覺……不是絕望，應該不是，而是聽天由命的無奈。

這時，一名男子帶著兩名青年走進大廳，準備到高臺就座。男子其貌不揚，衣服料子很好，大兒子趾高氣昂，小兒子步伐徐緩，目光沉著勇敢，非常普通。

不過。

奇怪男子目光一轉，看見一道風隨著那三人吹了進來。轉瞬呼息間，這道北方來的風對他說了一個故事，關於生與死，還有苦難之年誕生的嬰孩。接著男子聽見另一個聲響，細如回聲。那是一

26 四旬齋（Lent）：復活節前四十天準備期。（編按）

道轟鳴與潑濺，彷彿海浪打在岩石上。一瞬間，在那臭氣沖天的大廳裡，他聞到了一絲海鹽、礁石與陽光。「血脈沒斷，老弟，」男子喃喃道：「她還活著，我沒搞錯。」他臉上綻放勝利的光彩，接著重回桌前（雖然他根本沒動）轉頭對著鄰座的女子突然露出欣喜的微笑。

❄

彼得完全忘了市場上那名怪人，但當晚他一走到大公桌前就想起來了，因為那人就坐在波亞之間，一名侍女身旁。侍女抬頭望著那名男子，上了眼影的眼睛有如受傷的鳥兒眨呀眨的。

彼得、沙夏和柯堯在侍女左邊坐了下來。雖然柯堯向她求愛過，但她這會兒看也不看他，氣得柯堯忘了吃飯，先是瞪她（她沒理會），接著手握腰間的刀（還是一樣），最後還跟弟弟吹噓某位商人的女兒長得多美（被奇怪男子迷住的她根本沒聽見）。沙夏努力面無表情，彷彿裝聾就能讓這番褻瀆的話消失一樣。

這時，後面有人輕咳一聲。彼得的目光從眼前正精彩的一幕移開，發現一名僕役站在他身後。

「大公有話要跟您說。」

彼得皺著眉點了點頭。從頭一晚會面之後，他就幾乎沒再見到這位大舅子，成天忙著拜會貴族，四處打通關節，從他們那裡換得保證，只要他乖乖進貢，就不會被收稅官找麻煩。此外，他還跟一名端莊賢淑的女子論及婚嫁，期望她入門替他持家，照顧兒女。一切都進展得很順利，大公到底想做什麼？

彼得沿桌而行，瞥見幾隻狗趴在伊凡腳邊，牙齒映著火光微微發亮。大公不喜歡兜圈子，開門見山說：「塞普柯夫的弗拉基米爾·安德烈維奇是我姪子，他想娶你女兒為妻。」

彼得目瞪口呆。就算大公說他姪子想當吟遊詩人，在街上彈古斯拉琴，他也不會這麼意外。他目光跳過幾名同桌的賓客飄向安德烈維奇，見他正在喝酒。伊凡的姪子今年剛滿十三，正要轉大人，滿臉粉刺，手腳靈活，同樣是前任大公伊凡．卡利塔的孫子。他顯然可以找到更好的對象。朝廷內外，所有野心勃勃的家族都搶著送上自己的黃花閨女，天真地以為他會從一而終。他何必降尊迂貴，娶一個雖然有錢但地位不算高的男人的女兒，不僅從來未曾謀面，還住在遠離莫斯科的地方？

哦，彼得懂了。歐爾嘉血緣很遠，背景雄厚的女孩會讓伊凡心生提防，因為世家聯姻常讓後代子孫對王位有非分之想。小狄米崔的資格並不比表哥高多少，而且弗拉基米爾還大他三歲，由誰繼位完全看可汗高興。他女兒會得到豐厚的嫁妝，但就這樣了。伊凡正想方設法箝制莫斯科的波亞，這對彼得有利。

彼得很高興。「伊凡．伊凡諾維奇——」他開口說。

不過大公還沒說完。「你要是願意將女兒許配給我姪子，我就打算將自己的女兒安娜．伊凡諾夫納嫁給你。她是個好女孩，跟鴿子一樣溫馴，肯定能再為你多生幾個兒子。」

彼得再次目瞪口呆，這回就沒那麼開心了。他已經有三個兒子等著分家產，不必再添男丁了。大公為何要將自己的閨女許配給一個無足輕重，只想找個女人持家的男人？

大公眉毛斜挑，但彼得還在猶豫。

嗯，她是瑪莉娜的姪女，大公的女兒，他兒子女兒的表姐，而眼前他又不大方便問她有什麼毛病。但就算她有病、酗酒、水性楊花或是——呃，就算如此，接受這門婚事的好處也還是大得很。

「我怎麼能拒絕呢，伊凡．伊凡諾維奇？」彼得說道。

大公一臉正經點了點頭說：「明天會有人去找你商量婚約。」說完他又繼續喝酒逗狗了。

彼得沿著長桌回到座位，將消息告訴兩個兒子。他發現柯堯悶悶不樂。黑髮怪客已經走了，侍女癡癡望著那人離去的方向，蒼白的臉上帶著驚恐與痛苦的不捨，讓彼得一時忘了自己的麻煩，差點忍不住伸手去拔根本沒帶的劍。

8 彼得・弗拉迪米洛維奇的承諾

彼得・弗拉迪米洛維奇牽著新娘冰冷的手，瞇眼望著她緊繃的小臉，心想是不是搞錯了。他們花了一週馬不停蹄協商婚約事宜，好趕在四旬齋前慶祝。這段時間柯堯和克里姆林裡一半侍女打情罵俏，打聽父親新娘的消息，但眾說紛紜。有些侍女說她很美，有些說她下巴長疣，牙齒只剩一半。有些說她被父親囚禁，有些說她把自己鎖在房裡，從不踏出半步。有些說她病了、瘋了或很悲傷，有些說她只是膽小。最後彼得覺得，不論這女孩有什麼問題，一定比他想得嚴重。

此時當他注視掀起頭紗的新娘，心裡卻納悶得很。她還很小，跟柯堯差不多年紀，神情動作讓她更顯稚嫩。她聲音輕柔，像是屏著氣，態度順從，雙唇飽滿可人。雖然她和瑪莉娜是表親，卻長得一點也不像，讓彼得暗自慶幸。溫暖的栗色辮子襯托她的圓臉，近看會發現她眼睛有些緊繃，彷彿年紀大了臉會像握緊的拳頭縮在一起。她戴著十字架，經常伸手去摸，而且總是目光低垂，就算彼得試著和她四目交會也一樣。彼得左看右看，就是看不出這女孩有哪裡明顯不對，硬要說可能就是有一點脾氣不好的徵兆。她顯然沒醉、沒病也沒瘋，也許就只是害羞與畏縮。也許大公許配女兒給他，真的是為了他好。

彼得輕輕吻了新娘線條甜美的雙唇，心裡希望真是這樣。

婚禮後，他們在她父親的大廳設宴慶祝。烤魚、麵包、派和乳酪堆了滿桌，壓得桌子吱嘎作響。彼得的屬下喧騰歌唱，舉杯祝他健康。大公一家笑容滿面，多多少少真心誠意，祝福新人兒女滿堂。柯堯和沙夏幾乎不發一語，有些怨恨地望著新母親，一個幾乎和他們年紀相同的表姐。

彼得不停為妻子斟酒，想讓她輕鬆一點。他努力不想瑪莉娜，不去想十六歲的她看著他的眼睛許下誓言，在婚宴上大吃大喝大笑大唱，不時斜眼看他，彷彿看他敢不敢對她怎麼樣。彼得慾望高張，半瘋了似的將她推倒在床上，不停吻她直到抗拒變為激情。兩人隔天醒來宿醉昏沉，又同感喜悅。但眼前這女孩似乎起不了抗拒，甚至生不出激情。她目光躲在頭巾底下，只會回答是和不是，而且用手指撚麵包吃。最後彼得嘆了口氣不再理她，讓思緒沿著冬天陰鬱森林裡的蜿蜒小徑飛奔，回到雷斯納亞辛里亞的遍地白雪，狩獵與修葺的單純，遠離這個只有笑面敵人和巴結賄賂的城市。

❄

六週後，彼得一行人準備啟程。白晝長了，莫斯科的雪也開始軟化。彼得和兩個兒子盯著雪的變化，加快返家的準備。要是冰在他們橫越伏爾加河之前變薄，他們就得放棄雪橇改乘馬車，在河邊等到地老天荒，直到可以搭筏過河。

彼得擔心自己的地，只想快點回去打獵種田。他隱約覺得北方的乾淨空氣或許能平息妻子不知何來的恐懼。安娜雖然安靜順服，卻始終瞪大眼睛左顧右盼，摁著胸前的十字架，有時還對著空蕩蕩的角落呢喃低語，讓人難堪。兩人婚後，彼得每晚和她行房，雖然出於責任勝於情趣，但安娜始終不曾正眼看他。有幾回她以為彼得睡著了，他聽見她在啜泣。

他們返家的陣仗大了許多，因為多了安娜．伊凡諾夫納的行李和隨從。雪橇擠滿宮前庭院，還有許多僕役牽著馱馬。彼得的兩個兒子已經坐在馬上。沙夏的牝馬抬抬左蹄，踢踢右腿，甩了甩黑色的馬鬃。柯堯的馬動也不動，柯堯癱坐鞍上，瞇著爬滿血絲的雙眼望著晨光。他在莫斯科的波亞後代之間大大出了風頭，摔角戰無不勝，射箭沒幾人是他的敵手，比酒量幾乎不曾輸，宮裡的女人差不多全被他勾搭過。簡單說，他過得很快活，完全不想面對漫長的歸鄉路，還有回家後的辛勤勞苦。

彼得倒是很滿意這趟遠行。歐爾嘉許配到的男人——呃，男孩——身分遠遠高出他的期望。他自己也找到妻子，雖然人有點古怪，至少沒病沒傷，也不放蕩，而且又是大公的女兒。他望著預備出發的隊伍，心裡滿是歡喜。他左右尋找自己的灰色坐騎，打算上馬出發。

一名陌生男子站在他的馬首旁。是市場那名奇怪男子，參加過大公晚宴的傢伙。彼得忙著張羅婚禮，完全忘了這號人物，他此刻就站在梅特身旁，輕撫他的鼻子，讚賞地望著那匹種馬。彼得看好戲似的等著男子的手被咬斷，梅特討厭生人摸他。過了一會兒，他驚訝發現梅特竟然有如農夫的老驢子乖巧地垂著耳朵，動也不動。

彼得困惑又氣惱，邁開大步朝怪人走去，但柯堯搶在他前面。這男孩總算找到發洩怒火、頭痛與不滿的對象，他馬刺一蹬，策馬衝到怪人面前咫尺才停下來，馬蹄激起的髒雪濺在奇怪男子的藍色長袍上。馬兒揚起前腿，眼珠骨溜轉動，棕色馬鬃冒出斗大的汗珠。

「你在這裡做什麼？」柯堯雙手緊緊攫住韁繩，大聲喝問道：「竟敢亂摸我父親的馬？」

奇怪男子拂去臉頰上的雪漬，鎮靜地說：「這馬很好，我想買下他。」

「呿，你買不了，」彼得的長子縱身下馬。他長得虎背熊腰，跟西伯利亞的公牛一樣壯。奇怪男子比他瘦矮，站在一起應該顯得弱不禁風，結果不然。可能是眼神的緣故。彼得突然心生不安，腳下不禁加快了速度。柯堯可能還沒酒醒，可能只是大意，竟然以為奇怪男子客氣是因為害怕。

「而且你這個矮子，怎麼駕馭得了他？」他輕蔑道：「戰馬是給真男人騎的，快點滾回情人身邊吧！」他往前一步，兩人鼻子貼著鼻子，他伸手按著匕首。

奇怪男子嘴角一撇，自嘲似的微微冷笑。彼得想要出言警告，話卻卡在喉間。奇怪男子動也不動，像是凍結了一般。

接著他動了。

至少彼得這麼感覺。他什麼也沒看見，只覺得眼前一閃，有如鳥兒振翅，接著就聽見柯堯慘叫一聲攫住手腕，怪人站在他身旁，一隻手臂勒住他脖子，匕首抵在他喉間，速度快得連馬都來不及嚇到。彼得一手摁在劍上往前衝去，怪人抬眼看他，讓他僵在原地。彼得從來沒見過那麼奇怪的眼睛，淺藍至極，有如冬日清朗的天空，而他的雙手柔韌有力。

「彼得．弗拉迪米洛維奇，你兒子侮辱我，」奇怪男子說：「我可以要他的命嗎？」說完匕首下戳了一毫米，柯堯的頸子瞬間滲出一道血絲，浸溼了他新長的鬍髭。男孩啜泣似的倒抽一口氣，彼得不敢往下看。

「可以，」他說：「但我求你──讓他彌補自己的過錯。」

奇怪男子輕蔑看了柯堯一眼。「醉小子。」說完握緊了匕首。

「別殺他！」彼得啞著嗓子說：「我可以補償你。我們有黃金，還是你把我的馬帶走，如果你要的話。」彼得努力不去看他美麗的灰馬。奇怪男子的森冷眼裡露出一絲（只有一絲）被逗樂的神情。

「很好，」他冷冷說道：「但不用了。我留下你兒子的小命，彼得．弗拉迪米洛維奇，但你要幫我做一件事。」

「什麼事？」

「你有女兒嗎？」

「我有，」彼得提防地說：「可是……」奇怪男子被逗得更樂了。

「別怕，我不是要娶妳女兒或在河邊非禮她。你準備了禮物給小孩，對吧？我有禮物要給你的小女兒。你要她發誓會永遠帶著，而你自己也要保證絕不會告訴任何人你見過我。答應我這兩件事，唯有你答應了，我才會饒你兒子一命。」

彼得沉吟不語。**禮物？什麼樣的禮物重要到必須威脅我兒子？**「我不會拿女兒的安全當賭注，」他說：「就算為了兒子也一樣。瓦西婭還很小，是我妻子過世前生下的孩子——」他把話吞了下去，柯堯脖子上的血絲已經成了鮮紅的血流。

奇怪男子瞇眼望著彼得，兩人沉默許久，接著奇怪男子說道：「我向你保證，她不會受到任何傷害。我用冰雪和一千人的性命發誓。」

「所以是什麼禮物？」彼得說。

奇怪男子鬆開柯堯。柯堯夢遊似的站著，兩眼茫然得詭異。奇怪男子大步走到彼得身旁，從腰袋裡掏出一樣東西。

彼得怎麼也沒想到，奇怪男子手裡拿的竟然是一條普通項鍊。一顆璀璨的銀藍色寶石用淺白金屬框著，有如一顆星星或一片雪花垂在細如銀線的項鍊上。

彼得訝然抬頭，問題衝到嘴邊，但奇怪男子沒讓他說話。「就這個，」他說：「一條小項鍊，就這樣。記得你答應我的事。你會把它給你女兒，而且不會告訴任何人你見過我。你要是食言，我就會上門宰了你兒子。」

彼得望著手下。所有人呆若木雞，連沙夏也愕然點頭。彼得誰也不怕，可是這名神祕怪客懾住了他的部屬，連他兩個勇敢的兒子也愣愣站著。他感覺手裡的項鍊又冰又沉。

「我發誓。」彼得回答。那人點點頭，轉身大步走過泥濘的庭院。他一離開眾人的視線，彼得的手下又動了起來。彼得趕緊將閃耀的項鍊收進腰袋裡。

「父親？」柯堯說：「父親，你怎麼了？大夥兒都好了，就等你一聲令下，咱們就能出發了。」彼得不可置信地瞪著柯堯，驚訝得說不出話來，因為他兒子頸部的血痕不見了。柯堯睜著充血的雙眼靜靜望著彼得，彷彿完全不記得剛才發生什麼事。

「可是……」彼得正要開口，忽然想起自己的承諾，話就卡住了。

「父親，出了什麼事？」

「沒有。」彼得說。

他大步走向梅特，上馬策馬前行，決定將這場詭異的會面拋到腦後。但有兩件事又將他拉回當時。一是那天晚上他們紮營之後，柯堯發現喉嚨有五道橢圓白痕，彷彿得了凍瘡一般，即使他留著鬍子，喉嚨也裹得緊緊的。二是彼得再怎麼拉長耳朵，就是沒聽到半個手下談起庭院發生的怪事，逼得他只能告訴自己，只有他記得發生了什麼。

9 教堂裡的瘋女人

回家的路似乎比來時更長。安娜不擅遠行，隊伍必須經常停下休息，前進的速度比步行快不了多少。儘管如此，旅途並不辛苦。他們從莫斯科帶了滿滿的糧秣，途經的村民和波亞們也都熱情款待。

出城之後，彼得想起新婚妻子的柔軟雙唇與滑嫩肌膚，行房熱情大增。但她每回和他在一起，雖然不會憤怒或悲傷（這他應付得來），卻只是怔怔啜泣，淚水簌簌滑落圓潤的雙頰，一週後就讓彼得性趣全失，心裡氣惱又困惑。於是他開始每天長征遠跋，步行狩獵或騎著梅特深入林中，直到人和馬都滿身擦傷，精疲力竭才回來，累得只想倒頭就睡。即使如此，彼得還是不得安寧，因為他在夢中總是見到一條藍寶石項鍊和一隻蜘蛛似的蒼白手掌攫住他長子的喉嚨，讓他半夜喊著柯堯快逃而驚醒過來。

他好想快點回家，但隊伍匆忙不得。儘管他再三小心，安娜還是因旅途勞頓愈來愈蒼白虛弱，求他們停下紮營生火的時間愈來愈早，好讓僕人替她煮熱湯，暖和凍僵的手。

不過，他們還是順利過河。當彼得推斷離家還剩一天不到，便讓梅特在雪地上放懷馳騁。他手下會駕著雪橇慢慢跟上，但他和柯堯有如兩道被風驅使的幽魂，朝雷斯納亞辛里亞飛奔而去。當他出了森林，眼前豁然開朗，見到自己的家安然矗立在冬日晴空下的銀白雪地上，心中頓時充滿難以言喻的舒坦。

❄

彼得、沙夏和柯堯離開後，瓦西婭每天都會想辦法溜出門，跑到雷斯納亞辛里亞南邊，爬到一棵有如大胳臂伸向路面的大樹上。那是她最喜歡的樹。艾洛許有時會跟她一起，但他比她重，樹也爬得比她差，因此那天就只有瓦西婭看見馬蹄和輓具在遠方閃現。她貓一般的下了樹，邁開短短的雙腿使勁狂奔，一到柵欄大門就放聲大喊：「爸爸，是爸爸，爸爸回來了！」

這時消息已經傳開了。兩名騎士比小女孩快得多，正策馬飛越田野，小坡上的村民一眼就看到他們。村民面面相覷，心想其他人去哪兒了，害怕同行的親友遭遇不測。彼得和柯堯（沙夏和雪橇隊一起）呼嘯回到村裡，勒馬停步，兩匹坐騎不停跺地。敦婭想抓住瓦西婭，但偷穿艾洛許衣服去爬樹搞得全身髒兮兮的小女孩掙脫了，跑到前院大喊：「爸爸！柯堯！」一邊笑著讓爸爸和哥哥輪流將她抱起來。「爸爸，你回來了！」

「瓦西席卡，我幫妳找了一個新媽媽，」彼得見女兒滿身樹屑，不禁眉頭一皺。「但我可沒告訴她家裡住了一個樹仙子，不是小女孩。」儘管這麼說，但他還是吻了她髒兮兮的臉頰。瓦西婭呵呵笑了。

「咦，沙夏呢？」瓦西婭忽然左顧右盼，一臉驚恐喊道：「還有雪橇呢？」

「別擔心，他們在後頭，」彼得說，抬高音量讓所有聚集者聽見。「入夜前會到，所以我們必須準備好。還有妳，」他低聲對瓦西婭說：「快回廚房叫敦婭幫妳換衣服。再怎麼說，我也希望妳繼母見到的是女兒，不是樹仙子。」說完便將她放回地上，輕輕推了她一下。歐爾嘉過來將妹妹拖進廚房。

夕陽西下時，雪橇隊伍回來了。他們越過田野，疲憊地進了村莊的大門。村民們見到那架罩著簾幕，載著彼得．弗拉迪米洛維奇再婚妻子的精緻雪橇，不禁歡聲雷動。他們幾乎都是來見她的。

安娜．伊凡諾夫納蹣跚下了雪橇，全身僵硬，臉色霜白。小瓦西婭覺得她看上去只比歐爾嘉大一點，跟父親年紀差了許多。**嘿，這樣更好**，女孩心想，**也許她會陪我玩**。她露出最甜美的笑容，但安娜毫無反應，既沒開口也沒動作。眾目睽睽讓她顫抖瑟縮，彼得這才想起在莫斯科女人和男人不會同住。「我累了，」安娜低聲說道，便倚著歐爾嘉的手臂悄悄進屋。

村民們你瞧我，我瞧妳，不知所措，最後只好說：「沒辦法，旅途太長了。」或「夫人很快就會沒事了。她跟瑪莉娜．伊凡諾夫納一樣，是大公的女兒。」他們很驕傲這麼一位大家閨秀會來這裡和他們一起生活。村民回到自己的小屋，繼續生火抵擋黑夜，喝他們稀稀的湯。

不過，彼得．弗拉迪米洛維奇家倒是好好吃了一頓。雖然時值四旬齋，加上冬天將盡，存糧有限，他們還是像樣地吃了魚和粥。飯後，彼得和兩個兒子描述這趟旅程，艾洛許在房裡跳來跳去，拿著漂亮的新匕首四處揮舞，想要偷砍僕人們的手指頭。

彼得替歐爾嘉套上頭巾，看著一頭烏黑秀髮的她說：「女兒啊，我要妳婚禮那天戴著它。」歐爾嘉的臉又紅又白，瓦西婭則是怔住了，轉頭睜著大眼望著父親。彼得抬高音量讓房裡所有人聽見：「歐爾嘉將會成為塞普柯夫的王子妃，婚事是大公親自許配的。」說完便吻了女兒。歐爾嘉面露微笑，心裡歡喜又有些害怕。眾人道賀聲中，沒人發現瓦西婭孤零零地哭了。

熱鬧過去，安娜早早就想睡了。歐爾嘉去幫忙，瓦西婭碎步跟了上去。廚房漸漸安靜下來。

夜幕低垂，柴火剩下紅通通的炭心，冬廂廚房裡的空氣變得又冷又沉。最後人都走光了，只剩敦婭和彼得。老婦人坐在柴火旁啜泣。「我知道這一天遲早會來，彼得．弗拉迪米洛維奇，」她說：「沒有人比咱們家的歐爾嘉更夠格當王子妃，但我好難過。她會和她外婆一樣住在莫斯科，我再也見不到她了。我老得沒辦法旅行了。」

彼得坐在柴火前，手指摸著口袋裡的項鍊。「女孩遲早要嫁人的。」他說。

敦婭沒有說話。

「嘿，敦婭席卡，」彼得說，聲音怪得讓老婦人立刻轉頭看他。「我有一樣禮物要給瓦西婭。」他已經給瓦西婭一匹上好的綠綢緞，讓她做薩拉凡了。敦婭皺起眉頭說：「你還送？彼得．弗拉迪米洛維奇，你會寵壞她。」

「寵壞就寵壞吧，」彼得說。黑暗中，老婦人瞇眼看他，讀不出他臉上的表情。彼得將項鍊扔給敦婭，彷彿只想脫手似的。「妳拿給她吧。記得叫她一直戴著，要她發誓，敦婭。」

敦婭更不懂了，但還是收下那條冰冷的藍色禮物，瞇眼望著它。

彼得眉頭深鎖，伸手彷彿想把它要回來，但突然握起拳頭打消主意，隨即猛然轉頭起身，走回寢室。敦婭獨自坐在陰暗的廚房裡，低頭看著項鍊，將它翻前翻後，一邊喃喃自語。

「彼得．弗拉迪米洛維奇啊，」老婦人低聲說：「一個男人在莫斯科怎麼找得到這樣一條項鍊？」敦婭搖搖頭將項鍊收進口袋，決定先收起來，等女孩年紀大到不會搞丟這個亮閃閃的小東西再給她。

三天後的晚上，老婦人做了個夢。

她夢見自己又變回少女，獨自在冬天的森林裡漫步。雪橇鈴鐺清脆的聲音在路上響著。她很喜歡雪橇，於是快步向前，發現一匹白馬朝她奔來，雪橇上站著一名黑髮男子。見她站在路邊，他非但沒有放慢速度，反而一把抓住她的胳膊，將她拉上雪橇，目光依然盯著白茫茫的道路。雖然陽光晴朗，男子四周卻像吹著一月最凜冽的冰雪。

敦婭突然怕了起來。

「妳拿了不是妳的東西，」他說，聲音有如風嗥，讓她打了個哆嗦。「妳為什麼要這樣做？」敦婭牙齒猛烈打顫，幾乎說不出話來。男子用有如冬日微光的炯炯雙眼瞪著她厲聲說：「那項鍊不是給妳的，妳為什麼要占為己有？」

「項鍊是瓦西莉莎的父親買給她的，但她年紀還小，我一看到項鍊，就知道那是護身符，」敦婭結結巴巴說：「我沒有偷它，我沒有……我只是為那女孩擔心。求求你，她還太小，小得經不起巫術和古神的庇蔭。」

男子點點頭。「很好，那就先替她保管吧，等她長大再說。別故意拖延。我想我不必告訴妳欺騙我會有什麼下場吧？」

敦婭拚命點頭，抖得比剛才更厲害。黑髮男子皮鞭一抽，白馬加速奔馳，在雪上愈跑愈快。敦婭覺得自己就快抓不住了。她發狂似的伸手去捉，卻感覺自己不停往後，往後墜落……

她驚喘一聲醒了過來，發現自己躺在廚房床墊上。她在黑暗中顫抖著，很久之後身體才恢復溫暖。

❄

安娜眨著眼，捨不得從夢裡醒來。這最後一個夢很開心，有熱騰騰的麵包和一個輕聲說話的人。她雖然伸手去抓，夢還是溜走了，讓她心裡一陣悵然，緊抓著毯子擋開清晨的寒冷。

她聽見窸窣聲，便轉頭去看，只見一名魔鬼坐在她凳子上，低頭縫著彼得的上衣。冬天的灰濛晨光在那猙獰的傢伙身上灑下一道道陰影。安娜打了個哆嗦。丈夫在她身旁鼾聲震天，毫無所覺。她試著不去理那妖怪，一如這七天來她每日在這可怕的地方醒來那樣。她轉身躲進被子裡，但就是暖和不起來。她丈夫已經不蓋毯子了，她卻始終發冷。每回她要侍女把火升大一點，她們只會客氣困惑地呆望著她。她想過靠近點，分一些丈夫的體溫，但他可能又想要她。雖然他盡力溫柔，卻不容她拒絕，多數時候她只想不受打擾。

她壯著膽子又轉頭偷瞄凳子一眼，發現那東西正在看她。

安娜受不了了。她溜下床，隨便抓了衣服穿上，用圍巾包住半鬆開的辮子，衝過廚房往門外跑，嚇得總是早起烤麵包的敦婭一臉驚詫。晨光由灰轉紅，地面宛如鋪滿了寶石閃閃發亮，但安娜眼裡完全沒見到雪，只有離房子不到二十步的木造小教堂。她不顧一切朝教堂狂奔，拉開門跑進去。她很想哭，但咬緊牙關握緊拳頭不讓自己唉出聲來。她已經哭太多了。

她到北邊之後更瘋狂了，惡化得非常、非常厲害。彼得的屋裡都是魔鬼，爐灶裡躲了一個眼睛像煤炭的傢伙，浴室裡一個小人隔著水蒸氣朝她眨眼睛，還有一個宛如柴堆的惡魔懶洋洋坐在前院裡。

莫斯科的魔鬼從來不看她，連瞄她一眼也不會，但這裡的魔鬼老是在**看她**，有些甚至靠得很近，彷彿會說話似的，害得安娜只能落荒而逃，心裡痛恨丈夫和繼子繼女投來的困惑目光。她老是見到魔鬼，隨時隨地，除了在教堂。

蒙福的安靜教堂。比起莫斯科的教堂，這座教堂其實沒什麼，沒有純金或鍍金的雕飾，只有一名負責禮拜的神父，聖像很小，畫得又糟，但這裡她什麼妖魔鬼怪都看不見，只有地板、牆壁、聖像與蠟燭，沒有躲在暗處的臉龐。

她在教堂裡待了又待，不停禱告或呆視前方，直到天大亮才溜回屋裡。廚房裡人來人往，柴火劈啪作響，烤麵包的烤麵包，燉肉的燉肉，掃地的掃地，擦拭的擦拭，夜以繼夜忙個不停。安娜溜進來，婦人和女孩們都沒有反應，甚至連轉頭都沒有。安娜覺得那是在嫌她嬌弱，幫不上忙。

歐爾嘉最先抬頭。「想來點麵包嗎，安娜·伊凡諾夫納？」她問。歐爾嘉不可能喜歡這個取代她母親的可憐女孩，但她為人善良，很同情她。

安娜很餓，但爐灶口就坐著一個灰撲撲的小妖怪，嘴裡啃著烤焦的麵包屑，鬍鬚映著紅紅的火光。

安娜·伊凡諾夫納張開嘴巴，但發不出聲音。小妖怪放下麵包屑歪頭看她，發亮的眼裡閃著好奇。「不用了，」安娜囁嚅道：「不用了，我不想吃麵包。」說完便轉身逃回不是很安全的閨房。廚房裡的女人們面面相覷，緩緩搖了搖頭。

10 塞普柯夫王子妃

隔年秋天，柯堯娶了鄰村波亞之女為妻。那女孩長得豐滿壯碩，頭髮發黃。彼得替新人蓋了一間小房子和上好的陶土爐灶。

村民滿心期待的是更大的婚禮，歐爾嘉．彼得洛夫納成為塞普柯夫王子妃的大喜之日。雙方商量將近一年，聘禮在泥巴封路前便從莫斯科陸續送來，但細節討論了很久。雷斯納亞辛里亞到莫斯科路途難行，信使不是延誤就是失蹤，不是跌破頭、被搶就是馬腿瘸了，但最後婚事還是談妥了。塞普柯夫的少王子將親自率領隨從來迎娶，帶歐爾嘉回莫斯科的家。

「最好先成婚再遠行，」信使說：「這樣令千金路上才不會太害怕。」信使或許還轉達了莫斯科都主教艾雷克塞的建議，希望新人在返回莫斯科之前能先成婚和圓房。

春去夏來，景色由淡轉豔，天空溫柔善變，綠草掩沒枯花。王子來了。一年的時光讓他成熟不少，雖然容貌沒有變俊，但雀斑消失了，害羞也藏在活潑和善的外表底下。

一頭金髮的狄米崔．伊凡諾維奇也跟著表哥來了，大聲打招呼。兩位王子帶了老鷹、獵犬和馬，還有許多聘禮，侍女們坐在木雕的車上。他們還帶了一名修士當監護人，年紀不算老，沉默寡言。車隊隆隆前進，沙塵滿天，一路吵吵嚷嚷，讓全村的人看得目瞪口呆。不少人親切提供歇腳處給隨從，牧草給疲憊的馬匹。少王子弗拉基米爾害羞地將耀眼的綠寶石戒指套在歐爾嘉手指上，彼得家裡歡聲雷動。從瑪莉娜嚥氣以來，這個家就沒這麼熱鬧過了。

❄

「至少他很和善，」好不容易靜下來時，敦婭對歐爾嘉說。她們坐在夏廂廚房的寬窗前，瓦西婭坐在歐爾嘉腳邊，一邊縫衣服一邊聽著。

「是啊，」歐爾嘉說：「而且沙夏會和我一起去莫斯科，先陪我到夫家之後才去修道院，他是這樣答應我的。」綠寶石戒指在她無名指上閃閃發光。她的未婚夫還給了她一條琥珀項鍊和一匹罌粟花般火紅的上好綢緞。敦婭正在替綢緞縫邊，準備做成薩拉凡。瓦西婭只是假裝縫衣服，兩隻小手握成拳頭擺在腿上。

「妳會過得很好，」敦婭咬掉線頭，口氣堅定地說：「弗拉基米爾・安德烈維奇很有錢，而且夠年輕，會聽妻子的話。他氣量很大，親自來這地方接妳，在妳家成婚。」

「他來是因為都主教的吩咐。」歐爾嘉插話道。

「他很得大公寵愛，又是小狄米崔的摯友，這點不在話下。伊凡死後，他的地位不會低，妳會成為很棒的夫人。妳找不到更好的丈夫了，我的歐爾嘉。」

「是、是吧，」歐爾嘉緩緩說道。瓦西婭垂頭喪氣，歐爾嘉彎身輕撫妹妹烏黑的頭髮。「我想他是很和善，但我——」

敦婭冷笑說道：「妳希望來的是烏鴉王子，就像童話裡那隻去找伊凡王子妹妹的大鳥嗎？」

歐爾嘉紅著臉笑。她沒說什麼，只是抱起瓦西婭。瓦西婭已經大得沒辦法像小孩那樣抱著，但她還是摟著妹妹前後搖晃。瓦西婭僵硬地縮在她懷裡。「噓，小青蛙，」歐爾嘉說，彷彿瓦西婭還是小娃娃。「大家都會沒事。」

「歐爾嘉・彼得洛夫納，」敦婭說：「我的歐爾嘉，童話是小孩的把戲，妳已經是女人了，很快就要為人妻子，嫁給一位體面的男人，安安穩穩住在他家，敬拜上帝，生兒育女。這樣才對、才實在，別再做白日夢了。童話只是寒冬晚上取暖用的，沒別的了。」敦婭突然想起那雙冷若冰霜的眼眸，還有比那更冷的手掌。**很好，等她長大再說，但別故意拖延**。她忍不住打了個哆嗦，隨即壓低聲音看著瓦西婭說：「就算是童話裡的女孩子，也不是都有好下場。愛倫努席卡就變成了鴨子，眼睜睜看著壞巫婆殺了她的鴨小孩。」她看歐爾嘉依然低著頭，悶悶摸著妹妹的頭髮，便有點嚴厲地說：「孩子，這就是女人的宿命。我想妳應該不想當修女吧？說不定妳會愛上他。妳母親結婚前根本不認識彼得・弗拉迪米洛維奇，即使她膽子很大，敢面對巴巴亞嘎[27]，我記得她還是很害怕，但兩人結婚的第一晚就愛上對方。」

「媽媽已經過世了，」歐爾嘉無精打采地說：「有人取代她，而我要永遠離開這裡了。」

瓦西婭靠著她的肩膀抑抑低咽一聲。

「她沒有死，」敦婭語氣堅決反駁道：「因為妳活著，和她一樣美麗，還會生出許多小王子。勇敢一點。莫斯科很漂亮，妳哥哥也會去看你。」

❄

那天晚上，瓦西婭和歐爾嘉一起睡，焦急地對姊姊說：「歐爾嘉，別去。我再也不會不聽話，甚至再也不會去爬樹了。」她抬頭望著姊姊，有如貓頭鷹瞪大眼睛顫抖著。歐爾嘉忍不住笑了，雖然笑到最後有一點哽咽。她說：「我非去不可，小青蛙。敦婭也說了，他是王子，家裡有錢，人又很好，我如果不嫁給他，就得去修道院。而且我想生小孩，生十隻像妳一樣的小青蛙。」

「但妳已經有我了，歐爾嘉。」瓦西婭說。

歐爾嘉將妹妹摟進懷裡。「但妳有一天也會長大，不再是小孩，到時我這個路都走不穩的姊姊怎麼辦？」

「才不會！」瓦西婭急急脫口而出：「才不會！我們一起逃跑，去森林裡住。」

「我不確定妳會想住在森林裡，」歐爾嘉說：「我們可能會被巴巴亞嘎吃掉。」

「不會，」瓦西婭信誓旦旦說：「森林裡只有獨眼人。只要我們避開那棵橡樹，就不會被他發現。」

歐爾嘉聽了又好氣又好笑。

「我們可以在森林裡蓋一間伊斯巴，」瓦西婭說：「我會採栗子和蘑菇回家。」

「我有個更好的主意，」歐爾嘉說：「妳是大女孩了，不出幾年就會是黃花閨女。我到時再把妳接到莫斯科，妳也找王子嫁了，我們一起在宮裡當王妃，妳覺得怎麼樣？」

「但我已經長大了，歐爾嘉！」瓦西婭立刻吞下淚水，身體坐直喊道：「妳看，我長大很多了。」

「還不夠，小姊妹，」歐爾嘉柔聲道：「要有耐心，聽敦婭的話，多吃粥。等到爸爸說妳長大了，我就派人來接妳。」

「我會去問爸爸，」瓦西婭自信滿滿地說：「他可能會說我已經長大了。」

27 巴巴亞嘎：經常出現在俄國童話裡的老女巫，住在長著雞腳不停旋轉的小屋裡，臼是她的交通工具，她會用杵控制方向，用樺木掃帚清除經過的痕跡。

❄

那修士一走進前院，沙夏就認出他來。院子裡堆滿聘禮，歡迎聲此起彼落，宴會在翠綠的樺樹林間準備登場，沙夏奔到修士面前，握著他的手親吻道：「神父，您來了。」

「如你所見，孩子。」修士微笑道。

「旅途那麼長。」

「其實不會。我年輕時行遍羅斯的大江南北，有聖經指引我、保守我，做我的麵包和鹽。現在我老了住在修道院裡，還是覺得世界很美，尤其北方的夏天。我很高興見到你。」

他沒交代的是（至少當時沒說）大公病倒了，因此更急著讓弗拉基米爾．安德烈維奇成婚。狄米崔不到十一歲，還是個滿臉雀斑的公子哥兒，母親成天跟著他，晚上還陪他睡。年紀太小的王子，要是父親死的時間不對，消失是常有的事。

艾雷克塞和謝爾蓋．拉多涅茨基相識多年。春天時他召謝爾蓋進克里姆林，到他宮裡來。「我要讓弗拉基米爾．安德烈維奇到北方娶親，」他對修士說：「愈快愈好，婚事一定要在伊凡過世之前完成。小狄米崔會去參加婚禮，以遠離事端。他母親擔心這孩子待在莫斯科會有生命危險。」

修士和都主教坐在廚房院子裡同一張木椅上，喝著摻了許多水的蜂蜜酒。「所以伊凡．伊凡諾維奇病得很重？」謝爾蓋說。

「他面如死灰，身體枯黃，盜汗又發臭，還生了眼翳，」都主教說：「如果上帝保佑，他會活下來，要是沒挺過，我也不意外。我不能離開莫斯科，但狄米崔還太小，我想麻煩你去參加婚禮，照顧他並主持弗拉基米爾成婚。」

「弗拉基米爾娶的是彼得・弗拉迪米洛維奇的女兒，對吧？」謝爾蓋說：「我見過彼得的兒子，他們叫他沙夏。他來修道院找我，我從來沒見過那樣的眼睛，無論當修士、聖徒或英雄都難不倒他。一年前他想靈修，如果現在還是，修道院需要這樣的弟兄。」

「嗯，那你去瞧瞧吧，」艾雷克塞說：「說服彼得的兒子跟你回修道院。狄米崔成年之前也要待在你那兒，要是能有艾列克桑德・彼得洛維奇作陪最好，跟他是血親，又很虔誠。狄米崔繼位的話，肯定需要足智多謀的盟友，愈多愈好。」

「你也是，」謝爾蓋說道。蜜蜂在他們四周飛舞，短命的北方花朵像要討回什麼似的散放著濃烈香氣。謝爾蓋遲疑片刻，接著說：「你到時會出任攝政，對吧？要是少主被殺，攝政也活不長。」

「我有膽小到不敢擋在少主和刺客之間嗎？」艾雷克塞說：「就算喪命，我也會這麼做。神與我們同在。不過，要是我死了，你一定要當都主教。」

謝爾蓋笑了。「我還沒去莫斯科接你的都主教職位，就會先去見上帝，享受祂的榮耀。不過，我會跟塞普柯夫王子到北方去。我已經很久沒出遠門，想再去看看高山林。」

❄

彼得在騎士之間看見那名修士，臉立刻沉下來，但一直都很客套，就這樣到黃昏。那天傍晚，所有人在暮色下大吃大喝，直到村民們酒足飯飽，火把和笑聲逐漸朝村子遠去，彼得才一把抓住謝爾蓋的肩膀，兩人在小溪旁四目對望。

「你真的來了，神父，想從我身邊偷走我兒子嗎？」彼得對謝爾蓋說。

「你的兒子不是馬，偷不走。」

「錯了，」彼得勃然大怒：「他比馬更糟，馬還聽得懂道理。」

「他是天生的戰士，神的選民。」謝爾蓋說，語氣依然平和。彼得更火了，氣得話哽在喉嚨說不出來。

修士皺眉沉吟，彷彿在考慮什麼，接著說：「你聽著，彼得．弗拉迪米洛維奇，伊凡．伊凡諾維奇快死了，說不定已經過世了。」

彼得完全不曉得這件事，驚詫得後退半步。

「他兒子狄米崔正在你家作客，」謝爾蓋接著說：「他一回去，就要直接進我的修道院躲著。對那些垂涎王位的人來說，一個小男孩的性命不算什麼。王子需要血親教導他、保護他，而你兒子是狄米崔的表哥。」

彼得目瞪口呆。蝙蝠出來了。彼得年輕時，夜裡全是蝙蝠的叫聲，在暮色漸濃的此刻，牠們只是靜靜飛著。

「我和其他修士，我們不是只會烤麵包和唱聖歌而已，」謝爾蓋說：「你在這裡很安全，森林會吞噬所有部隊，但能像你這麼說的又有幾個？我們烤麵包給飢餓的人，鑄劍保護他們，這是神聖的使命。」

「我兒子會鑄劍保護家人，你這隻毒蛇。」彼得反射似的大發雷霆，因為不確定反而更火大。

「沒錯，」謝爾蓋說：「保護他表弟，一個將來會統治全莫斯科的孩子。」

彼得再次沉默，但怒氣已經散了。

謝爾蓋見彼得垂頭喪氣，便低頭說：「對不起，我知道很難，我會為你禱告。」說完便走入林中，跫音被小溪淹沒。

彼得一動不動。滿月浮現，銀盤邊攀上了樹梢。「妳一定知道該說什麼，」彼得喃喃自語：「但我不知道。幫幫我吧，瑪莉娜，就算為了大公的子嗣，我也不想失去兒子。」

❄

「我原本聽到你把妹妹賣到那麼遠的地方，心裡很憤怒，」沙夏對父親說，聲音斷斷續續，因為他正在調教一匹年輕的野馬。彼得騎著梅特，灰色的種馬（不是役馬）好奇望著在他身旁騰躍的幼駒。「弗拉基米爾雖然年紀輕輕，為人倒很正直，對馬也好。」

「我很為歐爾嘉高興，就算弗拉基米爾是愛喝酒的色鬼、糟老頭，做父親的我也莫可奈何，」彼得說：「大公可沒讓她有得選。」

沙夏突然想起他的新媽媽，想起她動不動就落淚，整天禱告，驚惶不安。他父親不可能選擇這樣的女人。「你也沒得選，父親。」他說。

我一定是老了，彼得．弗拉迪米洛維奇心想，**連兒子都對我手下留情**。「選不選都一樣。」他說。山毛櫸細細長長，黃澄澄的光芒斜斜照進林中，銀色樹葉全在顫抖。幼駒被樹葉嚇得抬起了前腳，但沙夏及時勒緊韁繩，讓他四蹄著地。梅特踱到他們身旁，彷彿在向小馬示範真正的馬會怎麼做。

「你已經聽到修士說的，」彼得緩緩說道：「大公和他兒子是我們的親戚。但是沙夏呀，我想勸你改變主意。修士的生活很苦，孤獨、貧窮，只有禱告和冰冷的床鋪，而我們這個家需要你。」

沙夏側頭望著父親，曬黑的臉似乎一下子年輕了許多。「我還有哥哥和弟弟，」他說：「我必須自己去闖一闖，對抗這世界。這裡的樹只會囚禁我。我要出發，為神而戰。這是我的使命，父親，而且王子，我的表弟狄米崔，他需要我。」

「你知道這有多苦嗎？」彼得怒吼道：「為人父親卻被兒子拋棄，死後沒有兒子為他哀悼。」

「我會有同屬基督的弟兄為我哀悼，」沙夏反駁道：「而你有柯堯和艾洛許。」

「你走的話，沙夏，就什麼也拿不到，」彼得大怒道：「你身上的衣服、佩劍和你想要的那頭瘋馬可以帶走，但你不會再是我的兒子。」

沙夏神采煥發，看上去無比年輕，曬黑的臉龐微微透白。「爸，我非去不可，」他說：「不要因此而恨我。」

彼得沒有回答，氣得策馬直奔回家，將沙夏和他的小馬遠遠拋下。

❄

那一晚，沙夏在馬廄裡檢查一匹年輕高大的騸馬，瓦西婭悄悄溜了進來。「米許很難過，」她說：「她想跟你一起去。」棕色的牝馬聽到了將頭探出欄外。

沙夏笑著對妹妹說：「米許老了，不適合遠行。」說完伸手摸了摸牝馬的脖子。「再說，一匹還能傳種的母馬在修道院裡沒什麼用，這匹馬就夠了。」他拍了拍那頭騸馬，騸馬甩甩耳朵。

「我也能當修士。」瓦西婭說。沙夏發現她又偷了哥哥的衣服，手裡還拎著一只小皮袋。

「當然，」沙夏說：「不過，修士通常要大一點。」

「你們老是說我太小！」瓦西婭氣沖沖地說：「我會長大的。沙夏，別急著走，再等一年。」

「妳忘了歐爾嘉嗎？」沙夏說：「我答應要送她到夫家，然後聽從上帝的呼召，瓦西席卡，妳再反對也沒用。」

瓦西婭想了想。「要是我答應送歐爾嘉到她夫家，那我也可以去嗎？」

沙夏沒有回答。小女孩低頭看腳，腳趾頭輕輕摳地。「安娜．伊凡諾夫納會讓我去的，」她急匆匆說：「她會叫我去，因為她討厭我，我那麼小又那麼髒。」

「給她一點時間，」沙夏說：「她是城裡長大的姑娘，不習慣森林。」

瓦西婭垮著臉說：「她已經來這裡好久了，我希望她回莫斯科。」

「來吧，小姊妹，」沙夏望著瓦西婭白皙的小臉說：「我們去兜兜風。」瓦西婭更小一點的時候，最愛坐在前鞍橋上，安安穩穩窩在沙夏的臂彎裡，享受風吹拂臉龐的感覺。她滿臉興奮，沙夏彎身將她抱上騸馬。兩人來到多爾，沙夏一躍坐到她身後。瓦西婭彎身向前，呼吸加速，馬便踩著雷霆般的步伐，從庭院疾馳而出。

瓦西婭身體往前，開心大喊：「再跑！再跑！」沙夏放慢騸馬的速度，掉頭準備回家。「我們去薩萊，沙席卡！」瓦西婭轉頭看他。「去沙皇格勒，或去布楊島[28]找海神和他的天鵝女兒！沒有很遠，就在太陽的東方和月亮西邊。」她昂首瞇眼望著前方，彷彿想找方向。

「晚上去那裡有一點遠，」沙夏說：「妳要勇敢，小青蛙，聽敦婭的話。我總有一天會回來的。」

「那一天會很遠嗎，沙夏？」瓦西婭低聲問：「很快嗎？」

沙夏沒有回答，也不需要回答，因為到家了。他勒緊韁繩停住騸馬，將妹妹放在馬場上。

---

28 布楊島：斯拉夫神話中的神祕島嶼，能自行顯現和消失，不少俄國民間傳說曾提到這個島嶼。

11 屋妖多莫佛伊

沙夏和歐爾嘉離開之後，敦婭發現瓦西婭變了，一是更常消失，二是話變少了，有時一開口就會嚇到人。這孩子已經大了，不會童言童語，可是……

「敦婭，」有一天她問：「河裡住著什麼？」那時歐爾嘉的婚禮剛過不久，熱氣有如手掌抓著森林和田野。瓦西婭喝了一大口湯，一臉好奇望著保母。

「魚啊，瓦西席卡。如果妳到明天都很乖，我就請人捉新鮮的魚，加現採的香草和奶油煮給妳吃。」

瓦西婭很愛吃魚，但她搖搖頭說：「不對，敦婭，河裡還有什麼？眼睛像青蛙，頭髮像水草，鼻孔會流泥巴的東西。」

敦婭厲色看了小女孩一眼，但瓦西婭忙著吃乾淨碗裡剩下的捲心菜渣，絲毫沒有察覺。「妳是不是聽農夫說了什麼，瓦西婭？」敦婭問：「那是河王伏賈諾伊[29]，他專門在河邊找小女孩，把她們抓到河底的城堡裡。」

瓦西婭心不在焉刮著碗底。「不是城堡，」她舔著手指上的湯汁說：「是河底的一個洞，但我之前都不曉得他叫什麼名字？」

「瓦西婭……」敦婭望著小女孩晶亮的雙眼，開口說道。

「嗯？」瓦西婭放下空碗，吃力站了起來。敦婭話到嘴邊，準備明白警告她——警告什麼？童話嗎？敦婭將話嚥了回去，扔了一條套著布罩的毯子給瓦西婭。

「喏，」她說：「拿去給西蒙神父，他生病了。」

瓦西婭點點頭。神父的房間和屋子相通，但可以從房子南邊另一道門進去。女孩順手抓了一個餃子塞進嘴裡，快得讓敦婭來不及阻止，便一溜煙鑽出廚房，五音不全大聲哼著曲子，和她父親以前的習慣一模一樣。

敦婭彷彿不由自主，將手緩緩伸進縫在上衣內側的暗袋裡。嵌住藍寶石的五星爪閃閃發光，宛如雪花般完美。雖然她已經在炙熱的爐邊忙了一早上，寶石摸起來還是像冰一樣冷。

「還沒，」敦婭喃喃自語：「她還是個小女孩——喔，拜託，還沒。」寶石在她乾癟的掌心裡熠熠生輝。敦婭將項鍊狠狠塞回口袋，轉身像是變了個人似的猛力攪拌清湯，有如報仇一般，弄得湯汁四濺，灑在爐灶石面上滋滋作響。

❄

不久之後，柯堯發現妹妹躲在長草叢裡偷看，不禁嘴角一撇。他敢說十個村子裡也找不到一個人像她這麼礙眼。

「妳不是應該在廚房裡嗎，瓦西婭？」他問，語氣有點不悅。天氣很熱，他那個愛流汗的老婆動不動就發火，剛生的兒子正在長牙，尖叫個不停。最後柯堯終於咬牙切齒抓起釣線和簍子朝河邊走，但平靜的心情已經被妹妹搞砸了。

---

29 伏貢諾伊：俄羅斯民間傳說中的男水妖，通常多行惡事。

瓦西婭稍微伸長脖子，但還是躲在草叢裡。「哥，沒辦法，」她撒嬌道：「誰叫安娜．伊凡諾夫納和敦婭吵得很兇，伊莉娜又哭了。」伊莉娜是他們的新妹妹，比柯堯的兒子早出生沒多久。「反正只要安娜．伊凡諾夫納在附近，我就沒辦法縫衣服，想不起來。」

柯堯嗤之以鼻。

瓦西婭在草叢裡動了動。「我可以幫你釣魚嗎？」她滿懷期盼問。

「不行。」

「那我可以看你釣魚嗎？」

柯堯正想開口拒絕，忽然想到一件事：只要她乖乖坐在河邊，就不會去別的地方搗蛋。「可以，」他說：「假如妳能閉上嘴巴坐在那裡的話，還有別讓妳的影子照到河面上。」瓦西婭輕手輕腳乖乖走到哥哥手指的地方。柯堯不再理她，專心望著水面，感覺指間的釣線。

一小時後，瓦西婭依然坐在河岸邊，柯堯釣到了六條好魚，心想太太或許會原諒他突然消失。他抬頭瞄了妹妹一眼，驚訝她竟然能靜靜坐著那麼久。瓦西婭緊盯河水，那專注的表情讓柯堯有點不安。這孩子到底看到什麼，會這樣盯著不放？河水一如往常潺潺低語，兩岸水芹迎著水流輕輕擺盪。

這時釣線突然一緊，柯堯立刻開始收線，將妹妹拋在腦後。魚還沒拖到岸邊，木鉤就斷了。柯堯咒罵一聲，不耐煩地將線收短，更換釣鉤。再次拋出魚鉤前，他左右看了一眼，發現簍子不在原來的地方。他又咒罵一句，比剛才大聲一些，同時轉頭看瓦西婭，但她還坐在十步外的岩石上。

「怎麼了？」她問。

「我的魚跑了！一定是村裡來的杜爾克[30]把……」

瓦西婭置若罔聞。柯堯話還沒說完，她已經跑到河水邊。

「那些魚不是你的！」她大吼道：「還來！」柯堯聽見水花聲裡有一個奇怪的聲響，彷彿答了什麼。瓦西婭小腳一跺。「快點！想要魚就自己抓！」水底傳來低沉的哼嗚，彷彿岩石摩擦，接著，簍子不曉得從哪裡飛出來，打在瓦西婭的胸口上。女孩往後摔倒，但本能抓住簍子，轉頭朝哥哥開懷微笑。

「簍子回來了！」她說：「那個貪心的老傢伙只是……」她見哥哥臉色不對，立刻閉上嘴巴，默默將簍子遞給他。

柯堯真想奔回村裡，將簍子和他的古怪妹妹留在河邊。但他是男人，也是波亞的兒子，因此只能抬起僵硬的雙腿，大步上前接過簍子。他可能想說什麼。他的嘴明顯動了一兩次，瓦西婭覺得他好像魚。但他最後什麼也沒說，拿了簍子就轉頭走開了。

❄

秋天終於來了，清涼的天氣有如沁人的手指輕撫夏日烤乾的綠草，光線也從金黃轉為鉛灰，雲朵又溼又柔。就算瓦西婭仍會為了離去的哥哥和姊姊啜泣，也不會在家人面前落淚，也不再每天追著父親問自己是不是夠大了，能去莫斯科了沒。但她吃粥總是餓虎一般，也常問敦婭她是不是長大了一點。她想盡辦法避開縫紉和繼母。安娜再怎麼跺腳咆哮下命令，瓦西婭就是不聽。

那年夏天，她常在森林裡蹓躂，從漫漫白晝直到入夜。現在她逃家不再有沙夏來追她，而她也

30 杜爾克：笨蛋，陰性為杜爾。

常從家裡開溜，不管敦婭怎麼罵。但隨著白晝愈來愈短，天氣漸漸變糟，每當短暫的午後狂風大作，瓦西婭就會待在家裡，坐在自己的凳子上啃麵包跟多莫佛伊[31]說話。

多莫佛伊個頭矮小，皮膚棕黑，留著長鬍鬚，眼睛炯炯有神。晚上他會從爐灶裡溜出來擦盤子，清煤渣，從前還會縫縫補補，如果有人把衣服忘了的話。安娜見到衣服亂放就會尖叫，很少有僕人敢惹她生氣。瓦西婭的繼母嫁進來前，他們會留食物給多莫佛伊，像是一碗牛奶或一點麵包，但安娜現在見到也會尖叫，弄得敦婭和女僕只好改藏在安娜很少去的角落。

瓦西婭踢著凳腳邊吃邊說，多莫佛伊在縫東西，是瓦西婭偷偷把自己的衣服塞給他。他手指匆匆動著，有如夏日飛舞的小蟲。兩人的對話一如往常，只有某人在說。

「你是從哪裡來？」瓦西婭嘴裡塞滿麵包這麼問道。她之前就問過這個問題，但他有時答案會不一樣。

多莫佛伊沒有抬頭也沒停下手上的活兒。「這裡。」他說。

「你是說你不止一個？」小女孩左右張望說。

這想法似乎讓多莫佛伊很不安。「不是。」

「如果你只有一個，那是從哪裡來的？」

哲學對話不是多莫佛伊的強項。他皺起一雙濃眉，手上的動作略顯遲疑。「我在這裡，因為房子在這裡，要是房子不在這裡，我就不會在這裡。」

瓦西婭聽不懂他的意思。「所以，」她繼續嘗試：「如果房子被韃靼人燒掉，你就會死掉？」

多莫佛伊好像無法理解這個概念似的。「不會。」

「但你不是說——」

多莫佛伊兩手突地一甩，暗示他不想再聊，不過瓦西婭反正吃完麵包了。她一臉困惑從凳子上起身，麵包屑灑了一地，多莫佛伊撇嘴瞪了她一眼。瓦西婭歉疚地拍拍麵包屑，結果灑得更遠，最後她只好放棄，拔腿就跑，但腳絆到一塊鬆脫的板子，整個人撞到目瞪口呆站在門口的安娜・伊凡諾夫納懷裡。她不是故意要害繼母撞到門框，但小小年紀的她又瘦又壯，跑得又快，才會讓安娜撞到。她抬頭匆匆說了抱歉，但突然愣住。安娜臉白如鹽，雙頰幾乎沒了血色，胸口不停起伏。瓦西婭忍不住後退一步。

「瓦西婭，」安娜說，聲音像是脖子被人勒住似的。「妳在跟誰講話？」

瓦西婭嚇到了，沒有說話。

「回答我，小鬼！妳在跟誰說話？」

瓦西婭倉皇不安，選擇了最安全的回答：「沒有人。」

安娜目光從女孩身上射向房裡，突然伸手甩了她一巴掌。

瓦西婭一手摀著臉頰又驚又怒，臉色發白，不久淚水便落了下來。爸爸常打她，但總是她做錯事的時候。她從來不曾被人因為生氣而打過。

「我不會再問第二次。」安娜說。

「就是多莫佛伊嘛，」瓦西婭瞪大眼睛低聲道：「就是多莫佛伊而已。」

「多莫佛伊？」安娜厲聲問道：「他是怎樣的惡魔？」

瓦西婭不知該怎麼回答，努力不哭出來，沒有說話。

---

31 多莫佛伊：俄國民間傳說中的住家守護者，住家妖精。

安娜舉起手，作勢要再賞她耳光。

「他會幫忙清理家裡，」瓦西婭語帶遲疑，結結巴巴道：「不會害人。」

安娜目光狠狠瞪向房裡，滿臉通紅訓斥道：「走開，你這傢伙！」多莫佛伊抬頭看她，眼神困惑忿懣。安娜轉頭望著瓦西婭。「多莫佛伊？」她湊到繼女面前，尖聲說道：「多莫佛伊？世上根本沒有**多莫佛伊！**」

瓦西婭又氣又不解，正想開口反駁，但見到繼母的表情，立刻噤口不言。她從來沒見過一個人怕成這樣子。

「走開！」安娜大喊：「走開，**出去！**」最後一個字已經成了尖叫。瓦西婭轉頭就跑。

❄

動物的體熱從下方傳了上來，溫暖充滿汗味的閣樓。瓦西婭身體發冷縮在乾草堆裡，心裡困惑又受傷。

世界上沒有多莫佛伊？當然有。他們每天都見到他，他一直都在。

但他們**真的**看到他了？除了自己，瓦西婭不記得還有誰跟他說過話，但——安娜肯定見到他了，她說了「走開！」不是嗎？也許——也許多莫佛伊確實**不**存在。也許是她瘋了。也許她注定成為聖愚者[32]，沿村乞討。但聖愚者是受基督保護，不會像她這麼壞。

瓦西婭想得頭都痛了。如果多莫佛伊不存在，那其他人呢？像河裡的伏賈諾伊、林中的樹枝人，還有露莎卡[33]、波列維克[34]和多爾尼克[35]呢？難道都是她想像出來的？她瘋了嗎？還是安娜·伊凡諾夫納瘋了？她真希望能問歐爾嘉或沙夏。他們一定知道答案，而且絕不會打她。但他們在好遠的地方。

瓦西婭將頭埋在懷裡。她不知道自己在那裡待了多久，光影在昏暗的馬廄裡緩緩移動。她像累壞的孩子瞇了一會兒，醒來時閣樓裡的光已經變成灰色。她肚子好餓。

她伸了伸僵硬的身子，睜開眼睛——發現一個陌生的小不點正盯著她看。瓦西婭驚呼一聲，立刻又縮起身子，兩隻拳頭壓住眼窩。

等她再次睜開眼睛，那雙棕眼還在那兒，依然瞪得大大的，平平靜靜安在一張大餅臉上，搭配紅鼻子和搖動的白鬍鬚。那傢伙很小，不比女孩大多少，坐在乾草堆上用好奇同情的眼神望著她。他不像多莫佛伊穿著整潔的袍子，而是一身破破爛爛，而且光著腳。

看到這裡，瓦西婭再次閉上眼睛。但她不可能一直躲在乾草堆裡。最後她總算鼓起勇氣，睜開眼睛聲音顫抖著說：

「你是魔鬼嗎？」

閣樓安靜了片刻。

「我不知道，也許是。魔鬼是什麼？」那小傢伙聲音很像和善的馬兒在低嘶。

32 聖愚者：音譯為尤洛狄維（yurodivy），在基督裡的愚者，放棄世上所有，獻身於苦行生活，其顛狂（或真或假）據信出自聖靈啟發，經常直陳一般人所不敢言的真理。

33 露莎卡：俄羅斯民間傳說中的水中仙女，類似魅魔（succubus）。

34 波列維克：俄羅斯民間傳說中的田中精靈，守護穀物田地。

35 多爾尼克：俄國民間傳說中的院子守護者，現在則是「看門人」的意思。

瓦西婭想了想。「魔鬼就是又大又黑，火焰鬍子，叉子尾巴，會奪走我的靈魂，把我扔到火裡虐待的傢伙。」

她又看了小傢伙一眼。

不管他是誰，看來都不像魔鬼。鬍子又濃又白，跟火焰差很多，而且正回頭檢查褲子，彷彿想確認自己真的沒尾巴。

「這樣的話，」最後他說：「我想我不是魔鬼。」

「你真的在這裡嗎？」瓦西婭問。

「有時候。」小傢伙平靜回答。

瓦西婭不是很放心，但她想了想，最後決定「有時候」比「不在」好。「喔，」她鬆了口氣說：「那你是什麼？」

「我照顧馬。」

瓦西婭點點頭，一副明白的樣子。如果有小傢伙專門看房子，那也應該有小傢伙專門看馬廄。但她已經學會別太快相信人。

「所——所有人都看得到你嗎？他們都知道你在這裡？」

「馬夫知道，至少寒冷的晚上他們會留吃的給我。但沒有人看得見我。除了妳，還有另一個女的，她從來不到這裡。」他朝她的方向微微鞠躬。

瓦西婭用更驚愕的眼神看著他。「那多莫佛伊呢？他們也看不見他，是嗎？」

「我不知道什麼是多莫佛伊，」小傢伙平靜回答：「我屬於這個馬廄和馬廄裡的動物，除了幫馬運動，我從來不出去。」

瓦西婭想問他是怎麼做到的。他比她還矮，但所有的馬都比她舉起手還高。就在這時，她聽見敦婭沙啞的聲音在喊她。瓦西婭立刻跳起來。

「我得走了，」她說：「我還會見到你嗎？」

「看妳，」小傢伙回答：「我以前從來沒跟人說過話。」

「我叫瓦西莉莎．彼得洛夫納，你叫什麼名字？」

小傢伙想了想。「我以前從來不需要名字，」他說，說完又陷入沉思。最後他說：「我叫——瓦奇拉[36]，是馬精，我想妳可以叫我這個名字。」

瓦西婭尊敬地點了點頭。

「謝謝你。」瓦西婭說，說完便一個轉身匆匆爬下閣樓梯子，頭髮裡的乾草飛散飄舞。

❄

日往月來，春來秋去。瓦西婭長大了，也學會謹慎，除非獨自一人，否則只跟人類說話。她決定叫得少一點，跑得少一點，擔心敦婭少一點，最重要的是避開安娜．伊凡諾夫納。

她幾乎真的做到了，將近七年什麼事都沒發生。就算聽見風裡有聲音，樹葉間有小臉，她全都不理會。幾乎。瓦奇拉是唯一的例外。

他是個單純的傢伙。他說自己和其他馬精一樣，馬廄蓋好他就存在了，之前的事完全不記得。但他和馬一樣慷慨天真，而瓦西婭雖然很調皮，卻帶著一種沉穩，讓這小傢伙很喜歡，只是她自己

---

36 瓦奇拉：俄羅斯民間傳說中的馬廄和牲畜守護者。

不知道。

只要一有機會，瓦西婭就會溜到馬廄。她可以連續好幾小時盯著瓦奇拉，看他動作輕盈靈巧得不像人類，像隻松鼠在馬背上鑽來鑽去，而馬跟石頭一樣動也不動，連梅特也不例外。幾次下來，瓦西婭開始拿刀替他幫馬梳毛，彷彿這一切再自然也不過。

起初瓦奇拉只教她技巧，怎麼替馬理毛、治病和養傷。但瓦西婭很好學，於是他很快就教她一些奇怪的東西。

他教她怎麼跟馬說話。

那是一套由眼神、動作、聲音與姿態組成的語言。瓦西婭還年輕，學得很快，沒多久她到馬廄便不再只是為了舒服的乾草和馬兒的溫暖，而是聽馬說話。她會在馬廄裡坐上好久，專心聽著。

馬夫見到瓦西婭可能會要她出去，但他們就是有本事幾乎不撞見她，讓女孩有時都擔心他們永遠找不到她。她只要貼著隔板，低下身子繞過馬溜出去，馬夫們連頭也不會抬。

第二部

12 金髮神父

瓦西莉莎十四歲那年，艾雷克塞都主教決定讓狄米崔王子即位。過去七年他擔任攝政，在莫斯科運籌帷幄，開戰停戰，結盟斷交，派百姓去打仗，召他們回來。狄米崔一成年，艾雷克塞見他勇敢機敏，判斷穩健，便說：「好馬不應該留在牧場裡。」於是開始計畫為王子加冕。他找人織了王袍，買了毛皮與珠寶，還派使者到薩萊徵求可汗應允。

此外，他始終悄悄留意身邊有誰可能反對王子登基。坎斯坦丁．尼可諾維奇神父的名字就是這樣傳到他耳裡。

沒錯，坎斯坦丁還是個小伙子，但不知幸或不幸，他有著驚人俊俏的容貌，金髮碧眼，而且信仰虔誠，莫斯科家喻戶曉。雖然年輕，卻已經遍遊四方，最南遠抵沙皇格勒，最西還去過希臘。他能讀希臘文，討論神學裡的艱深處也頭頭是道，唱起頌歌宛如天使，總是讓人聽得落淚，情不自禁地仰望神。

不過最重要的，坎斯坦丁．尼可諾維奇會畫聖像。人們說，他畫的聖像在莫斯科絕無僅有，肯定出於上帝之手，為邪惡的世界帶來祝福。羅斯北方各地的修道院都可見到仿效的畫作，而據艾雷克塞派出的眼線捎回來的消息，女士們爭相親吻聖像的臉孔，興奮得喜極而泣。

這些傳言讓都主教深感不安。「嗯，我得讓這名金髮神父離開莫斯科，」他告訴自己：「他這麼受人愛戴，只要他開口，人們就會反對王子。」

他衡量著該用什麼手段。

還在琢磨時，彼得．弗拉迪米洛維奇的使者來了。

都主教立刻差人召見他，使者聽命前來，疲憊的身軀風塵未拂，就被眼前的金碧輝煌給震懾住了，但他依然挺直腰桿說：「神父，願神祝福您。」聲音只有一點結巴。

「願神與你同在，」艾雷克塞說著在胸前畫了十字：「孩子，你老遠這一趟來，是為了什麼事呢？」

「雷斯納亞辛里亞的神父過世了，」使徒呼吸有點哽住，他沒想到接待自己的是這麼崇高的人。「善良的西蒙神父已經回返天家，夫人說我們失去依靠，請您再差一位神父過來，好在荒野中堅定我們。」

「哎，」都主教立即說道：「感謝神，你們的救贖就在手邊。」

都主教讓使者回去，隨即差人召來坎斯坦丁．尼可諾維奇。

年輕的神父走到都主教跟前。他長得高大白皙，神采飛揚，一襲黑色長袍更顯得他頭髮和眼眸俊俏無方。

「坎斯坦丁神父，」艾雷克塞說：「神呼召你去做一件事。」

坎斯坦丁神父沒有說話。

「有個女人，」都主教接著說：「大公的妹妹，她差使者來求我們幫助。她村裡的百姓沒了牧者。」

年輕神父的表情沒有變化。

「你是服事那位女士和她家人的最佳人選。」艾雷克塞把話說完，臉上露出假意好心的微笑。

「巴圖席卡，」坎斯坦丁神父說，聲音低沉得令人意外，讓艾雷克塞身旁的僕人不禁低呼一聲。都主教瞇起眼睛。「您的美意令我深感榮幸，但我已經有莫斯科的子民要服事，而且我為了榮耀神而畫的聖像也都在這裡。」

「服事莫斯科子民的人很多，」都主教說道。年輕神父的聲音是那麼動人又那麼令人不安，艾雷克塞提防地望著他。「卻沒有人到荒野去，服事那些失落的可憐靈魂。不行，你非去不可，三週後出發。」

彼得·弗拉迪米洛維奇是聰明人，艾雷克塞心想，**這個冒出頭的小子到北方肯定熬不過三季，就算熬過了，身上那些危險的可愛之處也會消失得一乾二淨。最好別現在就殺了他，免得百姓拿他的肉當聖物，拱他成為殉道者。**

坎斯坦丁神父正想開口，但他瞥見都主教的眼神利如火石，身旁都是衛兵，前廳還有更多，個個拿著猩紅長矛。坎斯坦丁將想說的話硬是吞回去。

「我想，」艾雷克塞柔聲說道：「離開前你一定有很多事要做，願神與你同在，孩子。」

坎斯坦丁臉色慘白，咬著紅潤的嘴唇僵硬地點了點頭，隨即轉身離開，厚實長袍有如波浪擺盪，啪啪出聲。

「大患已去。」艾雷克塞喃喃自語，心裡依然惶惴難安。他倒了一杯克瓦斯酒，不顧它還是冷的就一飲而盡。

❄

仲夏時節，道路乾燥，雜草叢生，和煦的陽光鍾愛香甜的大地，雨滴輕柔地灑在森林裡的花朵上，但坎斯坦丁神父視若無睹。他騎著馬和安娜的使者並肩而行，氣得嘴唇發白，手指渴望畫筆、顏料、畫板與涼爽清幽的畫室，最讓他想念的還是莫斯科的子民。他想念他們的愛與渴求，想念他們帶著恐懼的狂喜以及爭相牽他的手的模樣。好管閒事的都主教肯定魔鬼上身，竟然將他放逐，就只為了百姓喜歡他。

哎，他會找個鄉下男孩，培養他成為神父，之後就能重返莫斯科，不然也能去南方的基輔或西方的諾夫哥羅德。天地遼闊，坎斯坦丁．尼可諾維奇可不想老死在森林裡的農場上。

坎斯坦丁氣了整整一週，終究還是抵不過好奇心。愈往荒野走，兩旁的樹木就愈高大，粗壯的橡樹與松樹和教堂的圓頂齊高，如茵草原愈來愈稀疏，被森林取而代之，光線綠灰藍紫，暗影如黑絲絨一樣厚。

「彼得．弗拉迪米洛維奇的領地景色怎麼樣？」一天早晨，坎斯坦丁詢問同行的使者，把使者嚇了一跳。兩人出發一週以來，英俊的神父除了吃飯，幾乎不曾開過口。

「非常漂亮，巴圖席卡，」使者必恭必敬答道：「那裡的樹和大教堂一樣精緻，四面八方都有清澈的溪流，夏天百花盛開，秋天水果盛產，不過冬天很冷。」

「你的主人和女主人呢？」坎斯坦丁還是忍不住好奇地問了。

「彼得．弗拉迪米洛維奇是個好人，」使者語氣裡湧現了幾分溫暖。「雖然有時嚴厲，但總是很公正，從來沒讓底下的人餓著。」

「女主人呢？」

「喔，她也是好人，很好的人。跟之前的女主人不同，但很好沒錯。我沒聽過誰說她壞話。」使者說著偷瞄了坎斯坦丁一眼。神父心想他到底藏了什麼沒說。

❄

神父抵達那天，瓦西婭正坐在樹上和露莎卡聊天。起初她覺得和露莎卡聊天很不自在，但後來習慣了她裸裎的綠色身軀和總是滴著水的蓬亂白髮。女妖一臉漠然坐在粗樹幹上，梳著雜草般的長髮。梳子是露莎卡最珍貴的財產，因為只要頭髮乾了，她就會死。不過，那把梳子在哪裡都能生出水來，瓦西婭只要細看，就會看見水從梳齒間汩汩而出。露莎卡愛吃肉，常抓清晨到她湖邊喝水的幼鹿或仲夏在湖裡戲水的年輕男子來吃。但她喜歡瓦西莉莎。

時近午晚，長晝的日光灑在兩人身上，照得瓦西婭頭髮發亮，露莎卡褪色成女人模樣的青綠幻影。水妖和湖一樣老，有時會詫異地望著瓦西婭，望著這來自新穎世界的亮麗女孩。

她們是在很詭異的情況下成為朋友。露莎卡抓了村裡一名男孩，瓦西婭看見綠色手指閃過，男孩咕嚕咕嚕消失在水裡，便跟著跳進湖中。她雖然還是孩子，卻有著不怕死的蠻勁，不輸給任何露莎卡。她一把抓住男孩浮出水面，兩人平安回到岸邊。男孩遍體鱗傷，不停咳水，既感激又害怕地望著瓦西婭，腳下一踩到土地就立刻將她推開，朝村裡奔去。

瓦西婭聳聳肩跟上去，一邊擰乾溼漉漉的頭髮。她很想喝湯，但春日傍晚斜陽昏暗，樹葉和雜草映著灰藍天色成了黑影。瓦西婭回到湖邊坐下，腳趾泡在水裡。

「你剛才想吃掉他嗎？」她搭話似的對湖水說：「你沒有其他肉可以吃？」

四下沉寂，只有葉子填滿了這小小的沉默。

接著——「不對。」林中傳來漣漪般的聲音。瓦西婭慌忙起身，目光在枝葉之間來回逡巡。能瞥見那女人裸裎的婀娜身影，純粹是運氣。露莎卡手裡抓著發亮的白色物體，蹲坐在樹幹上。

「我不吃肉，」那女人打了個哆嗦說，頭髮在她肌膚上有如顫動的碎浪。「我吃恐懼，還有慾望，這兩樣東西妳都沒有。它們會替湖水加味，給我養分。那些人死前才會明白我是誰，否則只會以為我是湖水、樹木和水草。」

「但妳把他們殺了！」瓦西婭說。

「萬物都會死。」

「我不准妳殺死我的族人。」

「那我就會消失了。」露莎卡語氣平平地說。

瓦西婭想了想。「我知道妳在這裡，我看得見妳。我還沒有要死，也不害怕——可是——我看得見妳。我可以當妳朋友，這樣可以嗎？」

露莎卡好奇地望著她。「也許吧。」

瓦西婭果然沒有食言，經常來找女妖說話，春天還會把花扔進湖裡。露莎卡沒有死掉。為了回報瓦西婭，露莎卡教她游泳，沒有幾個人教得像她一樣好。她還教瓦西婭像貓一樣爬樹。因此，那天在眺望道路的樹幹上，她們倆一起看見坎斯坦丁神父來到雷斯納亞辛里亞。

露莎卡先看到神父，眼睛突然一亮。「妳瞧，好吃的來了。」

瓦西婭朝路上瞄了一眼，看見一名穿著黑色神父袍的男子，金髮沾了沙塵。「什麼意思？」

「他滿身慾望，慾望和恐懼。他不知道自己渴望什麼，也不承認自己害怕。但他兩樣東西都感覺得到，強烈得快窒息了。」男子又近了一些。他確實有一張飢渴的臉。高聳的顴骨在凹陷的臉頰上留下暗影，深邃眼窩裡一雙藍色眼眸，雙唇稚嫩飽滿，卻執拗地撇著嘴，彷彿想藏起那份稚嫩。她父親一名手下和那人比肩而行，兩人的馬都疲憊不堪，沾滿風沙。

瓦西婭臉龐一亮。「我要回家了，」她說：「如果他是從莫斯科來，一定會有我哥哥和姊姊的消息。」

露莎卡沒有看她，而是望著男子經過的路，眼裡燃燒著熾烈的飢渴。

「答應我，妳不會動手。」瓦西婭厲聲說。

露莎卡笑了，發青的雙唇微微張開，露出森冷的獠牙。「也許他想死，」她說：「這樣的話——我應該幫得上忙。」

❄

屋前的院子被午後陽光洗成了金黃，有如蟻窩一般忙亂。一名僕人正在替馬卸下鞍轡，但沒有神父的蹤影。瓦西婭跑到廚房門前，在門口遇到敦婭，敦婭見她頭髮黏著小樹枝，短洋裝也弄髒，忍不住咕了一聲說：「瓦西婭，妳又——」但隨即改口：「算了，來吧，快一點。」說完便推小女孩去梳頭髮，將髒衣服換成襯衫和刺繡薩拉凡。

換裝後的瓦西婭一身整潔，容光煥發，總算有點樣子。她從她和伊莉娜共用的房間裡出來，等在外頭的艾洛許一見到她的模樣，就說：「看來他們還是有辦法把妳嫁出去，瓦西席卡。」

「安娜·伊凡諾夫納說不可能，」瓦西婭神色自若回答：「我太高太瘦，像鼬鼠一樣，腳和臉又像青蛙。」她兩手交握，望著天空說：「唉，只有童話故事裡的王子才會娶青蛙當老婆，而且可以一下用魔法把我變漂亮。看來我是沒機會遇上王子了，艾洛席卡。」

艾洛許哼了一聲。「哪個王子找到妳，算他可憐。但別把安娜·伊凡諾夫納的話放心上，她不希望妳變漂亮。」

瓦西婭沒說話，臉上閃過一絲黯然。

「欸，新來的神父到了，」艾洛許急忙說道：「妳很好奇是吧，小姊妹？」

兩人溜出去，繞著屋子轉了一圈。

她看著他，表情清純得像個孩子。「你不好奇嗎？」她說：「他是莫斯科來的，說不定知道些什麼。」

❄

彼得和神父坐在涼爽的夏日草地上喝著克瓦斯酒。他聽見兩個孩子走近，便轉過頭來，一看見二女兒立刻皺起眉頭。

她已經快是女人了，他心想，**我太久沒好好看這孩子，她跟她母親真是像又不像到極點**。

其實，瓦西婭還是醜小鴨，但已經慢慢有樣子了。雖然骨架還是粗粗大大，嘴巴太寬，嘴唇太厚，卻很有味道，目光清澈得有如碧綠的湖水，各種情緒如浮雲般閃過。尤其她的姿態，脖子和辮子的線條，總是非常迷人，讓人看得目不轉睛。陽光照在她頭髮上不會像瑪莉娜的頭髮變成亮棕色，而是深紅，有如絲縷上綴著石榴石。

坎斯坦丁神父揚眉打量瓦西婭，微微皺起眉頭。**也難怪了**，彼得心想，雖然她穿著雅緻，辮子也紮得整整齊齊，但就是帶著一股野性，看上去有如被抓不久，剛被馴服的小野獸。

「這位是犬子，」彼得匆匆說道：「艾雷克塞·彼得洛維奇。這位是小女，瓦西莉莎·彼得洛夫納。」

艾洛許彎腰鞠躬，向神父和父親行禮。瓦西婭望著坎斯坦丁，眼裡清清楚楚寫著期盼。艾洛許用手肘狠狠頂了她一下。

「喔，」瓦西婭說：「歡迎您來我們這裡，巴圖席卡。」說完馬上就問：「您有我們哥哥和姊姊的消息嗎？我哥哥七年前離開這裡，到聖三一修道院去了，我姊姊是塞普柯夫的王子妃。別跟我說您沒見到他們！」

這女孩應該讓母親牽著，坎斯坦丁陰沉想著。女人跟神父講話的時候，應該輕聲細語，把頭壓低，這女孩卻不知羞恥地睜著綠色的大眼興奮望著他。

「夠了，瓦西婭，」彼得厲聲說道：「神父大老遠過來，很累了。」

坎斯坦丁還沒能回答，就聽見夏日草地上傳來窸窣的腳步聲。安娜．伊凡諾夫納穿著上好的衣服，氣喘吁吁出現在眾人面前，小女兒伊莉娜跟在後頭，一如往常乾乾淨淨，漂亮得像個洋娃娃。安娜躬身作揖，伊莉娜吮著手指，睜著烏溜溜的眼睛望著陌生人。「巴圖席卡，」安娜說：「非常歡迎您來。」

神父點頭回禮，至少這兩個女人比較像樣，母親用圍巾包著頭髮，女孩嬌小整潔又很恭敬。儘管如此，坎斯坦丁還是不禁往旁邊看，發現另一個女孩依然眼巴巴望著他。

❄

「顏色？」彼得皺著眉說。

「顏色，彼得．弗拉迪米洛維奇。」坎斯坦丁神父努力隱藏心裡的急切。

彼得不曉得自己是不是聽錯了。

夏季月分在廚房晚餐總是鬧哄哄的。陽光金黃燦爛，森林溫柔和煦，人們在廚房院子裡進進出出，敦婭做的燉肉更勝以往。「我們像兔子一樣蹦蹦跳跳。」壁爐另一邊的艾洛許說，身旁的瓦西婭用手遮著羞紅的臉，廚房裡的人哄堂大笑。

「你是說染料嗎？」彼得突然臉龐一亮，轉頭對神父說道：「嗯，這件事你不用擔心。你想染什麼，女人們都會做。」彼得咧嘴微笑，覺得自己做了一件好事。他對自己的生活心滿意足。作物長得高高壯壯，陽光普照，而且他妻子自從金髮神父來了之後，就沒那麼常落淚、尖叫或躲藏了。

「沒錯，」安娜完全忘了手邊的燉肉，喘著氣插話道：「完全照你的意思。你還餓嗎，巴圖席卡？」

「顏色，」坎斯坦丁說：「不是做染料，而是油漆。」

彼得覺得被冒犯了。這間房子只有屋簷以下上了漆，猩紅和藍色，但漆得很好，保持得也好，這傢伙要是想多管閒事……

坎斯坦丁指著門對面放聖像的角落。「我想替聖像上漆，」他明快地說：「好榮耀神。我知道我要什麼，但不曉得在你的森林要去哪裡找。」

替聖像上漆。彼得看著坎斯坦丁，目光多了幾分敬意。

「像我們這邊這個嗎？」他瞇眼瞄著角落裡漆得隨便的聖母像說。聖母已經被煙燻得漆黑，跟前剩一截蠟燭頭。家裡的聖像是他從莫斯科買回來的，但他從來沒見過漆聖像的工匠。聖像都是修士漆的。

坎斯坦丁欲言又止，緩了緩神色說：「嗯，有點像，但是我必須有漆才行。要有顏色。我自己帶了一些，可是……」

聖像是神聖的。其他人知道他家裡來了一位漆聖像的人，一定會對他的屋子敬重有加。「沒問題，巴圖席卡，」彼得說：「聖像——替聖像上漆——呃，我們會替你找到漆。」彼得扯開嗓子：「瓦西婭！」

壁爐另一邊的艾洛許不知說了什麼，正在呵呵笑。瓦西婭也在笑。陽光穿透她的髮梢，照亮了她鼻梁上的雀斑。

這女孩笨手笨腳，坎斯坦丁心想，**人也不機靈，羽毛還沒長全，但半間屋子的人都在看她會怎麼做**。「瓦西婭！」彼得又喊了一聲，語氣更嚴厲了些。

瓦西婭閉上嘴巴，走到父親和神父面前。她身穿綠洋裝，紮著紅黃兩色的頭巾，幾綹髮絲從太陽穴旁溜出來，微微鬈在眉毛邊。**她長得真醜**，坎斯坦丁心想，接著突然驚覺到：女孩子醜關他什麼事？

「父親，有什麼事嗎？」瓦西婭說。

「坎斯坦丁神父想去森林，」彼得說：「他想找顏色。妳陪他去，告訴他做染料的植物在哪裡。」

瓦西婭看著神父，目光不是少女般的忸怩嬌羞，而是陽光般透明與燦爛，充滿好奇。「好的，父親，」她說，接著轉頭告訴坎斯坦丁：「巴圖席卡，我們明天破曉出發吧，我想天色大亮之前最適合採集。」

安娜趁機又舀了一些燉肉到坎斯坦丁碗裡。「抱歉。」她說。

坎斯坦丁仍然望著瓦西婭。為何不能找村裡的男人帶他去找顏料？而是叫這個綠眼小女巫陪他？他突然察覺自己面露凶光。女孩臉上的燦然消失了。坎斯坦丁鎮定自己，接著說：「謝了，德芙席卡[37]。」說完在兩人之間比了十字。

瓦西婭突然笑了。「那就明天出發！」她說。

「走開吧，瓦西婭，」安娜說，聲音有些尖銳。「這裡沒妳的事了。」

❄

隔天清晨，地面飄著薄霧，被朝陽一照成了白煙與紅火，加上一道道樹影。女孩向坎斯坦丁打招呼，燦爛的臉龐帶著一絲提防，宛如霧靄中的精靈。

雷斯納亞辛里亞的森林和莫斯科郊外的森林不同，更原始殘酷，也更漂亮。大樹在兩人頭頂上方和四周竊竊私語，坎斯坦丁感覺有眼睛盯著他看。**眼睛……怎麼可能？**

兩人走在小小的泥土路上，「我知道哪裡有野薄荷，」瓦西婭說。兩旁樹木高聳有如教堂拱頂，女孩赤腳在地上輕巧走著，背上背著一只皮袋。「運氣好的話，還能找到接骨木果和黑莓，楂木可以做黃色顏料，但不夠替聖人的臉上漆。你要替我們漆聖像嗎，巴圖席卡？」

「我已經有紅土、石粉和黑金屬，連漆聖母面紗的青金石沙也有，但還缺綠色、黃色和紫色。」坎斯坦丁說，說完才察覺自己語帶急切。

「那些我們都找得到，」瓦西婭說。她像個小孩蹦蹦跳跳。「我從來沒看過聖像上漆，其他人也沒看過。我們到時一定會求你禱告，准我們看你工作。」

他知道他們會有這種反應。在莫斯科，一堆人搶著看他漆聖像……

「雖然你有時候很像聖像，」瓦西婭望著他臉上閃過的思緒說：「但我想你終究是人。」

---

37 德芙席卡：年輕女子、少女。

坎斯坦丁不知女孩在他臉上看到什麼，氣自己太不當心。「妳想太多了，瓦西莉莎．彼得洛夫納，最好乖乖跟妳妹妹待在家裡。」

「你不是第一個這樣跟我說的人，」瓦西婭不以為意道：「但要是我待在家裡，誰陪你清晨到森林裡找葉子。到了——」

兩人停下來刮刮樺樹，然後又停下來採集野生芥子。女孩小刀使得很俐落。太陽升得更高一些，燒散了薄霧。

「我昨天在不該發問的時候問了你一個問題，」瓦西婭將蕾絲形狀的芥子葉收到皮袋裡說：「但我現在再問你一次，巴圖席卡，希望你能包涵我一個小女孩這麼急著問你。我很愛我哥哥和姊姊，我們已經很久沒有他們的消息。我哥哥現在叫做艾列克桑德修士。」

神父雙唇一抿。「我聽說過他，」他遲疑片刻後說：「他用自己出生的名字當作修行的稱號，惹出不少流言。」

瓦西婭似笑非笑。「那是我母親替他取的名字，而他向來很堅持。」

艾列克桑德修士寧可瀆神也不妥協，這件事傳遍了莫斯科。不過，坎斯坦丁在心裡提醒自己，皈依立誓不關女人家的事。女孩睜大眼睛望著他，坎斯坦丁開始覺得不自在。「艾列克桑德修士到莫斯科來參加狄米崔．伊凡諾維奇的登基大典，聽說他在村裡服事很得名望。」

「那我姊姊呢？」瓦西婭問。

「塞普柯夫王子妃很虔誠，生的孩子也很強壯，因此很受敬重。」坎斯坦丁如此回答，希望對話就此結束。

瓦西婭轉過身去，發出滿足的一聲輕嘆。「我很擔心他們兩個，」她說：「父親也是，只是裝作不在乎。謝謝你，巴圖席卡。」她回頭看他，臉上散發著發自內心的光彩，讓坎斯坦丁嚇了一跳，不由得看呆了。他臉色一沉，兩人一時無語。小徑變寬了，神父和女孩比肩同行。

「父親說你去過天涯海角，」瓦西婭說：「去過沙皇格勒，去過千王宮，還去過聖索菲亞大教堂。」

「對。」坎斯坦丁說。

「你可以跟我說說嗎？」女孩說：「父親說黃昏天使會唱歌，沙皇[38]統治所有神的子民，彷彿他就是神，而且他還有一整個房間的珠寶和一千名僕人。」

他沒想到她會問這些。「唱歌的不是天使，」他緩緩說道：「而是人，但他們的聲音連天使都會嫉妒。晚上街道會點起十萬支蠟燭，到處都有黃金和音樂……」

他突然停住。

「那一定很像天堂。」瓦西婭說。

「沒錯，」坎斯坦丁說。回憶湧到他的嘴邊：金銀財寶、音樂、智者和自由。他感覺被眼前的森林掐住了。「這話題不適合女孩子。」他說

38 沙皇：Tsar（沙皇）一詞源自拉丁文的Caesar，原指羅馬皇帝，後來在古教會斯拉夫語中意指拜占庭皇帝。因此，本小說的沙皇意指定都君士坦丁堡（或沙皇格勒，即沙皇之城）的拜占庭皇帝，而非俄羅斯君主。伊凡四世（恐怖伊凡）是首位採用「所有俄羅斯人的沙皇」稱號的俄羅斯大公，比本小說虛構的事件晚了將近兩百年。一四五三年君士坦丁堡落入奧斯曼帝國手中之後，俄羅斯君王認為莫斯科是「第三個羅馬」，繼承了君士坦丁堡的東正教權威，故以沙皇自稱。

瓦西婭眉毛一挑。兩人走到黑莓樹叢邊，她摘了一大把。「其實你不想來這裡，對吧，」她繞著樹叢說：「我們這裡沒有音樂也沒有燈，人也少得可憐，你難道不能去別的地方嗎？」

「神差我去哪裡，我就去哪裡，」坎斯坦丁冷冷說道：「若神要我在這裡作工，我就不會走。」

「你在這裡要作什麼工，巴圖席卡？」瓦西婭說。她不再摘黑莓吃，目光掃向頭頂的樹叢。

坎斯坦丁順著她的目光望去，但什麼都沒看見。他感覺脊骨一涼。「拯救受苦的靈魂。」他說。他可以數出她鼻子上的雀斑。要說哪個女孩需要拯救，肯定就是這小姑娘。她吃得嘴唇和手上都是黑莓汁。

瓦西婭似笑非笑。「所以你打算拯救我們？」

「願神賜給我力量，讓我拯救妳。」

「我只是個鄉下姑娘，」瓦西婭一邊說，一邊小心翼翼伸手到黑莓叢裡：「從來沒去過沙皇格勒，也沒聽過神說話。但我想你最好當心，巴圖席卡，搞清楚聽到的是神的聲音或你自己的聲音。我們之前從來不需要拯救。」

坎斯坦丁望著女孩，瓦西婭只是對他微笑，高高瘦瘦，嘴上沾滿黑莓汁，感覺更像女孩而不是女人。「快點，」她說：「不然天就要大亮了。」

❄

那天晚上，坎斯坦丁神父躺在窄床上瑟瑟發抖，無法成眠。北方的風只要一日落就像利齒一般咬著人不放，連夏天也不例外。

他照例將聖像擺在門對面的角落，聖母掛中央，下面是三一像。傍晚時分，害羞又愛管閒事的女主人拿了一根粗粗的蜂蠟燭來，擺在聖像前。坎斯坦丁一等天暗就點起蠟燭，享受昏黃的燭光。光線照得聖母的臉鬼影幢幢，詭譎的黑影在三一聖像上瘋狂舞動。這屋子入夜後感覺滿懷惡意，甚至好像在呼吸……

真蠢，坎斯坦丁心想。他氣自己疑神疑鬼，起身想把蠟燭吹熄，走到一半忽然聽見屋外喀擦一聲，有人關門，下意識朝窗外瞄了一眼。

只見一名女子從屋前空地跑過，臉被圍巾遮著看不清楚，全身包得圓滾滾的難辨身形，坎斯坦丁完全猜不出她是誰。女子跑到教堂門前停了下來，一手抓住青銅門環將門拉開，隨即消失在門後。

坎斯坦丁望著女子進去的地方。深夜當然可以禱告，但屋裡就有聖像，可以輕輕鬆鬆跟神說話，不必冒著黑夜和溼冷的空氣出門，而且那名女子動作有點鬼祟，像是罪犯。

坎斯坦丁愈想愈好奇，愈想愈生氣，整個人都醒了，便離開窗邊穿上黑袍。他的房間有門通到屋外，不用經過房子。他悄悄溜出屋外，橫過草地走向教堂。

❄

安娜．伊凡諾夫納跪在漆黑教堂的聖幛[39]前，試著放空思緒。灰塵、油漆、蜂蠟和老舊木頭的味道有如香膏包圍她，夢魘帶來的汗水在冷空氣中漸漸風乾。這回她走在深夜的森林裡，四周都是黑影，古怪的聲音從八方傳來。

「夫人，」那些聲音喊道：「夫人，求求妳看見我們，認識我們，免得妳的壁爐沒人守護。求

39 聖幛：東正教教堂內繪滿聖像的牆，用以區隔中殿與內殿。

求妳了，夫人。」但安娜不肯聽也不肯看，只是埋頭走著，任那些聲音撕扯她，最後逼急了開始奔跑，雙腳被石頭和樹根弄得發疼。忽然一聲慟哭響徹天際，路瞬間沒了，安娜一頭撞空跌坐在地上，氣喘吁吁，滿身大汗。

原來是夢。但她的臉和腳又刺又痛，就算醒了卻依然聽見那些聲音。最後她決定躲到教堂，蜷縮在聖幛前。她可以待在這裡，直到破曉再溜回去。儘管徹夜消失很難解釋，但她丈夫很寬容。門樞輕輕聲響，有人鬼鬼祟祟開門。安娜慌忙起身回頭，只見月光下一個披著黑袍的身影從門口朝她走來，嚇得她不敢動彈，僵在聖幛前直到那個身影走近，她才瞥見金髮的微光。

「安娜．伊凡諾夫納，」坎斯坦丁說：「妳還好嗎？」

安娜氣喘吁吁望著神父。從小到大，多少人曾經氣沖沖、凶巴巴地問她：「妳在做什麼？」或「妳到底有什麼毛病？」從來沒人用如此溫和的語氣問她還好嗎。月光照得他臉龐稜角分明。

安娜結巴道：「我……我很好，巴圖席卡，當然沒事。我只是——對不起，我……」話沒說完哽咽得說不下去。她渾身顫抖，不敢直視神父的眼睛，轉身在胸前畫了十字，再次跪在聖幛前面。坎斯坦丁神父在她身旁默默佇立片刻，接著轉身動作精確地在胸前畫了十字，隨即在聖幛另一端跪了下來，正對著聖母安祥的臉龐。他低聲禱告，聲音傳到安娜耳中，雖然聽不清內容，但感覺語氣和緩，輕輕迴盪在空中。她的哽咽總算停了。

安娜吻了基督的聖像，斜斜瞄了坎斯坦丁神父一眼。神父雙手合十，對著昏暗的聖像沉思默想，接著突然開口說話，聲音安靜低沉。

「告訴我，」他說：「妳為什麼這時間來求神安慰？」

「他們難道沒跟您說我瘋了嗎？」安娜恨恨說道，說完自己也嚇了一跳。

「沒有，」神父說：「妳瘋了嗎？」

安娜下巴微微一點，算是點頭。

「為什麼？」

安娜抬眼望他。「我為什麼瘋了？」她啞著嗓子低聲說道。

「不是，」坎斯坦丁耐心答道：「妳為什麼相信自己瘋了？」

「我看得到——東西。惡魔鬼怪，到處都有，隨時都會看見。」她感覺自己彷彿站在自己身後，舌頭被某個東西控制住，代替她回答。她從來沒跟其他人說過，半數時間連對自己承認也不肯，就算她在角落唸唸有詞，其他婦人背地竊竊私語也一樣。連善良笨拙、經常醉醺醺的西蒙神父，不知陪了她禱告多少次，也從來不曾讓她親口吐露這件事。

「這為什麼表示妳瘋了？教會說魔鬼常在我們之間行走，妳難道認為教會的教導是錯的？」

「我沒有！可是……」安娜覺得又冷又熱。她很想再看他的臉，可是不敢，只好低頭望著地板，結果看見一道淡影，是他的腳從長袍下露了出來，沒穿鞋子感覺很不協調。最後她勉強低聲說道：

「但它們不是——**不可能是**——真的。其他人都沒看到……我瘋了，我知道我是瘋子。」說到最後，她聲音幾不可聞，接著又緩緩說道：「只是有時候，我覺得——我繼女瓦西莉莎也看得到。但她只是個小孩，而且聽了太多故事。」

坎斯坦丁神父目光一利。

「她提過，對吧？」

「沒有——最近沒有。但她還小的時候，我有時覺得……她的眼睛……」

「但妳什麼都沒做？」坎斯坦丁的聲音像蛇蠍般靈活，歌手般精準。安娜聽見他語氣裡的不可置信與輕蔑，不禁畏縮了起來。

「我會打她，禁止她說這些事。我想只要從小控制好，瘋狂就不會上身。」

「就這樣？妳覺得只是瘋狂？一點也不擔心她的靈魂？」

安娜嘴張了又閉，一臉迷惘望著神父。神父走到聖幛中央的基督加冕像前，看著使徒圍繞的基督。月光將他的金髮照成銀灰色，漆黑的影子匍匐在地。

「惡魔是可以驅除的，安娜．伊凡諾夫納。」他說，眼睛依然盯著聖像。

「驅除？」安娜尖聲說道。

「當然。」

「要怎麼做？」她感覺自己腦袋像一灘爛泥。她這輩子一直背著這份詛咒，結果詛咒是可以去掉的——她無法理解這個概念。

「教會儀式加上大量禱告。」

教堂裡一陣沉默。

「喔，」安娜吁了口氣說：「喔，求求您趕走它吧，讓它們離開。」

神父似乎笑了，但就著月光她看不清楚。

「我會禱告，然後想一想。快回去睡覺吧，安娜．伊凡諾夫納。」她瞪著驚惶的雙眼望著他，接著轉身跌跌撞撞朝門邊走去，赤腳歪歪扭扭踩在木地板上。

坎斯坦丁神父俯臥在聖幛前，徹夜沒有闔眼。

隔天是週日，晨光灰灰綠綠，坎斯坦丁神父眼皮沉重回到房間，用冷水潑臉順便洗手。他待會兒就要講道，雖然筋疲力竭，但心情沉靜。徹夜禱告讓他得到神的回覆。他知道降在這片土地上的惡魔是誰了。惡魔在保母圍裙上的太陽符號裡，在那個蠢女人的驚惶裡，在彼得二女兒那雙野性又神經的眼眸裡。這片土地惡魔充斥，全是舊信仰的妖怪。這群愚蠢的野蠻人表面敬拜上帝，私下卻敬拜舊神，想要兩邊討好，結果成了天父眼中的卑劣者，難怪妖魔猖獗。

坎斯坦丁熱血沸騰。他以為自己在這個窮鄉僻壤會抑鬱而終，不料有聖戰可打，為爭奪凡夫俗子的靈魂而戰。一邊是惡魔，一邊是為神出征的他。

村民開始聚集，他幾乎可以摸到他們的急切與好奇。還不到莫斯科的程度。那裡的人會飢渴吞下他的一字一句，用受驚的眼神愛著他。還不到。

但會的。

❄

瓦西婭肩膀一抖，只想把頭巾摘掉。因為要上教堂，敦婭不但用布、木片和略有價值的寶石替她做了頭巾，還加上面紗，讓她癢得要命。不過比起安娜，這根本不算什麼。安娜穿得像是參加慶典一樣，胸前掛著寶石十字架，每根手指都戴了戒指。敦婭瞧了女主人一眼，嘴裡不停嘀咕金髮和不敬什麼的，連彼得看見安娜都不禁豎起眉毛，但沒多說什麼。瓦西婭一邊搔著頭皮，一邊跟著兩個哥哥走進教堂。

女士們站在中殿左側，面對聖母，男士們在右側，面對基督。瓦西婭每次都想跟艾洛許站在一起，禮拜時可以互相戳弄推擠。伊莉娜還太小，而且很乖，戳起來不好玩，總會被安娜看見。瓦西婭將手收在背後，手指緊絞著。

聖幛中央的門開了，神父從門口走出來。低聲交談的村民安靜下來，只有一名女孩呵呵笑了幾聲。

教堂不大，坎斯坦丁神父一人似乎就填滿整座中殿。他的金髮吸引所有人的目光，連安娜的珠寶也比不上。藍色眼眸目光如劍，逐一掃過眾人臉龐。他沒有馬上開口，所有人屏息以待，沉默震懾全場，瓦西婭聽見村民輕柔急切的呼吸，不禁全身緊繃。

最後神父終於開口：「願聖父、聖子、聖靈神的國度受讚美，」他的聲音拂過眾人。「從今到永遠，直到世世代代。」

他**聽起來**不像西蒙神父，瓦西婭心想，雖然唸的禱文一模一樣，但他的聲音有如雷鳴，每個音節都像敦婭一針一線那般講究。文字在他口中活了過來，如春天的河流般低沉。他說起生命與死亡、神與罪，說起他們不知道的事物，以及惡魔、折磨與誘惑。他召喚意象到村民面前，讓他們看見自己接受上帝審判，被判定罪而敗亡。

坎斯坦丁唱起聖歌，所有人聽得如癡如醉，懷著驚嘆與恐懼同聲合唱。他的聲音宛如靈巧的皮鞭，不停抽打眾人，直到所有人聲嘶力竭應和，有如被暴風雨嚇壞的孩子。就在他們驚惶（同時狂喜）到崩潰的邊緣時，他忽然放柔聲音：

「憐憫我們，拯救我們，因為他是聖善、慈悲而熱愛世人者。」

教堂裡鴉雀無聲。靜默中，坎斯坦丁舉起右手祝福會眾。

所有人夢遊一般，彼此攙扶著走出教堂。安娜一臉恐懼和狂喜，瓦西婭完全無法理解，其他人則是神情恍惚，甚至疲憊，目光中依然殘留著幾分喜悅與驚恐。

「艾洛席卡！」瓦西婭喊著衝到哥哥身旁，但當他轉頭看她，她發現他就和別人一樣臉色蒼白，目光彷彿來自遠方，空洞得讓她害怕。瓦西婭拍了艾洛許一下，艾洛許立刻回過神來，狠狠推了她一把，害她差點仆倒在地。幸好她跟松鼠一樣敏捷，而且身上穿的可是新衣服，於是她身體一扭站穩腳步，兄妹倆氣喘吁吁，握緊拳頭瞪著對方。

下一秒兩人就醒了，相視而笑。艾洛許說：「所以是真的囉，瓦西婭？惡魔就在我們之間，不趕走它們就等著大難臨頭？但那些妖怪——他說的是那些妖怪吧？女人家經常留麵包給多莫佛伊，神幹嘛在乎這種事？」

「管他是真是假，我們何必聽一個莫斯科來的老神父的話，把家中精靈趕走？」瓦西婭氣沖沖說：「我們從以前就一直留麵包、鹽和水給多莫佛伊，神從來沒有發怒過。」

「我們沒有挨餓，」艾洛許遲疑地說：「也沒有火災或病痛，但也許神在等我們死掉，好給我們永恆的懲罰。」

「拜託，艾洛席卡。」瓦西婭正想反駁，卻被敦婭喊她的聲音打斷了。安娜下令大擺筵席，瓦西婭必須負責包餃子和攪湯。

筵席設在室外，有蛋、卡莎粥[40]、夏季蔬菜、麵包、乳酪和蜂蜜，平常吃飯時的喧囂歡騰不見了，只有年輕農婦三三兩兩交頭接耳。

坎斯坦丁臉上洋溢著滿足，若有所思地動著嘴巴。彼得皺著眉頭左顧右盼，有如聞到危險卻見不到狼群躲在哪裡的公牛。**爸爸很懂野獸和劫掠者**，瓦西婭心想，**但罪與定罪是打不過的**。

其他人懷著恐懼和飢渴的崇拜望著神父，安娜・伊凡諾夫納臉上則是喜悅中帶著遲疑。他們的

40 卡莎：蕎麥、小麥、黑麥、小米或大麥做的粥。

熱切有如脫韁的野馬，托著神父騰越奔馳。瓦西婭並不曉得，但當人群散去，中殿安靜無聲，神父將那份熱切完全放進驅魔儀式之中，連失明的人都會發誓自己親眼看見魔鬼哀號著穿出彼得家的屋牆，倉皇逃命。

❄

那年夏天，坎斯坦丁四處造訪村民，傾聽他們的疾苦。他祝福垂死之人，賜福給新生兒，誰說話他都專心聆聽，而當他開口，所有人都會安靜下來，豎起耳朵。「懺悔吧，」他告訴他們：「免得被火焚燒。地獄之火已近，你和你的孩子每晚就寢時，那火就在一旁。將你們生產的果實獻給神，只獻給祂。神是你們唯一的救贖。」

村民交頭接耳，語氣愈來愈恐懼。

坎斯坦丁每天都在彼得家用晚餐。只要他一開口，蜂蜜酒就會波紋盪漾，木湯匙喀喀作響。伊莉娜總會把湯匙放到碗裡，聽著叩叩聲呵呵笑，而瓦西婭則愛慫恿妹妹。有小孩笑無疑是種解脫。伊莉娜還太小，談論定罪不會嚇到她。

但瓦西婭會怕。

不是怕神父，也不是怕惡魔或地獄之火。她見過魔鬼，每天都看得到，有些尖酸惡毒，有些親切和藹，還有些喜歡調皮搗蛋，但外表都和他們所保護的人類相去不遠。

瓦西婭怕的是人。村民去教堂的路上不再插科打諢，禮拜時總是鴉雀無聲，飢渴聆聽神父講道，而且不僅會去教堂，還會找理由到神父的房間找他。

坎斯坦丁向彼得討了蜂蠟，融進顏料裡頭。每天只要日光照進房間，他就會拿起刷筆，打開裝著粉狀顏料的小瓶，開始上漆。聖伯多祿在他筆下慢慢現身，蜷曲鬍鬚，黃棕長袍，伸出手指修長、姿態古怪的手為眾人賜福祈禱。

雷斯納亞辛里亞不再有別的話題。

瓦西婭急了，有回週日偷帶了幾隻蟋蟀到教堂，扔到會眾之間。蟋蟀的吱喳聲和坎斯坦丁神父低沉的嗓音此起彼落，感覺非常逗趣，但村民竟然沒笑，反而惶恐畏縮，低聲說這是惡兆。安娜・伊凡諾夫納沒有親眼看見，但猜得出是誰幹的。禮拜結束後，她將瓦西婭叫過來。

瓦西婭不甘不願來到繼母房間，安娜手裡拿著一條柳枝，坎斯坦丁神父坐在打開的窗邊，將藍色小石塊研磨成粉。安娜質問瓦西婭，神父佯裝沒在聽，但瓦西婭知道安娜是為神父問的，好證明自己虔誠公正，展現女主人的威嚴。

安娜問個不停。

最後瓦西婭火了。「我不會停手，」她氣得豁出去說：「萬物不都是神造的？為什麼只有人可以讚美主？蟋蟀跟我們一樣會唱歌。」

坎斯坦丁的藍色眼眸掃了她一眼，瓦西婭讀不出其中的表情。

「放肆！」安娜尖聲嚷道：「褻瀆！」

她揚起柳枝咻地猛抽，瓦西婭高昂下巴，一聲也不吭。坎斯坦丁冷然觀望，表情莫測難辨。瓦西婭瞪著他的眼睛，怎麼也不轉開視線。

安娜望著女孩與神父，看兩人互相瞪視，氣得臉更紅。她將全身力氣灌到柳條之中，狠狠往下抽。瓦西婭動也不動，咬得下唇出血，雖然拚命忍住，淚水還是湧上眼眶，簌簌滑落雙頰。

坎斯坦丁在安娜身後默默看著。

瓦西婭後來哀號了一聲，既是羞辱也是痛苦，但懲罰結束了。因為艾洛許白著雙唇跑去找來父親，彼得見到血跡和女兒慘白的臉色，立刻一把抓住安娜的手臂。

瓦西婭一句話也沒對父親或任何人說，逕自跌跌撞撞走出房間，完全不理哥哥在後面喊她回來。她像隻受傷的小動物躲進森林，就算哭了，也只有露莎卡聽見。

彼得怒斥安娜下手太狠。「這樣她才知道犯罪的代價，」安娜驕傲地說：「寧可現在搞懂，也不要以後被地獄之火燒，彼得．弗拉迪米洛維奇。」

坎斯坦丁沒有說話，沒有人知道他在想什麼。

傷好之後，瓦西婭走路更輕、嘴巴更緊了。她更常和馬兒為伴，在心裡編織各種瘋狂計畫，像是扮成男生混進沙夏的修道院，或派密使去找歐爾嘉。

艾洛許沒有告訴瓦西婭，卻開始留意妹妹的行蹤，不再讓她和繼母獨處。

坎斯坦丁繼續譴責村民供奉食物（麵包或蜂蜜酒）給壁爐妖精。「獻給神吧，」他說：「別管妖魔了，免得你們下煉獄。」村民聽進去了，連敦婭都半信半疑。她搖著頭喃喃自語，摘下圍裙和頭巾上的太陽圖騰。

瓦西婭沒有察覺。她都躲在森林或馬廄裡。但多莫佛伊比誰都想念瓦西婭，因為他現在除了麵包屑，什麼都吃不到了。

13 狼群

秋天來了，森林瞬間金黃璀璨，隨即黯淡轉灰，歲到年終的寂靜有如薄霧籠罩彼得．弗拉迪米洛維奇的土地，坎斯坦丁神父手繪的聖像不斷增多。村民們努力完成了一面新的幛架安放聖像：聖伯多祿、聖保祿、聖母和基督。他們在神父的房裡流連忘返，敬畏望著完成的聖像，凝視聖像的身形與發光的臉龐。坎斯坦丁打算製作一整面聖幛，一座聖像一座聖像進行著。

「你們的救贖來自神，」坎斯坦丁說：「注視祂的臉龐而得救吧。」村民們從來不曾目睹基督的大眼、白皙的皮膚與修長的手指，個個看得屈膝跪地，有些甚至哭了出來。

什麼多莫佛伊，他們說，**那是壞小孩聽的故事。對不起，巴圖席卡，我們懺悔**。

村裡幾乎不再有人供奉妖精，連秋分也不例外。多莫佛伊變得虛弱疲憊，瓦奇拉消瘦憔悴，眼神渙散，虬髯裡沾滿秣草，開始偷吃給馬吃的黑麥與大麥，連馬群都變得焦灼不安，風一吹就驚惶跺步。村民的脾氣愈來愈躁。

❄

「喂，小子，不是我拿的，也不是馬或貓或鬼！」某個冷天早晨，彼得對著馬童咆哮。前一晚又有大麥不見，讓原本已經發怒的彼得更火了。

「我沒看見！」馬童抽咽道：「我絕沒有——」

十一月清晨空氣料峭，土壤覆著薄霜在腳下沙沙作響，似乎一踩就碎。彼得湊到馬童面前，拳頭一揮作為回答。砰地悶響，接著是一聲哀號。「你敢再偷我東西試試看！」彼得說。

瓦西婭剛從門口溜進馬廄，見到這一幕不禁皺起眉頭。父親不是易怒的人，甚至連安娜・伊凡諾夫納都沒打過。**我們到底怎麼了？**瓦西婭避開父親和馬童，爬上放置秣草的閣樓，花了好一會兒才發現瓦奇拉縮成一團，半躲在草堆中。瓦西婭見到他的眼神，忍不住打了個哆嗦。

「你為什麼在吃大麥？」她鼓起勇氣問道。

「因為沒有供品了。」瓦奇拉眼神一黯，看了令人鼻酸。

「馬是被你嚇的？」

「他們的感覺就是我的感覺，我的感覺就是他們的感覺。」

「所以你在生氣？」女孩囁嚅道：「但我的族人不是故意的，他們只是很害怕。神父總有一天會離開，不會一直是現在這樣。」

瓦奇拉眼色陰沉，瓦西婭感覺她在他目光中除了見到憤怒，還看到哀傷。

「我很餓。」瓦奇拉說。

瓦西婭心裡頓時湧現一股同情。她自己也常挨餓。「我可以拿麵包給你，」女孩勇敢說道：「**我**不怕。」

瓦奇拉眼皮一抖。「我要的很少，」他說：「麵包和蘋果。」

瓦西婭努力不去想自己的份要變少了。仲冬時食物總是有限，她很快就會連碎屑也不放過了。可是——「我會拿來給你，我發誓。」她一臉真誠望著妖精棕色的圓眼認真說道。

「謝謝妳，」瓦奇拉說：「只要妳不食言，我就不再碰麥子。」

瓦西婭沒有食言。她拿來的食物不多，通常是快壞的蘋果、咬過的麵包皮或一滴蜂蜜酒，沾在手指上或含在嘴裡偷偷帶出來，但瓦奇拉總是吃得狼吞虎嚥。只要他吃過東西，馬兒就不再喧鬧。白晝愈來愈暗，愈來愈短，大雪紛飛，彷彿要用雪白封住時光似的。但瓦奇拉氣色紅潤，心滿意足，冬日的馬廏再次如往常一樣令人昏昏欲睡。

幸好如此。因為這年冬天特別長，到了一月冰寒更甚，連敦婭都不記得曾經這麼冷過。

無情的冬日昏暗讓村民足不出戶，彼得整天看著家人面容憔悴，心都痛了。眾人縮在灶火邊啃麵包與肉乾，輪流添加柴薪，連入夜也不敢鬆懈。老人嘀咕柴薪用得太兇，需要三根木材才能讓火燒旺，從前只要一根。彼得和柯堯駁斥根本沒這回事，只是柴堆消失得很快。

仲冬來了又去，白晝漸漸拉長，天氣卻愈見嚴寒，羊群與兔子紛紛凍死，不當心的人也凍黑了手指。天這麼冷，怎麼樣都得生火取暖，於是柴堆愈縮愈小，只要太陽稍微露臉，村民便冒險到死寂的森林裡砍柴。那天由瓦西婭和艾洛許出門，兩人拿著短柄斧頭，坐著小馬拉的雪橇，是他們發現雪地上的掌印。

「要追嗎？」那天晚上，柯堯問父親：「殺幾隻剝皮，把剩下的趕走？」他一邊說著，一邊瞇眼對著火光修補大鐮刀。柯堯的兒子瑟亞加動也不動，靜靜依偎在母親懷裡。

瓦西婭沮喪看了那一大籃待補的衣服一眼，伸手抓起斧頭和磨刀石。艾洛許握著短柄斧頭，看好戲似的瞄了瞄妹妹。

「妳瞧，」坎斯坦丁神父對安娜說：「瞧瞧身旁四周，救贖就在神恩裡。」安娜全神凝視神父的臉，渾然忘了手上的針線活。

彼得好奇地望著妻子。儘管今年是他有記憶以來最嚴寒的冬天，安娜卻從未看來如此安然。

「我想最好不要，」彼得回答兒子道。他正在檢查靴子。冬天靴子上有洞，可能會讓人廢掉一隻腳。「那些北方高地來的狼，牠們比野豬獵犬還大。牠們已經有二十年沒這麼接近過了。」彼得伸手摸了摸比尤斯削瘦的頭顱，那狗意興闌珊地舔了舔他。「靠這麼近表示牠們餓壞了，甚至人類小孩也不放過，或是闖到我們門前殺羊。一群人要對付牠們或許可以，但天氣太冷，沒辦法用箭，只能用矛，這樣無法確保所有人都能平安回來。不行，我們必須照顧孩子和牲畜，只能白天進森林。」

「我們可以設陷阱。」瓦西婭用著磨刀石說。

安娜狠狠瞪了她一眼。

「不行，」彼得說：「狼不是兔子，聞得出陷阱有人的味道，而且**沒有人**會為了這麼小的捕獲機會特地到森林去。」

「懂了，父親。」瓦西婭乖乖說。

那晚寒風刺骨，所有人像一堆鹹魚縮在爐灶上，搬出所有毯子緊緊蓋著。瓦西婭睡得很糟，父親整夜打呼，伊莉娜小小尖尖的膝蓋不時頂她的背。她翻來覆去，小心不碰著艾洛許，直到午夜才淺淺睡去。她夢見狼群嚎叫，寒星被溫暖的雲層吞沒，一名兩眼發紅、枯乾瘦小的史代利克[41]，最後夢見一名蒼白的戽斗男，表情飢渴兇殘，瞪著僅存的一隻眼睛色瞇瞇朝她眨眼，嚇得她在黎明前驚喘醒來，瞥見一道影子穿過房間，被封住的爐灶火光微微照亮。

沒什麼，她心想，**只是個夢**，**影子是廚房的貓**。但這時影子忽然停下來，彷彿察覺她在看，略略側了側身。瓦西婭幾乎不敢呼吸，因為她看見它的臉，微光下有如蒼白的素描。她倒抽一口氣，想說話或想尖叫，但影子已經消失了。陽光從廚房門縫透了進來，宛如一道光圈，村裡傳來一陣號哭。「是提摩非，」彼得提起村童的名字。他破曉前就起床了，去查看牲畜，這會兒快步進門，跺掉靴上的雪，拍掉結在鬍子上的冰。天冷加失眠，讓他眼神空洞。「他昨晚死了。」廚房裡驚呼連連。瓦西婭在爐灶上半夢半醒，想起半夜晃過的那道暗影。敦婭不發一語，抿著嘴唇開始烤麵包，目光不時擔憂地掃過瓦西婭和伊莉娜。冬天對孩子特別殘忍。

上午十點左右，婦人們齊集在澡堂替孩子裹尸。瓦西婭隨繼母進了澡堂，瞥見了提摩非的臉。那孩子眼神渙散，消瘦的臉上凝結著兩條淚痕。他母親緊緊抱著他僵硬的屍體，在他耳邊呢喃，毫不理會身旁的人，再多耐心與道理都無法讓她和那孩子分開。婦人們硬是從她懷裡搶走孩子，她開始放聲尖叫。

澡堂裡一陣混亂。提摩非的母親朝身旁撲去，哭著想要回孩子。在場大多數婦人也都有孩子，見到她那眼神不禁畏縮閃躲。提摩非的母親橫衝直撞，亂抓亂抱。澡堂太小，瓦西婭將伊莉娜推到安全處，反手攫住那母親抓過來的手臂。她雖然強壯，但太瘦小，那婦人則是悲痛得發了狂。瓦西婭抓著她想開口。「放開我，妳這個巫婆！」婦人吼道：「放開我！」瓦西婭一時心慌，雙手一鬆，臉上立刻挨了一個拐子，讓她眼冒金星，放開婦人的手臂。

這時，坎斯坦丁神父出現在門口。他和其他人一樣凍得臉紅鼻腫，但一眼就明白發生了什麼事，兩個大步走進狹小的澡堂，攫住那婦人亂抓的手指。那婦人試著掙脫，可是沒用，隨即放棄抵抗，全身顫抖。

「他離開我們了，亞絲娜。」坎斯坦丁嚴厲地說。

---

41 史代利克：老人。

「不，」婦人沙啞道：「我一直抱著他，昨晚整夜抱著，在火變小之後——他不可能，「他不會離開，因為我抱著他。把他還給我！」

「他是神的孩子，」坎斯坦丁說：「我們都是。」

「他是我的孩子！我唯一的孩子，我的——」

「別動，」坎斯坦丁說：「坐下來，妳這樣很不得體。來吧，其他人會將妳孩子放在火邊，熱水替他淨身。」他嗓音低沉輕柔，語調平穩。亞絲娜乖乖讓他扶著走到爐灶旁，頹然坐下。

那天早上，應該說那短暫陰沉的一整天，坎斯坦丁不停說話，亞絲娜宛如激流裡的溺水者盯著神父，其他婦人則是替提摩非脫衣淨身，再用冰冷的亞麻裹住他的屍體。傍晚時分，瓦西婭回來拿柴薪時，發現神父還在那裡，站在澡堂門邊大口吸著冷風，彷彿灌水一般。

「巴圖席卡，要來點蜂蜜酒嗎？」她問。

坎斯坦丁嚇了一跳，轉頭張望。瓦西婭走路無聲無息，而且灰色的皮草和漸暗的天色難分難辨。不過，神父頓了一下便說：「好的，瓦西莉莎·彼得洛夫納。」他優雅的聲音細若游絲，失去了磁性。瓦西婭一臉嚴肅，將裝酒的小皮囊遞給神父。坎斯坦丁喝得又急又猛，喝完用手背擦了擦嘴，將皮囊還給女孩，卻發現瓦西婭正皺著眉頭盯著他看。

「你今晚會守靈嗎？」她問。

「這是我職責所在。」神父帶著一點傲慢回答。這問題很不恰當。

她見他生氣了，便露出微笑。神父皺起眉頭。「我敬佩你這麼做，巴圖席卡。」女孩說道。說完她便轉身朝大屋走去，融進夜色之中。神父神色憔悴，一臉鐵青，嘴裡喃喃禱告。隔天拂曉，瓦西婭過來守靈，不由得佩服神父的堅持，只是哭聲和禱告聲已經不如他剛到時那麼響了。

男孩的墓穴很小，卻費了不少力氣，因為泥土凍得像鐵。天氣太冷，沒有人待得下來，大夥兒意思到了就趕緊鑽回自己的小屋，留下那可憐的孩子孤零零蜷縮在冰冷的搖籃中。坎斯坦丁神父半拖著失去孩子的母親走在最後。

大家庭開始共用爐灶節省柴薪，家人集中到少數房間，但柴薪消失得太快，彷彿被人下咒似的。於是村民不顧掌印闖進森林，女人想到提摩非發青的臉和他母親的恐怖眼神，也紛紛外出撿柴，但這一去就注定有人不會回來。

歐雷格的兒子丹尼爾被人發現時，已經成了白骨，散落在腳印凌亂、血跡斑斑的雪地上。他父親帶著啃爛的骨頭回來，一言不發擺在彼得面前。

彼得低頭望著骸骨，沒有說話。

「彼得．弗拉迪米洛維奇──」歐雷格啞著嗓子說，但彼得搖搖頭。

「把你兒子埋了，」他說，目光飄向自己的孩子。「我明天會召集人馬。」

艾洛許熬夜檢查熊矛握柄，磨利獵刀，沒長鬍鬚的光滑雙頰微微泛著血色。妹妹瓦西婭看他幹活，一邊也想抓起長矛衝進冬天的森林，勇敢迎向危險，一邊又想敲哥哥腦門一下，誰叫他這麼興奮。

「我會剝狼皮回來給妳，瓦西婭。」艾洛許放下武器說。

「狼皮你自己留著，」瓦西婭反唇相譏：「記得把自己的皮帶回來，別凍傷腳趾就好。」

艾洛許咧嘴微笑，眼睛閃閃發亮。「妳在擔心我嗎，小姊妹？」

兩人沒和其他人一起坐在爐灶邊，但瓦西婭依然壓低嗓門說：「我不喜歡這樣，你以為我喜歡替你截肢，把凍爛的腳趾或手指剁掉嗎？」

「可是沒辦法，瓦西席卡，」艾洛許放下靴子說道：「我們得有柴薪才行。寧可出去一戰，也不要在家裡凍死。」

瓦西婭抿著雙唇沒有回答。她突然想起眼神裡閃著怒火的瓦奇拉，想起自己拿了麵包皮給他，平息他的怒火。**還有誰在生氣？**一定在森林，在那冷風大作，狼群嚎叫的森林裡。

妳想都別想，瓦西婭，她腦中一個聲音好言說道。但瓦西婭瞄了家人一眼，看見父親神情嚴肅，兩個哥哥則是強忍著興奮。

唔，我可以試試看，不然明天要是艾洛許受傷，我會永遠恨我自己。瓦西婭沒再多想，起身去拿靴子和冬衣。

沒有人問她要去哪裡，沒有人料到怎麼回事。

瓦西婭攀上柵欄，戴著手套讓她爬得很吃力。星光稀微，月亮在半結凍的雪地上灑下一片光芒。瓦西婭越過屋簷，從月光下走進黑暗。她步履輕快，天氣冷得可怕，白雪在她腳下沙沙作響。一隻狼在某處嚎叫。瓦西婭努力不去想像那一雙黃眼。她不停發抖，抖得牙齒都快從嘴裡掉出來。瓦西婭忽然停下來，彷彿聽到什麼聲音。她放慢呼吸豎耳傾聽。沒有——只有風聲。什麼東西在那裡？看來像一棵大樹：她依稀記得的樹，只是回憶很狡猾，在她心裡稍縱即逝。不是——只是影子，月光造成的影子。

刺骨寒風吹得高處的樹葉窸窣作響。

蕭颯聲中，瓦西婭突然覺得聽見人在說話。**妳不冷嗎，孩子？**風半笑著說。

其實瓦西婭覺得自己的骨頭就像樹枝結凍一樣快碎了，但還是穩住聲音：「你是哪位？霜凍是你的傑作嗎？」

那人很久沒有回話。瓦西婭心想是不是自己的幻覺，這時忽然聽見一個語帶嘲諷的聲音：**怎麼不？我也很生氣**。這話似乎召喚了回音，頓時整座森林吼聲四起。

「你沒有回答我的問題。」女孩反駁道。理智告訴她深夜面對聽不大出來是誰的聲音，口氣溫順一點可能比較好，可是天冷讓她昏昏沉沉，對抗睡魔幾乎用去了她所有意志力，沒力氣保持溫順了。

霜凍是我做的，那聲音說，突然彎起冰冷慈愛的手指拂過女孩的臉和喉嚨。寒意有如指尖鑽進她衣服裡，包住她的心窩。

「你會歇手嗎？」瓦西婭強壓恐懼問道，心跳快得像是擊掌。「我是替我族人問的。他們很害怕，也很抱歉。事情很快就會恢復原狀，教會和村子都是，不會再害怕或議論魔鬼了。」

那時就太遲了，風聲說道，森林跟著應和，**太遲了**、**太遲了**。接著：**再說，妳該擔心的不是霜凍，德芙席卡，而是火。告訴我，你們村裡的火是不是燒得很快？**

「那是因為天氣冷，所以火燒得快。」

錯了，是風暴快來了。首先是恐懼，再來永遠是火。妳的族人很害怕，現在輪到火了。

「那就讓風暴轉向吧，我求求你，」瓦西婭說：「你瞧，我帶了禮物來。」說完手伸到袖子裡。

禮物不怎麼樣，只是一塊乾掉的麵包和一撮鹽，但她才遞出去，風就停了。

風平聲息，瓦西婭再次聽見狼嗥，這回聲音非常近，而且彼此唱和。這時一匹白色母馬從兩棵樹之間踱了出來，瓦西婭立刻就將狼群拋到腦後。白馬長鬃有如冰柱，呼出的鼻息在夜裡宛如羽毛。

女孩屏息讚嘆：「喔，妳真美。」語氣裡的渴望連自己都聽得清清楚楚。「霜凍是妳做的？」

馬背上有人嗎？瓦西婭看不出來。她起先覺得有，但母馬甩了甩身子，她發現她背上的影子只是光的把戲。

白馬小耳向前，朝麵包和鹽靠近。瓦西婭將手伸直，感覺馬的呼息吹得她臉一陣溫暖。她望著白馬黝黑的眼睛，突然覺得更暖了，連拂過她臉龐的風也是暖的。

霜凍是我做的，那聲音說道。瓦西婭覺得不是白馬。**那是我的怒火與警告。但妳很勇敢，德芙席卡，讓我消氣了，因為妳的禮物**。稍微停頓。**但恐懼不是我做的，火也不是。風暴要來了，霜凍比起來根本不算什麼。勇氣將會拯救妳。妳的族人若是恐懼，就會迷失。**

「什麼風暴？」瓦西婭低聲問道。

小心季節變換，她感覺風在嘆息。**小心**……接著聲音就沒了，但風還在吹，愈來愈強，只是不再說話。風推著雲朵遮住月亮，而且聞起來——太好了，有雪的味道。只要下雪，霜凍就不可能繼續。

瓦西婭跌跌撞撞回到家裡，門一開，她帽子和眉毛上的雪花讓鬧哄哄的家人瞬間安靜。艾洛許緊緊抓著她，興奮得說不出話來。伊莉娜笑著跑到屋外，抓了一把從天而降的雪白。

那天晚上，嚴寒真的離開了。雪下了整整一週。雪停之後，他們又鏟了三天的雪才出得了門。那時，稍微溫暖的天氣已經讓狼群靠著餓壞的兔子飽餐一頓，退回森林深處去了，沒有人再見到狼群的身影，只有艾洛許很失望。

❄

晚冬那些日子，敦婭睡得很糟，不只因為天冷和她骨頭酸痛，也不單是因為擔心伊莉娜感冒和瓦西婭臉色蒼白。

「時間到了。」霜魔說。

這回敦婭沒有夢見雪橇，也沒有夢見陽光或刺骨的寒風，而是夢見自己站在竊竊私語的幽暗森林裡，感覺暗處有一個巨大的陰影正等待著。冬妖白皙的五官有如蝕刻般細緻，眼眸沒有半點顏色。「就是現在，」他說：「她已經長大了，而且比她以為的還要強壯。我也許能讓惡遠離妳，但我非要那女孩不可。」

「她還是個孩子，」敦婭反駁道。**魔鬼**，她心想，**撒旦**，**騙子**。「還沒長大——明知沒有蜂蜜蛋糕，還是騙我有——而且今年冬天她好蒼白，眼睛和骨頭都是，我怎麼可能現在放她走？」

魔鬼一臉陰森。「我弟弟快醒了，關他的牢房愈來愈弱。那孩子不知道自己做了什麼，卻保護了你們，用麵包皮、勇氣和那雙眼睛。但我弟弟瞧不起這些東西，妳得把項鍊給她。」

黑暗似乎逼得更近了，嘶嘶出聲。霜魔厲聲說話，用敦婭不懂的語言。一道明亮的風吹進空地，暗影退了幾步。月亮出現了，照得雪地閃閃發光。

「求求你，冬王，」敦婭雙手交握懇求道：「再給我一年吧，再給我一個太陽的季節，雨和陽光會讓她更強壯。我不會——我不能在冬天把這孩子交出去。」

灌木叢裡突然爆出笑聲，聲音古老而緩慢。敦婭忽然覺得月光似乎穿透了霜魔，彷彿那惡魔只是光影玩弄的把戲。

但他很快就復原了，重拾分量與輪廓，只是頭轉了方向，低低掃視灌木叢。半晌之後，他重新望著敦婭，臉色陰沉嚴肅。

「妳最了解她，」他說：「她沒準備好，我就不能帶她走，否則她會沒命。那就再一年吧，雖然我並不想這麼做。」

14 老鼠與少女

那年冬天，安娜．伊凡諾夫納和其他人一樣吃了許多苦頭。她手腫脹僵硬，牙齒發疼，常常夢見乳酪、雞蛋和水芹，卻只吃得到酸白菜、黑麵包與燻魚。伊莉娜始終長不壯，憔悴單薄得像個影子。安娜驚惶之餘，竟和敦婭親近起來，兩人一起哄孩子喝湯和蜂蜜，讓她身子溫暖。

不過，至少她沒見到妖魔。那個鬍鬚小妖怪不再在家裡出沒，瘦巴巴的棕色傢伙也不再出現在多爾。她只見到男人和女人，只需要忍受寒冬一家人擠在屋裡的麻煩與難受。而且，有坎斯坦丁神父在。這人宛如天使，她從來不知道一個男人可以是這樣子，聲如洪鐘，語氣溫和，還有一雙巧手能讓受祝福的聖像活過來。那年冬天因為不得不關在屋裡，她每天都見到神父。對她來說，他的存在就像酒和肉，讓她再無所求。她心情平靜，甚至能對繼子微笑，忍受瓦西莉莎。

然而當大雪來到，霜凍解除，安娜的寧靜也隨之瓦解。

某個陰霾的正午，鉛灰天空飄著小雪，安娜跑去坎斯坦丁的房間。「巴圖席卡，魔鬼還在，」她喊道：「它們又回來了，之前只是躲起來。它們很狡猾，是騙子。我犯了什麼罪？神父，我該怎麼辦？」安娜啜泣顫抖。那天早上，多莫佛伊滿身灰地從爐灶裡執拗地爬出來，拿起敦婭那籃衣服開始幹活。

坎斯坦丁沒有立刻回答，抓著刷筆的手藍藍白白。他在房裡漆聖像，安娜拿湯來給他，顫抖的手讓湯灑了出來。白菜，坎斯坦丁嫌惡地想。他受夠白菜了。安娜將碗放在他身旁，但沒有離開。

「要有耐心，安娜．伊凡諾夫納，」神父察覺她顯然在等他開口，便這麼回答。他沒有回頭，也沒有放慢輕快沾抹顏料的動作。他已經漆了好幾週。「這是長年的病症，而且許多人不守規矩，助紂為虐。等著吧，我會將他們帶回神面前。」

「是，巴圖席卡，」安娜說：「但早上我看見——」

神父噓斥一聲道：「安娜．伊凡諾夫納，妳要是四處留意魔鬼，就永遠擺脫不了它們。有哪個虔誠的基督教婦人會這麼做？有這些時間還不如拿來禱告敬畏神，大量禱告。」他說完眼神朝門口撇了撇。

但安娜不動如山。「您已經行了許多奇蹟，我——別覺得我不知感謝，巴圖席卡。」她顫抖著身子靠向他，一手放在他的肩上。

坎斯坦丁不耐地瞪了她一眼，安娜慌忙收手，像被火燙到似的，臉上泛起紅暈。「感謝神吧，安娜．伊凡諾夫納，」神父說：「我要工作了。」

安娜起身佇立片刻，接著便匆匆離開了。

坎斯坦丁抓起湯碗一飲而盡，喝完擦擦嘴巴，開始試著找回上色所需的平靜。但那女人的話不停追著他：**魔鬼**、**妖怪**、**我犯了什麼罪？**坎斯坦丁思緒紊亂。他用對神的敬畏餵養這些人的心靈，讓他們走上救贖的路。他們需要他，對他又愛又怕。他們本當如此，因為他是神的使者。他們敬拜他漆的聖像。所有能用言語和熾烈目光使人謙卑順服神的，他都做了，並且感覺到效果。

可是——

坎斯坦丁不由自主想到彼得的二女兒。他那年冬天一直在注意她，那孩子般的優雅、笑聲、不受拘束的魯莽和偶爾閃過臉龐的憂傷。他記得她有一回在冰冷的傍晚，從暮色裡出現，他從她手中接過蜂蜜酒，心裡只感謝終於能解渴，什麼也沒多想。

她不怕，坎斯坦丁陰沉想著，**她不怕神，她什麼都不怕**。他在她的沉默和瞄他的古怪目光裡見到這一點，還有她成天往森林裡跑。總之，虔誠的基督徒少女絕不會有那種眼神，也不可能在夜裡行走得如此優雅。

為了她的靈魂，他心想，還有這窮鄉僻壤的所有生靈，他必須讓她謙卑。她必須看清楚自己的面目，並感到畏懼，否則……坎斯坦丁忘了自己的手指，畫筆隨意揮舞，心裡全在苦惱這個問題，後來好不容易回過神來，低頭看著自己剛才畫了什麼。

只見一雙狂亂的綠眼盯著他看，不是他想漆的淺藍，而面紗感覺就像紅得發黑的長髮。那女子似乎在笑他。在森林裡，無比的自由。坎斯坦丁大叫一聲，將聖像扔開，畫板重重砸在地上，顏料四濺。

❄

那年春天太溼又太冷，讓愛花的伊莉娜哭個不停，因為雪花蓮始終不開。農田被季節不對的豪雨弄成一窪窪的，好幾週什麼也乾不了，無論屋裡或屋外。瓦西娅迫於無奈，只能將火推到一邊，把襪子放進爐灶裡，結果襪子暖是暖了，卻一點也沒變乾。村裡一半的人在咳嗽，她望著起身更衣的哥哥，不禁眉頭深鎖。

「以實驗結果來說算是不錯了。」艾洛許望著微微燒焦的襪子說。他兩眼血絲，聲音乾啞，伸手將溼溼暖暖的羊毛襪套到腳上，臉皺了一下。

「嗯，」瓦西娅套上襪子說：「至少沒煮熟。」說完又看了他一眼。「今晚會有熱騰騰的東西吃，別在雨停之前死掉，小兄弟。」

「這我不敢說，妹妹。」艾洛許鬱鬱回答，說完一陣咳嗽。他拉了拉帽子，接著便快步出門了。天雨溼冷，坎斯坦丁神父改到冬廂廚房做畫筆和磨石頭。這裡比他的房間溫暖了許多，也比較乾，只是吵得很，到處是狗和小孩，還有孱弱的山羊也來湊熱鬧。瓦西婭很不喜歡這改變。神父從來不跟她交談，卻常常稱讚伊莉娜和指使安娜·伊凡諾夫納。但就算廚房裡吵吵嚷嚷，她依然感覺神父在留意他。無論她和敦婭開玩笑、揉小得可憐的麵團或紡紗，她都察覺他在看她。

有種就當面告訴我做錯了什麼，巴圖席卡。

她只要一有機會就溜去馬廄。待在人滿為患的屋裡意味著忙不完的家事，還得聽安娜一會兒尖叫一會兒禱告，而且絕對躲不過神父的沉默與嚴肅的注視。

瓦西婭絕口不提一月那個苦寒的晚上去了哪裡。她有時覺得自己是在做夢，風裡的聲音和白馬都是夢境。因為神父盯著，她很小心不跟多莫佛伊說話，但他還是緊盯不放。她覺得快熬不下去了，自己遲早會惹出麻煩，被他生吞活剝。但時光匆匆，神父始終保持沉默。

四月來了，瓦西婭這天在牧場上替米許縫傷口。沙夏這頭老坐騎如今成了傳種的母馬，剛生了七隻駒子，雖然不再年輕，卻依然強壯健康，什麼都逃不過她睿智的眼睛。最珍貴的馬冬天待在馬廄，例如米許，但只要綠草從雪裡竄出來，就會放回牧場和其他同伴一起，結果總是衝突難免，米許腹部就多了一道蹄印形狀的傷口。瓦西婭縫起傷口比縫起衣服俐落得多，馬腹上的血紅開口愈來愈小。米許文風不動，只偶爾抽搐一下。

「夏天夏天夏天。」瓦西婭哼唱著。溫暖的陽光再度灑向大地，大雨也停了好一陣子，讓大麥終於有機會冒出芽來。瓦西婭拿米許來比，發現自己過了一個冬天長得更高了。唉，她感傷地想，人要是一直能像伊莉娜那麼小就好了。

已經有人稱讚小伊莉娜是個美人胚子。瓦西婭努力不去想這件事。

米許打斷女孩的思緒。我們想送禮物給妳，她一邊說著，一邊低頭吃起新生的牧草。

瓦西婭停下雙手。「禮物？」

妳冬天一直拿麵包給我們，我們想報答妳。

「我們？可是瓦奇拉——」

是我們大家，母馬答道，其實不只，但主要是我們。

「喔，」瓦西婭困惑地說：「嗯，謝謝你們。」

還沒到嘴邊的草別急著道謝，母馬哼了一聲說，我們的禮物就是教妳騎馬。

這回瓦西婭真的僵住了，只有熱血湧上心頭。她會騎馬——她和伊莉娜共有一頭胖胖的灰色小馬——可是……「真的嗎？」她低聲道。

沒錯，母馬說，只是這禮物是好是壞還很難說，它可能讓妳和妳的族人分開。

「我的族人，」瓦西婭喃喃自語。他們在聖像前啼哭，讓多莫佛伊餓肚子。我不認得這些人，他們變了，而我沒有。她大聲說：「我不怕。」

很好，母馬說，等泥巴乾了就開始吧。

❄

隨後幾週，瓦西婭幾乎忘了母馬的承諾。春天意味著忙不完的粗活，瓦西婭每天結束都累得四肢麻木，啃幾口去年大麥做成的粗糙麵包，配上軟白乳酪和新摘的香料，吃完便跳上爐灶倒頭就睡，沉得像個孩子。

一轉眼五月就來了，新草覆蓋泥土，蒲公英有如繁星綻放在綠地之上。一天傍晚，瓦西婭滿身大汗從大麥田裡回到牧場。她精疲力竭，滿身擦傷，一鉤弦月孤零零高掛天際，馬兒的影子又斜又長。

來吧，米許說，**騎到我背上**。

瓦西婭累得幾乎無法回答。她愣愣望著母馬說：「我沒有馬鞍。」

米許哼了一聲。**有也不准用，妳必須學會不用馬鞍。我會讓妳騎，但我不是妳的僕人**。

瓦西婭望著母馬，見她深邃的棕眼裡閃過一絲幽默。「妳腿不會痛嗎？」她有氣無力地問，一邊朝母馬腹側的傷口撇了撇頭。

不會，米許說，**上來吧**。

瓦西婭想起熱騰騰的晚餐和爐灶邊的凳子，隨即咬緊牙關後退一步，縱身趴在馬背上。她左右亂扭，好不容易才勉勉強強坐在米許的鬐甲上。

女孩手忙腳亂，母馬耳朵往後收。**妳還需要練習**。

瓦西婭完全不記得那天去了哪裡。當然是在林中深處，但坐在馬上好難受，這點她永遠忘不了。他們不停往前，直到她的腿和背都在發抖。**坐穩一點**，母馬說，**感覺我好像載著三個妳，而不是一個**。瓦西婭試了，但還是左滑右扭，最後米許受不了，突然停下腳步，女孩整個人往前飛過馬首跌在地上，眨著眼睛呆望著泥土。**起來**，母馬說，**之後小心點**。

等他們回到牧場，瓦西婭已經渾身髒污，滿是瘀青，當然連走路都有困難，而且還錯過晚餐，只換來一頓罵。但隔天晚上她又不見蹤影，之後也是。陪她練習的不一定是米許，其他馬也輪流教她。瓦西婭無法每天去，春天她忙著播種，幾乎無法休息，所有人都是。

但瓦西婭還是去得夠勤，慢慢地背和大腿和胃都不再那麼疼，後來有一天更再也不痛了，而且她還學會了平衡，翻身上馬，讓馬轉身、前進、停止和跳躍，直到她再也分不清誰是人、誰是馬。

仲夏時分，天空似乎變大了，雲朵有如天鵝悠悠滑過。田裡大麥宛如綠浪，只是長得不高，讓彼得頻頻搖頭。瓦西婭手裡提著籃子，每天都消失在森林裡。敦婭看著她帶回來的東西，通常是樺樹皮或做染料的鼠李，但幾乎量都不夠，看得她心裡寫滿懷疑。但瓦西婭是那麼容光煥發，歡欣喜悅，因此敦婭只是嘴裡嘀咕幾句，沒多說什麼。

不過，天氣愈來愈熱，直到空氣像蜜一樣稠，太熱了。雖然村民努力禱告，森林還是因為樹木乾燥起了野火，大麥依然長得很慢。

八月某個豔陽天，瓦西婭騎馬去湖邊。她騎得小心翼翼，深怕拐到了。陪她的是梅特，雖然灰色鬃毛已經變白，仍是坐騎裡最壯碩的一匹馬，而且有著最古怪的幽默感。瓦西婭身上的瘀青就是證明。

豔陽下湖光瀲灩，瓦西婭接近湖邊，感覺聽見附近的樹林裡有聲響，但抬頭卻沒瞥見綠色的人影。徒然張望一陣之後，她決定放棄，便脫了衣服溜進湖裡。湖水完全由融雪而成，就算仲夏依然冰冷，一下吸乾了她肺裡的空氣，瓦西婭硬撐著才叫出聲來。她一頭鑽進水裡，刺骨的湖水讓她疲憊的四肢失去了活力。瓦西婭在水底擺動身軀，左右張望，但見不到露莎卡的身影。她微微不安地游回岸邊，將衣服放進水裡攪一攪，在岩石上拍打乾淨，掛在附近樹枝上晾乾，接著才爬到樹上，像貓一樣攤開四肢躺在樹幹上曬太陽，把身體曬乾。

過了大約一小時，瓦西婭昏昏沉沉醒過來，瞄了半乾的衣服一眼。太陽已經過了高點開始西斜，表示漫漫的仲夏午後已經過了很久，安娜應該在發火了，連敦婭也會抿著嘴瞪她，當她溜回家的時候。伊莉娜不是蹲在發燙的爐灶上，就是衣服縫到手麻。瓦西婭心裡愧疚，開始往下爬，但才下到另一根樹枝就僵住了。

坎斯坦丁神父坐在草地上，感覺不像神父，而是俊俏的農夫。他沒穿長袍，換成亞麻上衣和寬長褲，上頭沾著大麥桿，沒戴帽子的頭髮在午後陽光下閃閃發亮，兩眼望著湖面。他來這裡做什麼？瓦西婭仍然被樹葉遮著，於是她兩腿勾著樹枝往下一翻，順手抓起衣服，動作快得像是松鼠，接著坐到高一點的樹枝上笨拙地套上衣服和（從艾洛許那裡偷來的）綁腿，一邊小心不要跌下去摔斷手臂，之後再用手指使勁梳攏頭髮，將紮好的辮子甩到背後，抓著樹幹跳到地上。**要是動作輕一點，也許……**

就在這時，瓦西婭看見露莎卡。她站在湖中央，頭髮漂在水上，半遮住她裸裎的胸房。她朝坎斯坦丁神父微微一笑，神父被迷住了，起身搖搖晃晃朝她走去。瓦西婭想都沒想便衝到神父身旁，一把抓住他的手，但神父將她推開，雖然動作很輕，力道卻不像他外表那麼秀氣。

瓦西婭轉頭對露莎卡大喊：「別動他！」

「他會殺光我們，」露莎卡輕聲說道，眼睛始終緊盯獵物。「已經開始了，要是讓他繼續下去，森林深處的守護者都會消失，風暴會來，大地沒人保護。妳難道沒發現嗎？先是恐懼，再來大火，接著飢荒。他已經讓妳的族人害怕，接著出現大火，現在陽光炙熱，等天冷你們就會餓肚子了。冬王軟弱無力，而他弟弟就在附近，守護者一消失，他弟弟就會出現。你們怎麼都不該讓它發生。」她激動得聲音顫抖：「所以我最好解決他。」

坎斯坦丁神父又往前一步，湖水淹上靴子，他已經踏進湖邊了。

瓦西婭使勁甩頭，想讓腦袋清醒。「不可以。」

「為什麼？他的命比其他人寶貴嗎？我敢跟妳保證，他要是活下來，許多人都會死掉。」

瓦西婭猶豫良久，不由自主想起之前神父在提摩菲逐漸僵硬的屍體旁禱告，話音消散後仍然喃喃低語。她想起他攙扶差點哭倒在雪地裡的男孩母親。瓦西婭咬牙搖了搖頭。

露莎卡仰頭尖叫，隨即消失無蹤，彷彿不曾出現過，湖面只剩瀲瀲陽光、蘆葦和樹影。瓦西婭抓著神父的手，將他拉離湖邊。神父低頭看她，眼神裡的迷茫開始消散。

❄

坎斯坦丁雙腳冰冷，心裡莫名地孤單。腳冷是因為他站在水深半尺的湖邊，寂寞不知從何而來。他從來不曾感覺孤單。一張臉緩緩泅入他的視線，但他還來不及喊出對方的名字，那人就抓著他的手，將他踉踉蹌蹌拉回岸上。黑辮子閃過一道紅光，他突然認出她來。「瓦西莉莎·彼得洛夫納。」

瓦西婭鬆開他的首，轉頭望著他說：「巴圖席卡。」

他感覺腳溼了，接著想起湖中那名女子，心裡開始覺得恐懼。「妳在做什麼？」他問道。

「我在救你，」女孩答道：「這座湖對你來說很危險。」

「魔鬼……」

瓦西婭聳聳肩。「也可以說是湖仙，隨你怎麼喊她。」

坎斯坦丁伸手撈著十字架，似乎想回到湖邊。

瓦西婭一把抓住皮繩繫著的十字架，將它從神父脖子上扯下來。「別碰十字架，還有她。」她伸長手臂不讓神父拿回十字架，一邊厲聲說道：「你造成夠多傷害，難道不能放他們一馬？」

「我是要救妳，瓦西莉莎．彼得洛夫納，」神父說道：「我會拯救你們所有人。妳不懂，這裡有許多黑暗力量。」

瓦西婭笑了。神父大吃一驚，連瓦西婭自己可能都沒想到。被逗樂的表情舒緩了她緊繃的臉龐。見到這一幕，他忍不住佩服地望著她。

「神父，我覺得你才不懂，需要拯救的人是你。快回大麥田去幹活吧，別動這座湖了。」她說完轉身就走，不理他是否跟上，兩腳踩在苔蘚和松針上悄然無聲。坎斯坦丁摔倒在她身旁。她兩根手指還夾著他的木十字架。

「瓦西莉莎．彼得洛夫納，」他再次嘗試，一邊咒罵自己口拙。他一向知道該說什麼，但這個女孩用那清澈的目光望著他，讓他的確信變得模糊愚蠢。「妳不能再這麼野蠻，必須懷著恐懼回到神身邊，真正地悔改。妳父親是地主，也是好基督徒，我們要是不將魔鬼從壁爐趕走，妳母親會瘋掉。瓦西莉莎．彼得洛夫納，回頭吧，悔改吧。」

「我有去教堂，神父，」瓦西婭答道：「安娜．伊凡諾夫納不是我母親，她發瘋不關我的事，而我的靈魂也不屬於你。我覺得我們在你來之前過得好好的，就算禱告得不多，至少哭得也不多。」

她走得很快，坎斯坦丁已經在林木間瞥見村子的柵欄。

「聽好了，巴圖席卡，」瓦西婭說：「你可以為死者祈禱，安慰病者和我母親，但別干涉我，否則下回他們再來抓你，我絕對袖手旁觀。」說完她沒等他回答，就將十字架扔回他手裡，大步走向村莊。

十字架被她摸熱了。坎斯坦丁不情願地握住它。

15 他們只找野女孩

刺眼的午後陽光變成蜜金色，最後再變成鏽紅的琥珀，淡淡的弦月剛浮到天邊那一抹淺黃之上。熱氣隨著陽光而去，麥田裡的男人們因為汗涼了而發抖。坎斯坦丁將長柄鐮刀舉到肩上，磨硬的掌心皮膚底下全是帶血的水泡。他用指尖穩住鐮刀，遠遠避開彼得．弗拉迪米洛維奇。渴望封住了他的咽喉，憤怒盜走了他的聲音。**那是魔鬼，是你的想像，你卻沒有趕她走，反而爬向她。**

神哪，他好想回莫斯科，或是基輔，甚至更遠的地方。他想有吃不完的熱騰騰的麵包，而不是一年有一半時間在挨餓。他想在數千人面前講道，讓農夫去耕地。他希望自己再也不要半夜醒著東想西想。

不行，神派了他一項任務，他不能半途而廢。

喔，要是真能完成就好了。

他咬緊牙關。他會的，非完成不可。他死前一定能重回女孩不會頂嘴，魔鬼不會大白天在路上閒晃的地方。

坎斯坦丁經過乾草堆，繞著牧場邊緣走。森林的外圍投下飢渴的影子，他撇開頭朝斜陽下正在吃草的馬群望去。在一片灰色和栗色之間忽然亮光一閃。坎斯坦丁瞇眼細看，發現其中一匹馬昂首佇立——是彼得的戰馬。他肩旁站著一個纖細的身影，背對陽光看不清長相，但坎斯坦丁立刻認出她來。那匹種馬轉頭咬了咬她的辮子，讓她笑得像個孩子。

坎斯坦丁從來沒見過這樣的瓦西婭。在屋裡時，她總是時而嚴肅謹慎，時而無憂迷人，大眼睛，瘦巴巴，走路無聲無息。但此刻她一人在陽光下，卻美麗得宛如幼齡的母馬，又像剛長成的老鷹。

坎斯坦丁強裝冷酷。她的族人給他蜂蠟和蜂蜜，尋求他的意見與禱告。他們親吻他的手，見到他就臉上發光，那女孩卻迴避他的目光與腳步聲。但一匹馬，一頭愚蠢的牲畜就能讓她綻放如此神采。那神采應該為他——為神而綻放，因為他是神的使者。她真的如安娜．伊凡諾夫納所言，心腸冷酷、不負責任、沒有少女的模樣。她和魔鬼交談，甚至誇口自己救了他。

他的手指渴望木材、蜂蠟與畫筆，渴望捕捉寫在女孩身體線條裡的愛與孤寂，驕傲與含苞待放的女人味。**她救了你一命，坎斯坦丁．尼可諾維奇**。

他狠狠撚熄腦中的思緒與衝動。繪畫是為了榮耀神，而非脆弱無常的血肉之軀。**她召喚了魔鬼，是神出手救了我**。但當他強迫自己轉身離開，那影像卻已烙印在他的眼底。

❄

日暮時分，天色泛紫，瓦西婭走進廚房，臉上留著白天的陽光。她抓起碗和湯匙舀了自己的份，隨即走到窗邊。暮色染綠了她的眼。瓦西婭專心吃著，不時瞄一眼西斜的夕陽。坎斯坦丁刻意踩著僵硬的步伐來到她身旁，聞到她頭髮飄著泥土、太陽和湖水的味道。她沒有轉頭看他。村子裡的柴火如繁星，村民細心照看火苗。淡淡的弦月高掛在雲層蝕刻的天空，廚房裡喧囂吵嚷，兩人的沉默持續延長。是神父先開口。「神派我來的，」他低聲說：「要是我死了，會很遺憾。」

瓦西婭驚詫地看他一眼，嘴角閃過一抹微笑。「我才不信，巴圖席卡，」她說道：「是不是我害你沒辦法早點上天堂？」

「謝謝妳救了我，」坎斯坦丁語氣僵硬往下說：「但神不能輕慢。」他溫暖的手突然覆上了她的手，瓦西婭臉上的笑容瞬間消失。「切記。」他說著將一樣東西塞進她指間，因為握著鐮刀而變粗的手滑過她指節。他沒有說話，但瓦西婭突然明白為何婦人們都求他禱告，為何他溫暖的手和稜角分明的面孔是武器，在他的言語失效時使用。他想如此贏得她的順服，以粗糙的手和動人的眼眸。

我有安娜．伊凡諾夫納那麼蠢嗎？瓦西婭仰頭將手抽開，神父沒有挽留。她發現他的手毫無顫抖。神父轉身離開，影子在牆上擺動。

安娜正坐在壁爐邊的凳子上縫衣服，她一起身，原本滑到膝間的亞麻布又滑到地上。「他給妳什麼東西？」她厲聲問道：「**是什麼？**」她臉上所有毛孔和線條都放大了十倍。

瓦西婭也不曉得是什麼，但還是遞到繼母面前給她看。是神父的木十字架，橫臂外張，用光滑的松木雕成。瓦西婭望著十字架，心裡好奇道：**這是什麼，神父？警告嗎？還是道歉或挑戰？**

「是十字架。」她說。

安娜一把抓住。「是我的，」她說：「他是要給我的，放開！」

瓦西婭選擇很多，她只挑了最安全的說：「我想也是。」她沒有離開，而是拿著碗到壁爐邊，向敦婭撒嬌再要了一些燉肉，又從不當心的妹妹身邊偷了一塊麵包頭。幾分鐘後，她拿麵包沾著燉肉，看見妹妹一臉困惑，不禁露出微笑。

安娜沒有再開口，但也沒繼續縫衣服。瓦西婭雖然臉上帶著笑，卻感覺得到繼母正狠狠瞪著她。

那天晚上，安娜沒有入睡，從床邊溜去教堂。當深邃清澈的破曉取代深藍的夏夜，她來到丈夫身旁搖醒他。

九年來，安娜從來不曾主動接近彼得。彼得本能攫住對方喉嚨，隨即發現來者是誰。安娜披頭散髮，蓬頭垢面，頭巾也歪掉，眼色晦暗如石。「親愛的。」她氣喘吁吁揉著喉嚨說。

「什麼事？」彼得匆匆離開溫暖的被窩，套上衣服問道。「伊莉娜怎麼了嗎？」

安娜梳理頭髮，將頭巾擺正。「不是——不是。」

彼得套了上衣，束好腰帶。「那到底怎麼了？」他語氣不大愉快。她嚇到他了，嚇得厲害。

安娜顫抖著，目光低垂道：「你有沒有發現你女兒瓦西莉莎從去年夏天以來長大很多？」

彼得停下動作，晨曦在他房裡灑下一道道淺金色的光芒。安娜從來不曾對瓦西婭感興趣。「是嗎？」他說，這下是真的困惑了。

「而且變得算是變漂亮的。」

彼得眨眨眼，皺著眉頭說：「她還是個孩子。」

「是女人了，」安娜厲聲說道，嚇了彼得一跳。她從來不曾反駁他。「雖然是個野丫頭，手腳和眼睛都是，但她肯定能拿到好嫁妝。最好趕緊讓她嫁了，老公，否則等她現在的外表沒了，可能就永遠嫁不掉。」

「她的外表明年還不會消失，」彼得懶得多說：「下個小時更不會。這種事何必叫醒我，老婆？」說完便走出房間。烘烤麵包的堅果香點亮整間屋子，他感覺飢腸轆轆。

「你女兒歐爾嘉十四歲就嫁了。」安娜上氣不接下氣跟在他後面說。歐爾嘉婚後判若兩人，成了偉大的女性，肥肥胖胖，生了三個孩子，而她丈夫很有希望接任大公。

彼得抓起一塊剛烤好的麵包，將它扳開。「我會考慮。」他用這話堵住妻子的嘴，一邊挖了一塊熱騰騰的麵包內餡塞進嘴裡。他牙齒有時會痛，柔軟的麵包感覺還不壞。**你老了**，彼得心想。他閉上眼睛，試著用咀嚼聲掩沒妻子的嘮叨。

❄

天一亮，男人們就來到麥田，一早上大力揮舞鐮刀咻咻掃過波浪般的大麥，接著鋪開麥梗曬乾，耙子來回耙動，發出單調的聲響。太陽像活人一般，張開滾燙的雙臂掐住他們的脖子，虛弱的影子躲在他們腳下，他們的臉龐閃著汗水和曬傷。彼得和兩個兒子跟村民一起做事。每到收成，所有人都得幹活。彼得每一粒麥子都不放過。今年的大麥長得不夠高，麥穗也很單薄。

艾洛許直起痠疼的背，用沾滿泥土的手遮擋陽光，隨即臉龐一亮。一名騎士騎著棕馬從村子裡奔馳而來。「總算來了。」他說著將拇指和食指伸進嘴裡，長長的哨音劃破正午的寂靜。田裡所有人都放下耙子，抹去臉上的麥渣朝河邊走去。墨綠的河岸與潺潺的河水稍稍緩解了天氣的熾熱。

彼得倚著耙子，撥開眉毛上那一綹汗溼的班白頭髮，但沒有離開麥田。騎士距離更近了，跨下的母馬腳步俐落。彼得瞇起眼睛，勉強辨認出女兒的黑辮子正迎風向後甩，但她不是騎自己的文靜小馬，而是米許，四條白腿快如閃電，塵土飛揚。瓦西婭見到父親，揮手向他打招呼。彼得怒目以對，準備等女兒一靠近就把她從馬上抓下來。**這個瘋丫頭，她總有一天會摔斷脖子。**

她騎在馬上多麼穩哪！母馬躍過溝渠大步奔馳，背上的女騎士動也不動，只有頭髮迎風飛舞。一人一馬來到森林邊停下，瓦西婭腰前扶著一只蘆葦編成的籃子，迎著陽光彼得看不清她的臉，詫異她竟然長得這麼高了。「你餓了嗎，父親？」她喊道。母馬氣定神閒佇立著，而且沒有馬鞍——她手裡什麼都沒有，除了一條韁繩。瓦西婭是捧著籃子騎馬的。

「我來了，瓦西婭。」彼得說道，神情莫名陰沉。他將耙子扛在肩上。

豔陽下金光一閃，是某人的頭髮。坎斯坦丁·尼可諾維奇沒離開麥田，而是一直望著苗條的騎士，直到樹林遮去她的身影。**我女兒騎馬像個游牧民族的孩子，他會怎麼看她，那正直的神父？**

男人們掬起冰涼的河水沖頭，大口大口喝著。彼得來到河邊時，瓦西婭已經下馬到村民身邊，遞了一只皮囊給他們，裡頭裝滿克瓦斯酒。敦婭用爐灶做了一大塊餡餅，裡頭加了一堆穀物、乳酪和夏蔬。男人們一擁而上搶著扳麵包吃，汗涔涔的臉上沾滿了牛油。

彼得突然發現瓦西婭骨骼修長，身材苗條，一雙大眼分得非常開，和這群大老粗站在一起是多麼格格不入。**我要一個像我母親那樣的女孩**，瑪莉娜說。唔，這下她如願了。瓦西婭就像羊群裡的獵鷹。

男人們沒有和她交談，只是低頭急著吃餅，吃完了就回炙人的麥田幹活。艾洛許經過瓦西婭身旁時拉了拉妹妹的辮子，朝她咧嘴微笑，但彼得發現其他男人則是斜眼往後瞄她。「巫婆，」其中一人低聲道，彼得沒聽見。「她對馬施了魔法，神父說——」

餡餅吃完了，男人們也離開了，但瓦西婭還待著。她將酒囊放在一旁，將手伸進河裡。她走路像個孩子。**嗯，這當然了，她還是個孩子，我的小青蛙**。但她有著野生動物那種漫不經心的優雅。瓦西婭離開河邊朝他走來，順手拎起籃子。彼得看著她的臉，不禁嚇了一跳。可能因為如此，他才會眉頭深鎖。瓦西婭臉上的笑消失了。「喏，父親。」她一邊說著，一邊將克瓦斯酒遞給他。

喔，救主啊，彼得心想，**安娜·伊凡諾夫納說的或許真有幾分道理。就算她眼前還不是女人，也很快會是了**。彼得發現，坎斯坦丁神父的目光再次在他女兒身上流連。

「瓦西婭，」彼得說，聲音比他想得乾澀。「妳這麼做有什麼意思呢？騎著母馬飛奔，而且不裝馬鞍和轡頭？妳會把手或脖子摔斷。」

瓦西婭紅著臉說：「敦婭要我帶著籃子，而且要快。米許是最近的馬，路程很短，沒有馬鞍也不會出什麼問題。」

「連韁繩也不用，朵席卡[42]？」彼得說，語氣帶著幾分嚴厲。

瓦西婭臉更紅了。「我沒有受傷，父親。」

彼得默默打量她。瓦西婭若是男孩，他一定會為了她騎術精湛而喝采，但她是個女孩，野丫頭，就快成為女人。彼得再次想起神父的目光。

「我們晚點再討論這件事，」彼得說：「回去找敦婭吧，別騎太快。」

「是，父親。」瓦西婭溫順地說，但她上馬的模樣帶著幾分驕傲，掉轉馬頭策馬慢跑，昂首踏上歸途的動作也是。

❄

長日漫漫，傍晚來了又去，最後只剩蒼白的白晝微光，有如晨曦照亮夜空。彼得對敦婭說：「敦婭，瓦西婭變成女人多久了？」他們倆獨自坐在夏廂的廚房裡，屋裡所有人都睡了，但白晝的微光讓彼得無法入睡，而且女兒的問題一直在心裡纏著他。敦婭手腳酸痛，並不急著躺在硬床墊上。她轉著紡紗桿，但動作很慢。彼得突然發現她好瘦。

敦婭狠狠看了彼得一眼。「半年了，快復活節時來的月事。」

「她長得很好看，」彼得說：「雖然很野。她需要找個丈夫，讓她安穩下來。」但他一邊說著，腦中忽然浮現他的野丫頭嫁人、行房，在灶上汗水淋漓的模樣，讓他莫名感到遺憾。他甩頭將那畫面拋開。

敦婭放下紡紗桿緩緩說道：「她還沒想到愛情呢，彼得．弗拉迪米洛維奇。」

「那又怎樣？到時她會照著做就好。」

敦婭笑了。「會嗎？你難道忘了瓦西婭的母親？」

彼得沉默不語。

「我會建議你再等一等，」敦婭說：「除非……」

那年夏季，敦婭每天都看著瓦西婭早出晚歸，看著野性在瑪莉娜的女兒身上緩緩浮現，還有──一種新的疏離，彷彿那女孩只是半住在家人那擠滿了作物、牲畜與針線活的世界。敦婭看著，憂慮著，內心掙扎著，現在終於做了決定。她伸手從口袋裡取出來，掌心裡的藍寶石項鍊映著粗糙的皮膚，顯得格格不入。「你還記得嗎，彼得．弗拉迪米洛維奇？」

「這是給瓦西婭的禮物，」彼得厲聲說道：「妳這是背叛我嗎？我不是叫妳拿給她嗎？」他望著項鍊，像是見到蛇蠍一般。

❄

「我先替她保管，」敦婭答道：「我求了又求，冬王最後答應了。這東西對一個孩子來說負擔太大。」

「冬王？」彼得氣憤說道：「妳還是三歲小孩嗎？竟然相信童話故事？根本沒有冬王這東西。」

「童話？」敦婭答道，語氣同樣氣沖沖。「我有這麼壞嗎，會編這樣一個謊話？我也是基督

---

42 朵席卡：女兒。

徒，彼得．弗拉迪米洛維奇，但我相信自己眼睛見到的東西。這東西是可汗戴的，你是從哪裡買來給你女兒的？」

彼得喉頭抽動，沒有說話。

「是誰給你的？」敦婭接著說：「你說在莫斯科買的，但我從來沒多問。」

「那是項鍊。」彼得說，但語氣裡的怒意已經消了。彼得努力忘記那個淺色眼眸的男子，柯堯喉嚨的血和他手下呆若木雞站著。**難道他是冬王？**這時他終於想起自己一下就答應陌生人將這小首飾交給自己女兒了。**古代的魔法**，他記得瑪莉娜這麼說，**一個流著我母親血液的女兒**，接著聲音放柔，**保護這孩子，彼得，我選了她，她很重要，答應我。**

「不只是項鍊，」敦婭粗嘎地說：「還是護身符，願神寬恕我。我見到冬王了，項鍊是他的，他會來找她。」

「妳見到他了？」彼得站起來。

敦婭點點頭。

「妳在哪裡見到他？哪裡？」

「在夢裡，」敦婭說：「只是在夢裡，但夢是他差來的，所以是真的。我必須把項鍊給她，他說。他仲冬時會來。她已經不再是孩子，但他很會騙人——他們都會。」敦婭說得很急。「我愛瓦西婭，把她當成自己女兒。她太勇敢，對她沒有好處，我很為她擔心。」

彼得在大窗邊來回走動，轉頭看著敦婭說：「妳願意告訴我事實嗎，艾芙敦娣婭．米凱洛夫納？以我妻子的人頭起誓，絕不對我說謊。」

「我見到他了，」敦婭又重複了一次。「我想你也見到他了。黑色鬈髮，淺色眼眸，比仲冬的天色還淺，沒有鬍鬚，全身上下的衣服都是藍色。」

「我不會將女兒交給魔鬼，她是基督徒女孩。」彼得話裡的強烈恐懼前所未見，都是坎斯坦丁的講道的緣故。

「那她就必須嫁人，」敦婭直截說道：「而且愈快愈好。霜魔對嫁給人類男性的人類女性不感興趣。童話裡的鳥王子和邪惡巫師──他們只找野女孩。」

❄

「瓦西婭？」艾洛許說：「結婚？那小兔崽子？」他哈哈大笑。乾燥的麥稈窸窣作響，他正在父親身旁耙地，棕色鬈髮沾滿了麥稈。他一直故意唱歌好打破午後的死寂。「她還是個小女孩，父親。我前幾天摺倒一個盯著她看的農夫，她一點都沒察覺，就算那傢伙的臉瘀青了一整週，她還是沒有發現。」他還摺倒了一個喊她巫婆的農夫，但這他就沒有告訴父親。

「她只是沒遇到讓她心動的男人而已，」彼得說：「我想改變這一點。」彼得語氣輕快，他已經決定了。「齊利爾．艾塔孟諾維奇是我朋友的兒子，父親已經過世，他有很多遺產。瓦西婭年輕健康，嫁妝又多，我想讓她在下雪前嫁人。」彼得彎腰耙地。

艾洛許沒有附和。「她不會乖乖聽話的，父親。」

「乖不乖都得照我說的做。」彼得說。

艾洛許哼了一聲。「瓦西婭嗎？」他說：「我倒要看看你怎麼做到。」

「妳要嫁人了，」伊莉娜嫉妒地對瓦西婭說：「而且會有上好的嫁妝，住在大木屋裡，生很多小孩。」她站在粗糙的圍欄邊，但沒靠著圍欄，免得弄髒薩拉凡，長長的棕色辮子攏在亮色頭巾裡，一隻小手輕巧地放在木欄上。瓦西婭在替梅特修蹄，低聲出言恐嚇那頭雄駒要是敢動，他就慘了。梅特一副正在掙扎該咬她哪裡的模樣，讓伊莉娜看了有點害怕。

瓦西婭放下馬蹄，瞄了妹妹一眼。「我不會嫁人。」她說。

伊莉娜看見瓦西婭躍過圍欄，半嫉妒半不滿地撅起嘴巴。「才怪，妳要嫁人，」她說：「有地主要來，柯堯去接他了，我聽爸爸這麼跟媽媽說。」

瓦西婭皺起眉頭。「呃——我想我會嫁人的——如果有那麼一天，」她側著臉朝妹妹咧嘴一笑。「但有妳在，我怎麼吸引得了男人呢，小姑娘？」

伊莉娜害羞地笑了。她的美貌已經傳遍父親領地上的大小村落了，不過——「妳不會去森林吧，瓦西婭？晚餐快到了，妳全身髒兮兮的。」

露莎卡正坐在她們上方的橡樹幹綠蔭裡，朝瓦西婭招手，瀑布般的頭髮滴著水。「我很快就回來。」瓦西婭說。

「但爸爸說……」

瓦西婭一腳蹬著樹幹往上跳，用強壯的兩手抓住頭頂上方的樹枝，單腿勾住樹枝頭下腳上說：「別擔心，我晚餐不會遲到，伊莉卡。」話才說完，她就消失在樹葉間了。

❄

露莎卡面容憔悴，全身發抖。「妳在做什麼？」瓦西婭問：「怎麼了？」露莎卡抖得更厲害了。「妳會冷嗎？」這不大可能，大地正釋出白日吸收的熱氣，這會兒幾乎沒有風。

「不是，」露莎卡說，黯淡的直髮遮住了臉龐。「小女孩會冷，水妖不會。那個小孩剛才說什麼，瓦西莉莎·彼得洛夫納？妳要離開森林了？」

瓦西婭這才發現露莎卡在害怕，只是很難感覺得出來，因為她聲音不像一般女人那麼抑揚頓挫。瓦西婭從來沒想過這件事。「有一天我會離開，」她緩緩說道：「有一天。我會嫁人，住到我丈夫家裡，但我想應該不會太快。」露莎卡變得好淡，緊繃的臉上看得到背後的葉子。

「妳不可以離開，」露莎卡說著咧開嘴，露出青森森的牙齒，撥理頭髮的手抖了一下，讓她鼻子和下巴滴著水。「我們會活不過冬天。妳不讓我殺掉那個心懷渴求的男人，妳的族人也快抵擋不住了。妳只是個孩子，妳帶來的麵包和蜂蜜酒養不活屋裡的精靈，不可能永遠。熊已經醒了。」

「什麼熊？」

「牆上的影子，」露莎卡呼吸急促地說：「暗處的聲音。」她的臉不像人臉一樣會動，但瞳孔卻脹成黑色。「小心死人，妳一定要聽我的話，瓦西婭，因為我不會再來了，不會以我的形貌。他會召喚我，而我會回應，他會得到我的效忠，使我與你們為敵。我別無選擇。葉子在掉落，別離開森林。」

「什麼意思？什麼叫小心死人？妳為什麼要與我們為敵？」

但露莎卡只是伸出一隻手，力道大得讓她潮溼模糊的手指像是長出血肉，牢牢攫住瓦西婭的胳聘。「冬王會盡量幫妳，」她說：「他答應過，我們都聽見了。他很老了，是你們的敵人的敵人，但妳絕不能信任他。」

太多問題湧到瓦西婭嘴邊，嗆得她說不出話來。她眼睛盯著露莎卡。水妖水亮的頭髮耷垂在她裸裎的身體上。「我信任妳，」瓦西婭勉強擠出一句：「妳是我的朋友。」

「放心，瓦西莉莎・彼得洛夫納。」露莎卡憂傷說道，接著就消失了，只剩銀色葉子劇烈飄動的樹，彷彿她不曾存在過。**也許我真的瘋了**，瓦西婭心想。她抓住底下的樹枝盪回地面，步履輕盈穿越閃亮的夏末霞光，朝家裡奔去，四周的樹林彷彿在向她低語。**牆上的影子，妳不能信任他。小心死人，小心死人**。

❄

「你要我嫁人，父親？」清澈微綠的晚霞為乾枯喘息的大地捎來一絲清涼，使得爐灶的火感覺怡人而不難受。中午他們只吃了麵包加凝乳和醃蘑菇，因為田裡的事情沒有一刻得閒，但晚餐就有燉肉、派、烤野禽和沾了一點珍貴的鹽巴的綠色蔬菜。

「如果有合適的人選的話。」彼得放下湯碗，有點過於和藹地說。藍寶石、淺色眼眸、威脅和似懂非懂的承諾，瞬時不悅地閃過他的腦海。瓦西婭臉溼溼的走進廚房，顯然努力想洗掉指甲縫裡的泥土，但是雪上加霜。她穿著單薄的素色亞麻衣，烏黑的鬈髮沒有包著，打扮得像農家的女孩。她瞪大眼睛，眼神狂野而困惑。**若是她打扮得更像個女人**，彼得氣憤心想，**而非農家小孩——或小樹妖，要把她嫁掉就容易多了**。

彼得望著女兒好幾次反駁的話就在嘴邊，又收了回去。所有女孩都會嫁人，除非去當修女，她和所有人一樣清楚。「你要我嫁人，」她又說了一次，努力找合適的話。「現在就嫁？」

彼得又是一陣心痛。他看見她大腹便便，對著爐灶滿頭汗，坐在織布機前，優雅盡失……**別傻了，彼得．弗拉迪米洛維奇，這是女人的宿命。**彼得想起瑪莉娜軟香溫玉在他懷裡，卻也想起她溜進森林，輕飄飄得有如鬼魂，以及她同樣狂野的眼神。

「嫁給誰呢，父親？」

我兒子說得對，彼得心想。瓦西婭果然很生氣，瞳孔放大，有如仰著頭，不肯上嚼子的小母馬。彼得揉了揉臉。女孩要嫁人都很開心。歐爾嘉的丈夫將寶石套在她手上，帶她離開時，歐爾嘉幸福洋溢。也許瓦西婭是在嫉妒她姊姊，但我這個女兒絕不可能嫁到莫斯科，那就像老鷹放進鴿籠裡一樣。

「齊利爾．艾塔孟諾維奇，」彼得說：「我朋友艾塔孟很有錢，財產由他的獨子繼承了。他們很會養馬。」

瓦西婭眼睛睜得有半張臉那麼大，讓彼得臉色一沉。這是好婚配，她沒理由一臉挫折。「他住哪裡？」她低語道：「哪時結婚？」

「快馬往東一週的路程，」彼得說：「收成後他就會來。」

瓦西婭神情僵硬，轉身準備離開，彼得哄勸地說：「他會親自來，我已經派柯堯去接他了。他會當個好丈夫，讓妳生兒育女。」

「為什麼急著把我嫁了？」瓦西婭吼道。

她話語中的惱怒把彼得也惹火了。「夠了，瓦西婭，」他冷冷地說：「妳是待字閨中，而他家裡有錢。如果妳想和歐爾嘉一樣嫁給王子，嘖，王子比較喜歡豐滿一點、聽話一點的女人。」

他看見女兒臉上閃過一絲受傷的神情，但隨即被她掩藏起來。「歐爾嘉答應等我長大之後會來接我，」她說：「還說她會和我一起住在宮殿裡。」

「妳最好現在就嫁人，瓦西婭，」彼得立刻說道：「妳可以等大兒子出生了，再去找妳姊姊。」

瓦西婭咬緊下唇大步離開。彼得發現自己心神不寧，不敢去想齊利爾·艾塔孟諾維奇會怎麼對待自己的女兒。

瓦西婭從壁爐邊經過時，敦婭說：「那小子還年輕，瓦西婭，追逐獵物很有名。他會讓妳生出強壯的孩子。」

「爸爸為什麼不告訴我？」瓦西婭反駁道：「這太突然了，我還可以等個一年，歐爾嘉答應會來接我的。」

「胡說，瓦西婭，」敦婭說，語氣或許太過輕快了些。「妳是女人了，最好找人嫁了。我敢說齊利爾·艾塔孟諾維奇會讓妳去探望姊姊。」

瓦西婭瞬間揚起眼眸，瞇著一雙綠眼說：「妳知道爸爸這麼做的理由。他為什麼這麼急？」

「我——我不能說，瓦西婭。」敦婭說，整個人突然縮得好小。

瓦西婭沒有說話。「這對大家都好，」她的保母說：「多體諒點，好嗎？」說完便頹然坐在灶腳上，彷彿無力似的，瓦西婭頓時心生歉疚。

「我知道了，」她說：「對不起，敦婭席卡。」說完她伸手摸了摸保母的胳膊，但沒有再開口，仰頭一口將粥吞進肚子裡，接著便像鬼魂一般溜出屋子，消失在夜色中。

❄

月亮比彎勾再胖一點，微微泛著藍光。瓦西婭拔腿狂奔，心裡充滿無法理解的驚慌。生活的磨練堅固了她，她使勁奔跑，讓冷風將恐懼的滋味從她嘴裡洗去。但她沒有跑遠，背上還映著屋裡壁爐的火光，就聽見有人喊她。

「瓦西莉莎．彼得洛夫納。」

她真想繼續往前，讓夜色吞沒她。但能去哪裡呢？瓦西婭停下腳步，見神父站在教堂的陰影下。天色很暗，她無法從臉看出是誰，但那聲音絕不會弄錯。瓦西婭沒有答話，嘴裡嚐到鹹味，這才發現自己唇邊沾著哭乾的淚水。

坎斯坦丁正要離開教堂。他沒看見瓦西婭離開屋子，但那飛奔的身影絕不會錯。他開口之後才發現自己喊了她，見到她臉上的表情嚇了他一跳。「怎麼了？」他粗啞問道：「妳為什麼在哭？」

要是他語氣冷靜苛刻，瓦西婭絕不會回答他，她疲憊地答道：「我要嫁人了。」

坎斯坦丁皺起眉頭，心裡立刻和彼得一樣，看見這野丫頭被留在屋裡，忙得氣喘吁吁，成了平凡的女人。和彼得一樣，他感到一股莫名的遺憾，隨即將這份感覺甩開。他想都沒想便走上前去，好看清楚她的表情，發現她臉上竟然寫著恐懼，讓他吃了一驚。

「所以呢？」他說：「他很殘暴嗎？」

「不是，」瓦西婭說：「我想不是。」

這對大家都好，他差點脫口而出，但腦中再次浮現歲月和生兒育女的折騰，野性消失，老鷹的優雅被鎖鏈捆綁……神父嘆了口氣。**這對大家都好**，野性是罪。

就算他明知道答案，還是忍不住問道：「那妳在害怕什麼呢，瓦西莉莎．彼得洛夫納？」

「你會不知道嗎，巴圖席卡？」瓦西婭說完笑了，笑聲輕柔而絕望。「他們派你來這裡時，你很害怕，覺得森林像拳頭朝你揮來，我從你眼神看得很清楚。但你這位神的使者想走隨時可以離開，還有一個廣大的世界等著你，而且你喝過沙皇格勒的水，也見過海上的太陽，而我……」他再次見到她眼帶驚惶，便大步上前抓住她的臂膀。

「噓，」他說：「別傻了，妳是自己嚇自己。」

瓦西婭又笑了。「你說得對，」她說：「我很傻。我終究逃不過牢籠，不是修道院就是夫家，還有別的可能嗎？」

「妳是女人了，」坎斯坦丁說道，手依然抓著她的臂膀。女孩退後一步，他把手放開。「妳終究會接受，」他說：「也會過得幸福。」她幾乎看不見他的臉，他聲音有點不自然，讓她不大能理解，感覺他好像在說服自己似的。

「不了，」瓦西婭沙啞地說：「想為我禱告就隨你，巴圖席卡，但我必須……」說完她再次發足狂奔，跑過房屋之間。坎斯坦丁嚥下喊她回來的衝動，剛才觸碰她的掌心滾滾發燙。

這對大家都好，他心想，**這對大家都好**。

16 燭光旁的魔鬼

那年秋天天色陰沉，樹葉枯黃，不時驟雨傾盆，時而閃現蒼白的陽光。波亞之子待收成在地窖和閣樓囤妥之後，便跟著柯堯啟程出發。道路泥濘，柯堯差了一名使者先回來通報。波亞之子到達當天，瓦西婭和伊莉娜一早上都待在浴室。浴室妖精班尼克[43]大腹便便，兩顆小眼珠有如葡萄乾，不時親切地朝兩個女孩拋媚眼。伊莉娜還在外房時，瓦西婭低聲說：「你不能躲在長椅下嗎？我繼母會見到你，到時肯定尖叫。」

班尼克咧嘴微笑，蒸氣從齒縫間竄出來。他只高出她膝蓋一點。「遵命！別忘了今年冬天，瓦西莉莎．彼得洛夫納。我每過一季就少一些，但我不想消失。吃人的老頭就快醒了，少了我老班尼克，這個冬天都不好過了。」

瓦西婭遲疑不決。**但我就要嫁人了，就要離開這裡，小心死人。**她抿起嘴唇說：「我會記得的。」

他笑得更開心，蒸氣團團包圍他的身體，直到她再也分不清哪裡是霧，哪裡是他的身體。一道紅光在他眼眸深處燃起，有如火石。「那就是預言了，海女。」

「你為什麼叫我海女？」瓦西婭低聲道。

---

43 班尼克：直譯為「浴室住民」，俄國民間傳說裡的浴室守護者。

班尼克飄到長椅上，坐在她身旁，鬍鬚是蜷曲的蒸氣。「因為妳有著妳外曾祖的眼睛。聽好了，妳要騎馬到陸地和天空的交界，在那裡出生三次，一次是幻象，一次肉身，一次魂靈。妳會在仲冬摘雪花蓮，為了一隻夜鶯哭泣，然後選擇結束生命。」

雖然滿室蒸氣，瓦西婭卻覺得身體發寒。「我幹嘛選擇結束生命？」

「出生三次，死亡一次，」班尼克說：「不就這樣？別忘了我，瓦西莉莎・彼得洛夫納。」說完他待著的地方就只剩下蒸氣。**天哪**，瓦西婭心想，**我真是聽夠他們的瘋狂警告了**。

兩名女孩坐在浴室裡冒汗，直到全身通紅發亮，拿起樺木枝互相拍打，再用杓子舀起冰涼的水澆灑冒著熱氣的腦袋。梳洗完畢，敦婭和安娜一起來為姊妹倆梳頭，將長髮綁成辮子。「瓦西婭，妳實在太像男孩子，真丟臉，」安娜拿檀香梳子梳伊莉娜的栗色鬈髮，一邊說道。「希望妳的丈夫不會大失所望。」她斜睨了繼女一眼，瓦西婭滿臉通紅，咬了咬舌頭。

「但這頭髮，」敦婭尖聲反駁道：「真是全羅斯之最，瓦西席卡。」的確，她的頭髮比伊莉娜的更長、更密，黑到深處微微泛紅。

瓦西婭朝保母苦澀一笑。伊莉娜從小就聽人稱讚她美得像個小公主，瓦西婭則是醜小鴨，經常被迫拿來和她五官細緻的同父異母妹妹做比較。不過，最近她由於常騎馬（這時手長腳長特別好用），對自己寬容許多，而且她本來就沒什麼機會端詳自己的長相，家中唯一的鏡子是一面橢圓銅鏡，屬於她繼母所有。

不過，這會兒屋裡所有女人似乎都盯著她看，把她當成送去市場賣錢的肥羊上下打量，讓她突然好奇美貌到底有什麼特別之處。

最後，兩名女孩總算打扮妥當。瓦西婭的頭用少女頭巾包著，垂落的銀線遮住她的臉。就算新娘是瓦西婭，安娜也絕不讓她搶了自己女兒的風采，因此伊莉娜的頭巾和袖子都鏽了小珍珠，淺藍薩拉凡滾著白邊，瓦西婭則是綠和深藍兩色，沒有珍珠，只有一點白色的刺繡。衣服很素是她自己的錯，因為她幾乎把針線活都賴給敦婭。但簡單反而適合她。安娜看見繼女梳妝打扮，臉色很難看。

兩名女孩走進多爾，院子裡泥巴及踝，下著濛濛細雨。伊莉娜緊跟母親，彼得已經在多爾裡等待。他身穿上好毛皮和刺繡靴子，坐得很僵硬。柯堯的妻子帶了孩子來，小外甥瑟亞加在院子裡又跑又叫，亞麻上衣已經髒了一大塊。坎斯坦丁神父默默站在一旁。

「這時候結婚真怪，」艾洛許走到瓦西婭身旁，低聲對她說。「夏季太乾，收成又少。」他棕髮洗得乾乾淨淨，短髭用精油抹過，藍刺繡上衣和腰帶搭配得當。「妳這樣真好看，瓦西婭。」

「別逗我笑，」妹妹制止他，接著正色道：「沒錯，爸爸也感覺到了。」的確，儘管彼得一臉愉悅，眉間的皺紋卻昭然若揭。「他看來就像被架到刑場上似的，他肯定急著想把我送走。」她用開玩笑的語氣說，艾洛許意會地看了她一眼。「他只是希望妳平安。」

「他愛我們的母親，我卻害死她。」

艾洛許沉默片刻。「的確，但老實說，瓦西席卡，他真的是為了讓妳平安。馬的皮毛有如鴨絨，松鼠還在跑跑跳跳，沒命地吃，今年冬天會很難熬。」

一名騎士策馬通過柵門朝屋子奔來，馬蹄濺起長虹般的泥巴，接著馬蹄聲歇，騎士勒馬從鞍上一躍而下。這人已屆中年，個子不高但體格粗壯，棕色鬍鬚，面容飽經風霜，嘴角仍掛著一絲抹不去的年輕。他牙齒完好，笑容如男孩般燦爛。他向彼得鞠躬，笑著問：「我應該沒遲到吧，彼得．弗拉迪米洛維奇？」兩名男人交握前臂問好。

難怪他比柯堯快，瓦西婭心想。齊利爾・艾塔孟諾維奇的坐騎是她見過最出色的駿馬，連貴為馬群之王的梅特站在這匹完美的花毛種馬身旁都黯淡無光。她好想撫摸那馬的長腿，感受他的骨骼與肌肉。

「我有跟父親說這是個壞主意。」艾洛許在她耳邊說。

「什麼事？為什麼？」瓦西婭心思全在馬身上，心不在焉地說。

「這麼早把妳嫁掉，因為害羞的少女應該愛慕地望著來求婚的地主，而不是地主的好馬。」

瓦西婭笑了。齊利爾正用誇張的動作向小伊莉娜殷勤鞠躬。「這麼惡劣的地方，彼得・弗拉迪米洛維奇，竟然會有這麼美的璞玉，」他說：「小姑娘，妳應該到南方來，和我們的花兒一起長大。」他朝她微笑，伊莉娜臉紅了。安娜心滿意足望著自己的女兒。

齊利爾轉頭望向瓦西婭時，臉上依然掛著淺笑，但一見到她笑容就消失了。瓦西婭心想一定是她長相的關係，便倨傲地微微抬起下巴。**這樣更好，不喜歡我就另尋妻子吧**。艾洛許很明白他眼神一暗的原因。瓦西婭永遠正面迎擊。她更像一頭野生的小馬，而非家裡養大的女孩，讓齊利爾看得驚嘆不已。他朝她鞠躬，嘴角再次浮現微笑，但不是對小伊莉娜的那種。「瓦西莉莎・彼得洛夫納，」他說：「妳哥哥說妳很漂亮，其實沒有。」瓦西婭身體一僵，他笑得更開懷了。「妳簡直美極了。」說完，目光從她的頭巾一路打量到她穿著便鞋的雙腳。

一旁的艾洛許握緊拳頭。「你瘋了嗎？」瓦西婭低斥道：「他有權利那麼做，我們訂婚了。」

艾洛許冷冷瞪著齊利爾。「這位是我哥哥，」瓦西婭匆忙道：「艾雷克塞・彼得洛維奇。」

「幸會。」齊利爾說，一副被逗樂的樣子。他比他們大將近十歲。他目光再次從容掃過瓦西婭，讓她皮膚在衣服底下有如針扎。她可以聽見艾洛許咬牙切齒的聲音。

這時突然傳來哼哧聲，接著是一聲尖叫和嘩啦聲。所有人轉頭一看，只見瓦西婭的姪子瑟亞加偷偷溜到齊利爾的紅色坐騎旁邊，想爬上馬鞍。瓦西婭很能理解，她也很想騎那頭紅色雄駒，但突如其來的重量讓那匹駿馬瞪大眼睛，揚起前蹄。齊利爾趕緊上前抓住馬轡，彼得從泥巴坑裡抱起孫子，賞了他一耳光，柯堯正好走進多爾，才讓混亂沒有繼續。瑟亞加的母親氣沖沖將兒子帶開，道路盡頭第一輛馬車出現，映著灰暗的秋日森林格外鮮明。婦人們匆忙回到屋裡，準備送上午餐。

「他當然比較喜歡伊莉娜，瓦西婭，」兩人吃力搬動大燉鍋時，安娜說：「雜種永遠比不上純種狗。幸好妳母親過世了，讓人比較好忘記妳的不幸出身。妳壯得像匹馬，應該算是長處吧。」

多莫佛伊從爐灶裡爬出來，雖然搖搖晃晃，很堅毅。瓦西婭剛才偷偷灑了點蜂蜜酒給他。「繼母，妳瞧，」瓦西婭說：「是那隻貓嗎？」

安娜轉頭一看，立刻面如死灰，身體原地搖擺。多莫佛伊朝她皺眉，她登時暈了過去。瓦西婭一個閃身抓住滾燙的鍋子，拯救燉肉，但安娜．伊凡諾夫納就沒那麼好運了。她膝蓋一軟，砰的一聲撞上壁爐，真是大快人心。

❄

「妳喜歡他嗎，瓦西婭？」那天晚上，伊莉娜躺在床上問道。

瓦西婭就快睡著了。姊妹倆天沒亮就起床打扮，晚宴又拖到很晚。齊利爾．艾塔孟諾維奇坐在瓦西婭旁邊，用她的杯子喝酒。她的未婚夫雙手豐滿，笑起來很有派頭，感覺連牆都在震動。她喜歡他的身材，但不喜歡他的粗魯。「他是個討人喜歡的傢伙。」瓦西婭說，心裡卻向聖徒們禱告，希望他能消失。

「他很英俊，」伊莉娜贊同道：「笑容也很親切。」

瓦西婭皺起眉頭翻了個身。在莫斯科，女孩不能跟追求者走得太近，但北方比較寬鬆一點。

「他笑起來也許親切，」她說：「但他的馬很怕他。」晚宴結束前，她曾經溜到馬廄去。齊利爾的坐騎歐岡[44]被關著，因為留在牧場上很不保險。

伊莉娜笑了。「妳怎麼知道馬在想什麼？」

「我知道，」瓦西婭說：「再說他很老了，小不點。敦婭說他快三十歲了。」

「但他很有錢，妳會有好多珠寶，而且天天有肉吃。」

「那妳嫁給他好了，」瓦西婭耐著性子說，一邊戳了戳妹妹的肚子。「到時變得跟松鼠一樣肥，整天坐在灶上縫衣服。」

伊莉娜呵呵笑了。「說不定我們結婚以後還是能見面，除非夫家相隔太遠。」

「一定不會很遠的，」瓦西婭說：「妳嫁給大地主之後可以留點肥肉給我，讓我和我的乞丐丈夫去妳那裡討飯吃。」

伊莉娜又呵呵笑了。「可是要嫁大地主的人是妳啊，瓦西婭。」

瓦西婭沒有回答，也不再開口。最後伊莉娜決定放棄，縮起身子偎著姊姊沉入夢鄉。但瓦西婭遲遲無法入睡。**他讓我的家人傾倒，但他的馬怕他。小心死人，今年冬天會很難熬，妳不能離開森林**。思緒有如泉水在瓦西婭的心裡奔騰，拖著她走。她太年輕又太疲憊，最後同樣翻個身闔上眼睛。

❄

接下來的日子就在遊戲和宴會中過去。齊利爾．艾塔孟諾維奇晚餐時總替瓦西婭舀了滿碗，在她走過廚房門邊時調戲她。他身體散發著動物的熱氣，瓦西婭只要被他盯著就會臉紅，讓她很氣惱。夜裡她躺在床上，心想那股熱氣要是在她掌裡會是什麼感覺。但他的笑從來不曾進到他的眼裡，讓她有時會莫名被恐懼攫住，如鯁在喉。

日子一天天過去，瓦西婭搞不懂自己。**妳一定要嫁人**，婦人們斥責她。**所有女孩都要嫁人。至少他不老，而且長得又好看，有什麼好怕的？**但她就是害怕，總是想盡辦法避開她的未婚夫，有如關在愈來愈小的牢籠裡的鳥兒左支右絀。

這天又是熱鬧的晚宴，陰暗的長房裡飄著皮毛、蜂蜜酒、烤肉、濃湯和男男女女的汗臭味。所有人用大碗傳遞熱卡莎粥吃，蜂蜜酒開了再開，房裡擠滿了鄰居，人滿為患，訪客全擠進農舍裡。宴會開始前，艾洛許又問彼得一次：「父親，為什麼？」

「她再三天就要嫁人了，我們得讓客人有面子。」彼得說。

「我是問為什麼要她現在嫁人？」彼得的兒子反問道：「難道不能再等一年嗎？去年冬天和今年夏天這麼難熬，非得為了這件事浪費酒和食物？」他揚手一揮，指著滿屋子忙著消耗他們辛苦一夏才收成的水果的賓客說。

「因為非得這樣不可！」彼得火了。「你要是想幫忙，就去說服你那個瘋子妹妹別在新婚之夜

44 歐岡：英文拼作 Ogon，火。

就把丈夫閹了。」

「齊利爾那傢伙跟公牛一樣，」艾洛許沒好氣地說：「已經讓農家女孩替他生了五個孩子，而且不覺得跟農家婦人打情罵俏有什麼錯，就算待在你家也不例外。要是妹妹覺得應該閹了他，父親，那肯定站得住腳，而且我絕不會阻止她。」語畢，兩人不約而同朝並肩坐著的準新人望去，只見齊利爾正在和瓦西婭說話，動作大而不當，瓦西婭盯著他，臉上的表情讓彼得和艾洛許看了心裡一陣緊張，但齊利爾似乎渾然不覺。

「四周只剩我一個，」齊利爾嘴唇沾了一圈油漬，一邊說著一邊替自己和瓦西婭倒酒，灑出了一點。「我背靠岩石，野豬朝我衝來，我的手下們落荒而逃，只有死掉的那個沒走，身上一個血紅的大洞。」

這不是英雄齊利爾・艾塔孟諾維奇第一次登場了，瓦西婭的心思開始飄向他方。**神父呢？**坎斯坦丁神父沒有來參加宴會，這種時候一個人躲起來很不像他。

「野豬直撲而來，整個地面都在震動，我將自己交託給神——」

結果吐血而死，瓦西婭心裡厭惡地想，**要是這樣我就太好運了**。

她伸手摁著他的胳膊，抬頭用她自認應該楚楚可憐的眼神看著他說：「別說了，我不敢聽。」

齊利爾一臉困惑望著她，瓦西婭全身發抖說：「我沒辦法再聽下去了，齊利爾・艾塔孟諾維奇，我怕自己會暈倒。」

齊利爾不知所措。

「敦婭神經比我還粗，」瓦西婭說：「我想你應該找她把故事講完。」敦婭耳朵好得很（瓦西婭的神經也是），只見她仰天無奈，警告似的瞅了瓦西婭一眼。瓦西婭不為所動，就算她父親隔著長桌狠狠瞪她也無濟於事。「現在，」瓦西婭演戲般的優雅起身，抓起一塊麵包說：「若你不介意，我得去服事神了。」

齊利爾想開口攔阻，但瓦西婭匆匆行禮，將麵包塞進袖子裡就一溜煙走了。走出擁擠的飯廳，屋裡沁涼而安靜。瓦西婭在多爾佇立良久，緩緩呼吸。

接著她便去抓了抓神父的門。

寂靜片刻之後，坎斯坦丁說：「進來。」他正就著燭火畫畫，整個房間似乎隨著燭光晃動，一隻老鼠啃著他擺著沒吃的麵包皮。瓦西婭將門打開，坎斯坦丁沒有回頭。

「神父，願主祝福你，」她說：「我帶了麵包給你。」

坎斯坦丁身體一僵。「是妳，瓦西莉莎・彼得洛夫納，」神父放下畫筆，在胸前比了十字。「願主祝福你。」

「你生病了嗎？所以沒跟我們一起用餐。」瓦西婭問道。

「我在禁食。」

「你最好吃一點，冬天可不會有這些食物。」

坎斯坦丁沒有說話。瓦西婭拿起老鼠咬過的麵包皮，換上新的麵包。沉默在兩人之間蔓延，但她沒有離開。

「你為什麼把你的十字架給我？」瓦西婭突然問道：「那天在湖邊的時候。」

神父下巴緊繃，沒有立刻回答。其實他自己也不清楚。因為她觸動了他，他希望十字架能觸及他所無法觸及的她，因為他想碰她的手，看著她的臉，讓她不安，甚至像其他女孩一樣焦躁傻笑，讓他忘了自己的邪惡執念。

因為他只要看著十字架就會想起她的手握著它。

「十字架能讓妳走義路。」最後他這麼說。

「是嗎？」

神父沒有說話。他夜裡會夢見湖中央的女人，但總是看不清她的臉。不過，她在他夢裡是黑頭髮，而且頭髮啪的繃斷，滑過她裸裎的身軀。夢醒後，他會數小時不停禱告，希望將那影像從心裡剷除，卻毫無辦法，因為只要見到瓦西婭，他就知道那女人有著和她一樣的眼睛。他迷戀，他羞愧；是她誘惑他，是她的錯。再過三天，她就不在了。

「妳為什麼過來，瓦西莉莎・彼得洛夫納？」他聲音又大又粗，讓他很氣惱。

風暴要來了，瓦西婭心想，**小心死人。先是恐懼，再來是大火，接著飢荒。是妳的錯。我們在你來之前相信神，也相信家裡的精靈，一切都相安無事。**

神父要是離開，或許她的族人又能安穩度日了。

「你為什麼待在這裡？」瓦西婭說：「你明明討厭農田、森林和安靜，討厭我們樸素簡陋的教堂，但你還是沒走。就算離開，也沒有人會怪你。」

坎斯坦丁的顴骨閃過一絲暗紅，他伸手慌亂尋找顏料。「我為了使命而來，瓦西莉莎・彼得洛夫納，我必須將你們從自己裡面拯救出來，神將懲罰走偏的人。」

「使命是你自己講的，」瓦西婭說道：「為了滿足自己的虛榮心。你憑什麼代表神說祂要什麼？要不是你讓我的族人害怕，他們才不會那麼敬畏你。」

「妳只是個無知的村姑，妳懂什麼？」坎斯坦丁火大了。

「我相信我眼睛看到的，」瓦西婭說：「我看過你說話，也看過我的族人害怕。而且你知道我說的沒錯——你在發抖。」他拿著一碗半調好的顏料，裡頭的暖蠟微微顫動。坎斯坦丁突然將它放下。

她愈靠愈近，愈靠愈近，燭光照得她眼睛金光點點。他目光飄向她的唇。**惡魔，滾開！**但她的聲音是女孩的聲音，帶著溫軟的懇求。「為什麼不回去？回莫斯科或弗拉基米爾或蘇茲達？為什麼留在這裡？世界寬廣，我們這個角落那麼小。」

「神派給我一項使命。」他一字一字說著，像是吐出來似的。

「我們是人，男的女的，」她反駁道：「不是使命，回莫斯科去拯救靈魂吧。」

她站得太靠近了。他突然伸手賞了她一巴掌。瓦西婭扶著臉頰顛簸後退，他匆匆上前兩步，想低頭鄙視她，但她已經站穩腳步。他揚手想再賞她耳光，深呼吸一口氣之後放棄了。他打她有辱自己的身分。他想抓著她，吻她，傷害她，他不曉得哪一個。**魔鬼。**

「出去，瓦西莉莎．彼得洛夫納，」他咬著牙說：「別想對我說教，也別再踏進這裡半步。」

瓦西婭走到門邊握住門把，突然轉過身，辮子貼著頸子耷垂著，臉頰上一個鮮紅的掌印。「隨你吧，」她說：「你的使命很殘忍，以神之名恐嚇百姓，我就不奉陪了。」她遲疑片刻，補了一句，聲音非常之輕。「但是，巴圖席卡，我不害怕。」

❄

瓦西婭離開之後，坎斯坦丁在房裡來回踱步，影子在他跟前跳躍，剛才打她的手熱得發燙。氣憤鎖住他的喉嚨。**她下雪前就會走了，一去不回。這是我的恥辱和失敗，但總比她留下來好。**

聖像前的蠟燭燒盡了，火光撒出道道殘影。

她會離開，非離開不可。

一個聲音從地底，從燭光和他自己的胸口傳來。聲音很輕，但清澈明亮。「平安與你同在，」那聲音說：「雖然我見你苦惱不已。」

坎斯坦丁愣在原地。「是誰？」

「——忍不住渴望，恨自己愛著，」那聲音嘆息道：「喔，妳真美。」

「誰在說話？」坎斯坦丁大吼道：「你在嘲諷我嗎？」

「沒有，」那聲音立刻回答：「我是你的朋友。是主、是救世者。」聲音洋溢著同情。

神父轉身張望。「出來，」他說，逼自己站著不動。「快點現身。」

「怎樣？」那聲音浮現一絲憤怒。「懷疑嗎，我的僕人？你不是知道我是誰？」

房裡空空蕩蕩，只有床和聖像，以及堆積在角落邊的影子。坎斯坦丁凝望著房裡種種，直到兩眼發疼。那裡——那是什麼？有個影子不隨燭光晃動。不對，那是他的影子，燭光照出來的。房外沒有人，門後也沒有，那到底是……？

坎斯坦丁目光掃向聖像，緊盯著那些古怪嚴肅的臉龐。他自己的臉變了。「天上的父啊，」他喃喃道：「主啊，還有天使們，沉默多年後，你們總算開口了？」他四肢顫抖，神經緊繃，希望那聲音再次開口。

「你難道懷疑嗎，我的孩子？」那聲音再次回復溫柔。「你向來是我的忠僕。」

神父開始哽咽，睜著眼跪在地上，發出無聲的哭泣。

「我看著你很久了，坎斯坦丁．尼可諾維奇，」那聲音接著又說：「你勇敢勤勉服事我，但現在這個女孩卻誘惑你，反抗你。」

坎斯坦丁雙掌交握。「我真丟臉，」他熱切說道：「我一個人拯救不了她。她被附身了，是個女妖。我憑祢的智慧祈禱，願祢光照指引她。」

「她會學到許多教訓，」那聲音答道：「許多——許多。不用怕，你有我同在，再也不會單獨一人。世界會匍匐在你腳邊，從你嘴裡認識我的神奇，因為你對我忠心耿耿。」

看來那聲音說話時肯定號筒大作。神父喜悅顫抖，依然淚流不止。「主啊，我只求祢永遠不離開我，」他說：「我對祢始終虔誠不二。」他緊握雙拳，指甲深深嵌進掌心。

「忠誠於我，」那聲音說：「我將永遠不離開你。」

17 名叫火焰的馬

齊利爾．艾塔孟諾維奇最愛捕獵長牙北方野豬。這種豬跑得比馬還快。大喜之日前一天，他建議去獵野豬。「打獵可以殺殺時間。」他對彼得說，一邊朝瓦西婭眨了眨眼。瓦西婭沒有說話，但彼得沒有反對。齊利爾．艾塔孟諾維奇是出名的獵人，而秋天有豬肉可吃是好事，尤其野豬吃了堅果特別肥嫩。一塊上好的腿肉可以為婚宴加菜，也能替他女兒蒼白的臉添一點血色。

全家人破曉前就起床，長矛已經亮閃閃排成一堆。獵犬前一晚聽見磨刃聲，徹夜在狗籠裡來回走動，嗥叫不停。

瓦西婭比誰都早醒來。她沒吃東西，而是去了馬廄。馬廄裡，馬被外面的狗叫聲弄得用蹄子焦躁刨地，齊利爾的花毛駿馬每聽見陌生的聲音就全身顫抖。瓦西婭走到他身旁，發現瓦奇拉也在，就坐在馬背上，便朝小傢伙微微一笑。駿馬朝她哼了一聲，翻起耳朵。

「你很沒禮貌，」瓦西婭對雄駒說：「但我想齊利爾．艾塔孟諾維奇老是揪著你嘴巴拽你走。」

那馬耳朵向前。**妳看起來不像馬**。

瓦西婭咧嘴微笑。「謝天謝地。你不想去打獵？」

駿馬沉吟片刻。**我喜歡奔跑，但野豬很臭，我要是害怕，那人就會打我，我寧可在牧場吃草**。

瓦西婭伸手摸了摸馬頸安慰他。這馬才比駒仔大不了多少，齊利爾再這樣下去，只會毀了這匹駿馬。馬用鼻子蹭了蹭她的胸口，水和綠色的唾液沾上她的衣裳。

「這下我比之前更邋遢了，」瓦西婭喃喃自語道：「安娜・伊凡諾夫納肯定會很開心。」

「你只要動作快，野豬就傷不了你，」她又對歐岡說：「你是世上跑得最快的馬，小帥哥，不用怕。」

駿馬沒有說話，將頭湊進她懷裡。瓦西婭揉揉他光滑的耳朵，嘆了口氣。此時此刻她只想在秋日森林裡盡情馳騁，最好跟歐岡一起——他看上去在空曠的地方應該跑得贏野兔——卻只能到廚房揉麵團，聽一群來訪的三姑六婆說閒話，加上伊莉娜不停向她現寶，讓她必須忍著不放火把一切全燒光。

「如果有女孩這麼靠近我的馬，我通常會罵她蠢蛋，」一個聲音從她背後傳來。歐岡驚惶抬頭，差點撞斷瓦西婭的鼻子。「但妳對動物很有一套，瓦西莉莎・彼得洛夫納。」齊利爾・艾塔孟諾維奇笑著走到他們身旁，一把抓著韁繩將歐岡扯住。

「噓，小瘋子。」他說。駿馬翻了翻白眼，站著不動，身體發抖。

「你提前離席了，大人。」瓦西婭驚魂未定說。

「妳也是，瓦西莉莎・彼得洛夫納。」兩人呼吸吹出陣陣白霧。馬廄非常冷。

「事情還很多，」瓦西婭說：「明天要是天氣好，打獵完婦人們要騎馬去接你，而今晚又有晚宴。」

齊利爾咧嘴微笑。「妳沒必要解釋，德芙席卡。懂得早起又對男人的牲畜有興趣的女孩，我覺得是好事。」他一邊嘴角有一個酒窩。「我不會跟你父親說我是在這裡找到妳的。」

瓦西婭恢復鎮定。「無所謂。」她說。

齊利爾笑了。「我喜歡妳的脾氣。」

瓦西婭聳聳肩。

「妳妹妹比妳漂亮，」他沉吟道：「再過幾年就會成為乖老婆，像朵小花，夜裡不會給丈夫麻煩，可是妳——」齊利爾一把將她拉近，手滑過她的背，像是打量一般。「骨頭太多，」他說：「但我喜歡強壯的女孩，而且妳不會死在產房。」他自信滿滿，彷彿覺得她會任他處置。「妳想為我生兒子嗎？」說完便吻了她。瓦西婭還在疑惑，不曉得他手為何如此用力，就被他吻了。他的吻和觸碰一樣，果決中帶著一絲嫻熟的享受。瓦西婭試著推開他，但沒什麼用。他抬起她的臉，手指伸進她下顎後方的柔軟處。瓦西婭覺得天旋地轉。他身上飄著麝香、蜂蜜酒與馬臊味，一隻大手貼著她的背，另一手滑過她的肩膀、乳房和臀部。

成果似乎讓他心滿意足。他放開她，胸口劇烈起伏，鼻翼賁張有如種馬。瓦西婭僵立不動，努力嚥下想吐的感覺，抬頭看著他的臉。**我是他的牝馬**，她突然清楚意識到，**要是牝馬不肯屈從於輓具，他就會粉碎她**。

齊利爾的笑容褪了幾分。她不曉得自己心裡的自尊與責怪有多少被他看見。他的目光再次飄向她的雙唇與身軀，她知道他也看到了她的恐懼。但不安只在他臉上停留片刻。他再次俯向她，不過瓦西婭動作更快，閃身撞開他的手，頭也不回地奔出馬廄。當她回到廚房，慘白得讓敦婭立刻拉她到火旁坐下，灌她熱酒，直到她臉上稍稍恢復血色。

❄

那一整天，寒霧不停從地面升起，在枝葉間徘徊。狩獵近午時有了斬獲。瓦西婭在廚房裡悶悶揮著麵包托板，隱約聽見獵物垂死的哀號，正好是她心情的寫照。

婦人們正午離開屋子，陪同的男丁負責滿載食物的馱馬。天色灰沉，坎斯坦丁與隊伍同行，秋光下臉色白皙興奮，村夫村婦望著他，敬畏中偷偷帶著幾分欽慕。瓦西婭避開神父，和伊莉娜待在隊伍尾巴。她刻意讓坐騎縮小腳步，好配合妹妹那匹小馬的速度。

濃霧瀰漫，婦人們抱怨天冷，紛紛拉緊身上的披風。

米許忽然仰起上身，連伊莉娜的溫馴坐騎也驚惶倒退，嚇得女孩悶叫一聲，緊抓韁繩。瓦西婭急忙穩住米許，同時攫住小馬的轡頭，目光順著米許的目光望去。只見一個皮膚蒼白的東西站在兩棵高大的樺樹之間，身形狀似男人，淺色眼眸，糾結的頭髮宛如灌木叢，而且沒有影子。「別擔心，」瓦西婭對米許說：「他不吃馬，只吃愚蠢的旅人。」

牝馬甩甩耳朵再次前進，但腳步有些遲疑。

「列許，列索維克。」姊妹倆經過那精靈面前，瓦西婭低聲說道，並彎腰鞠躬。列許[45]是森林的保護者，很少這麼靠近人。

「我有話跟妳說，瓦西莉莎．彼得洛夫納。」森林精靈的聲音是清晨樹林枝葉的婆娑。

「待會兒。」她壓下心裡的驚訝說。

一旁的伊莉娜驚呼道：「瓦西婭，妳在跟誰講話？」

「沒人，」瓦西婭說：「我在自言自語。」

伊莉娜沉默不語。瓦西婭心裡嘆了口氣——伊莉娜一定會告訴她母親。

隊伍進入森林不遠，便見到狩獵的人馬正在一棵大樹下休息，旁邊已經吊著一頭野豬，母的，

---

45 列許：又稱列索維克，是斯拉夫神話中的森林精靈，森林和動物的守護者。

後腿綁著吊在粗樹枝上，劃破的喉嚨不停滴血到桶裡。此起彼落的說笑聲在林中迴盪。

瑟亞加覺得自己已經長大，好不容易才答應跟女眷同行，一見到狩獵隊便跳下小馬，奔到樹下瞪大眼睛望著倒吊的母豬。瓦西婭滑下馬背，將米許的韁繩交到僕人手上。

「瓦西莉莎．彼得洛夫納，我們獵到的這頭野獸真不錯，是吧？」聲音從她後方低處傳來。瓦西婭猛地轉身，只見齊利爾掌上的血已經乾涸龜裂，但臉上孩子般的笑容依舊燦爛。

「有肉總是好事。」瓦西婭說。

「我會把肝臟留給妳，」他打量地看著她：「妳需要吃胖一點。」

「你真慷慨，」瓦西婭朝他點頭致意，接著便像嬌羞得不敢說話的少女開溜了。婦人們從馬鞍袋裡取出冷食，瓦西婭小心翼翼一點一點朝樺木林靠近，隨即鑽進樹叢裡消失無蹤。

她沒發現齊利爾低笑一聲，跟了上來。

❄

列許很危險。只要他們想，就能讓旅行者兜圈子直到崩潰為止。聰明的旅人有時知道將衣服倒穿以保護自己，但機率不高，大多都會喪命。

瓦西婭在一小片樺樹林中找到列許。列許眼睛閃閃發亮，低頭望著她。

「有什麼事？」瓦西婭說。

列許咬牙發出不悅的聲音。「妳的人吵吵鬧鬧嚇到我的森林，還殺了我的動物，他們以前都會徵求我的許可。」

「我們要再求你許可。」瓦西婭趕忙說道。就算沒激怒森林精靈，他們的麻煩也已經夠多了。

她解開刺繡頭巾，放到列許手上，列許用樹枝般的細長手指將頭巾翻了個面。

「原諒我們，」瓦西婭說：「還有——別忘了我。」

「我要再說一次，」森林精靈語氣緩和下來：「我們快消失了，瓦西莉莎．彼得洛夫納，連我這個看著這些樹從幼苗長大的人也不例外。妳的族人一動搖，精靈就會凋零，要是熊來，你們就沒人保護了。會有報應的，小心死人。」

「小心死人是什麼意思？」

列許垂著頭髮斑白的腦袋說：「有三個徵兆，死人是第四個。」說完就消失了，卡西婭只聽見鳥兒在沙沙的樹林裡唱著歌。

「夠了，」瓦西婭喃喃自語，不怎麼期待有人回答。「你們為何沒有半個人肯講明白？到底在怕什麼？」

齊利爾．艾塔孟諾維奇從樹叢裡冒出來。

瓦西婭脊骨一僵。「你迷路了嗎，大人？」

齊利爾哼了一聲。「跟妳一樣，瓦西莉莎．彼得洛夫納。我從來沒見過一個女孩在森林裡走路這麼輕快，但妳不該一個人來。」

瓦西婭沒有說話。

「跟我走吧。」他說。

瓦西婭沒辦法拒絕。兩人並肩走過泥濘的壤土，葉子漂浮在他們四周。「妳一定會喜歡我的領地，瓦西莉莎．彼得洛夫納。」齊利爾說道：「那裡有一望無際的草原讓馬奔跑，還有商人從聖母之城弗拉基米爾帶著珠寶而來。」

瓦西婭腦中突然浮現一幅景象，不是齊利爾的豪華房子，而是她騎馬奔馳在不受森林拘束的大地之上。她怔立片刻，心思停留在遠方。齊利爾撩起她垂在胸前的辮子輕輕撫摸，讓她瞬間嚇得回過神來，將他的手撥開。齊利爾面帶微笑，一把抓住她的頭髮將她拉近。「好了，別這樣。」瓦西婭往後退，但他跟著她，用手纏住她的辮子。「我會教妳想要我。」說完便低頭尋找她的唇。

忽然，一聲刺耳的尖叫劃破午後的寂靜。

齊利爾鬆開瓦西婭。樹林間一道棕光閃動，瓦西婭拔腿就跑，一邊咒罵身上的裙子。但就算被拖累了，她還是比身後的壯漢輕快。她飛奔繞過一叢冬青，突然嚇得停下腳步。瑟亞加抓著米許的頸子，而那棕馬則像幼駒一樣瘋狂拱躍轉圈，神色狂亂的眼睛四周一圈白色。

瓦西婭無法理解。這孩子之前騎過米許，而米許又很懂事，但此刻卻像背上坐著三個魔鬼似的不停騰躍。伊莉娜背靠著空地邊的一棵樹，雙手摀嘴哭喊：「我跟他說了！我跟他說這樣不好，但他說他已經長大了，想做什麼都可以。他想騎馬快跑，完全不聽我的話。」

赤楊木空地陰影幢幢，大得照不進午後的日光。一道影子似乎突然向前，瓦西婭剎時覺得自己肯定看到了一張瘋子的笑臉，還有一隻眨呀眨的眼睛。

「米許，停！」她對牝馬說。米許戛然止步豎起耳朵，一時間停下動作。

「瑟亞加，」瓦西婭說：「就趁現在——」

齊利爾從樹叢間勉強擠了出來。這時陰影似乎從三個地方一擁而上，讓牝馬再次崩潰，又開始轉圈猛跳，修長馬腿使勁踩踏林中小徑，在樹與樹之間瘋狂奔馳，差點甩掉背上的騎士。瑟亞加驚聲尖叫，但始終坐在鞍上，牢牢抓著馬的脖子。

某處傳來某人的笑聲。

瓦西婭跑向其他馬匹，伸手抓住腰刀。齊利爾在她後面，但她動作更快，從滿臉驚詫的父親面前一閃而過，率先搶到歐岡身旁。「妳要做什麼？」齊利爾大喊，瓦西婭沒有回答。歐岡被綁著，她一刀斬斷繩子，一躍便坐上他無馬鞍的背上，手指攫住赤紅的馬鬃。

雄駒箭射而出，留下齊利爾張口結舌愣在一旁。瓦西婭彎身向前，隨著馬的節奏擺動，雙腳緊扣馬腹，恨不得有空檔脫掉那好幾層裙子。一人一馬有如雷霆穿梭林中，瓦西婭壓低身子貼著馬頸，發現前頭一根殘幹擋住路。她深吸一口氣，歐岡一躍而過，步伐穩健有如雄鹿。

他們衝出森林跑進泥地，離脫韁的牝馬不到十個馬身。瑟亞加竟然還攀在米許的脖子上，真神奇。但他也別無選擇。速度這麼快，一摔下去沒準喪命，而地上無數半隱匿的殘幹更是危險莫測。歐岡持續加速，他速度快得多，而且牝馬因為驚惶而左衝右闖，還不時擺動身體，想甩掉背上的小孩。瓦西婭喊米許，要她停下來，但牝馬不是沒聽見，就是不理她。瓦西婭高聲安慰瑟亞加，卻全給風聲捲走了。她和歐岡緩緩拉近距離，唾沫從駿馬的唇邊往後飛濺。泥地盡頭有一道壕溝，好將雨水引離大麥。就算米許能跳過去，瑟亞加也絕不會還留在馬背上。瓦西婭朝歐岡大喊，歐岡幾個騰越便追上失控的牝馬。壕溝迅速接近，瓦西婭伸長手臂去抓她姪子。

「放手，**快！**」她朝瑟亞加大喊，手指攫住了他的上衣。瑟亞加驚惶中轉頭看了一眼，瓦西婭立刻使勁一拉，將他拽了過來。男孩整個人趴在歐岡鬐甲上，兩個拳頭裡全是黑色鬃毛。瓦西婭瞬間移動重心，要駿馬在壕溝前急停掉頭，而歐岡還真的做到了，後腿一扭便轉了個彎，變成和壕溝平行，接著又跑了幾步才連走帶滑停了下來，全身不停顫抖。米許就沒那麼幸運了。她驚惶之下跌進壕溝，倒在溝底發狂撲騰。

瓦西婭滑下馬背，努力使喚站立不穩的雙腳。她將啜泣的姪子抱下馬，匆匆檢視一番。他鼻子和嘴唇都被駿馬鐵一般的肩膀撞得流血了。「瑟亞加，」她對姪子說道：「瑟爾蓋・尼可萊維奇，你沒有事，別哭了。」但瑟亞加又哭又笑，身體不停發抖。瓦西婭賞了他帶血的臉蛋一巴掌，瑟亞加身體一震，就安靜下來了。瓦西婭緊緊抱住他。兩人身後傳來牝馬掙扎的聲音。

「歐岡，」瓦西婭說道。駿馬在她身後，嘴邊冒著唾沫。「待著別動。」

歐岡動了動一邊耳朵表示同意。瓦西婭放開姪子，半跑半滑衝到壕溝底部。米許倒在半米深的水裡，但瓦西婭毫不在意。她跪在牝馬口吐白沫的頭邊，發現她的四條腿竟然沒斷，簡直是奇蹟。「沒事了，」瓦西婭低聲道：「沒事了。」她和牝馬同時吸氣，然後再做一次，米許突然在她發燙的手裡安靜下來。瓦西婭起身退開。

牝馬試著起身，動作和幼駒一樣笨拙，但總算跨開四肢站了起來。瓦西婭這時才回過神來開始顫抖。她張開雙臂抱著牝馬的脖子，低聲道：「傻瓜，妳是被什麼嚇到了？」

我看見一個影子，牝馬說，**而且它有牙齒**。她沒能再往下說，因為一陣雜亂的聲音從壕溝上方傳來，緊接著是一小道碎石流，之後齊利爾・艾塔孟諾維奇就出現了。米許驚慌走避，齊利爾盯著壕溝。

瓦西婭臉頰滾燙。「這頭牝馬被嚇到了，」她匆匆說道，一邊抓住米許的轡頭。「你身上有血味，齊利爾・艾塔孟諾維奇，最好待在上頭。」

齊利爾並不不打算滑到泥水中，即便如此，瓦西婭的話也沒打動他。「妳偷了我的馬。」

瓦西婭還知道該面露慚愧。

「是誰教妳那樣騎馬？」

瓦西婭嚥了嚥喉嚨，琢磨他驚惶的表情。「是我父親。」她說。她未婚夫臉上那詫異的表情，真是過癮。

瓦西婭爬出壕溝，牝馬像隻小貓跟著她。到了壕溝頂端，齊利爾冷冷瞪她一眼，瓦西婭天真地說：「結婚以後，也許我就能騎你所有的馬了。」

齊利爾沒有回答。

瓦西婭聳聳肩，這時才發覺自己好累，雙腿跟蘆葦一樣虛軟，剛才強拉瑟亞加到歐岡背上的左肩也痛得厲害。

一群騎士橫越泥地而來，彼得騎著步伐穩健的梅特在最前頭，瓦西婭的兩個哥哥緊跟在後。柯堯最先下馬，一落地就奔向兒子。瑟亞加還在哭。「瑟亞加，你還好嗎？」柯堯問道：「辛納奇，到底出了什麼事？瑟亞加！」男孩沒有回答，於是柯堯轉頭問瓦西婭：「出了什麼事？」

瓦西婭不知從何說起，結結巴巴講了幾個字。彼得和艾洛許也下馬了。彼得眼神焦灼，目光從女兒身上瞥向瑟亞加，再瞥向歐岡和米許。「妳還好嗎，女兒？」他說。

「還好，」瓦西婭擠出一句，隨即滿臉通紅。鄰居都騎馬趕到了，這會兒正盯著她看，而且全是男人。瓦西婭突然察覺自己披頭散髮，滿臉泥巴，裙子也破了，忍不住身體一縮。她父親走到抱著兒子的柯堯身旁，在他耳邊低低細語。

瓦西婭在拚命追逐時把披風弄掉了，艾洛許將自己的披風披在她身上。「走吧，傻瓜，」他對一臉感激抓緊披風的妹妹說：「最好快點離開這些人的視線。」

瓦西婭自尊心回來了，倨傲地微微抬起下巴說：「我又不覺得丟臉。我寧可採取行動，也不要看瑟亞加摔得頭破血流。」

這話被彼得聽見了。「跟妳哥離開，」他突然對她發火，低聲怒吼道：「快走，瓦西婭。」

瓦西婭望著父親，接著不發一語讓艾洛許扶她上馬鞍。鄰居們交頭接耳，全都貪婪地盯著她看。瓦西婭緊握雙拳，拒絕垂下目光。

但他們沒多少時間呆望了，因為艾洛許立刻跳上馬背，坐在妹妹身後，策馬絕塵而去。「你覺得很丟臉嗎，艾洛席卡？」瓦西婭話裡充滿怨懟。「回去會把我鎖在地窖裡嗎？你寧可姪子死掉，也不希望我讓家人蒙羞嗎？」

「別傻了，」艾洛許沒好氣地說：「少了妳身上那些破衣服可看，麻煩才會快點結束。」

瓦西婭沒有說話。

艾洛許語氣放柔：「我帶妳去找敦婭，妳剛才在那裡感覺就快垮了。」

「這我不否認，」她的聲音也放柔了。

艾洛許遲疑道：「瓦西席卡，妳是怎麼做的？我知道妳會騎馬，可是……妳怎麼能辦到？騎在那匹紅色瘋馬上？」

「是馬教我的，」瓦西婭頓了一下才說：「我之前常帶他們出牧場。」

她沒有再往下說。艾洛許沉默良久，接著緩緩開口：「要不是妳救了他，等我們趕到，我們的姪子不是死了，就是骨折回來。我很清楚這一點，也很感激，父親肯定也是。」

「謝謝你。」瓦西婭低聲道。

「可是，」艾洛許略帶諷刺接著說：「如果妳不想當修女或嫁給農夫，我看妳是弄巧成拙了。妳剛才的英勇行徑把鄰居們都嚇壞了。妳騎走齊利爾的馬，更讓他倍感羞辱。」

瓦西婭笑了，笑中帶著一絲苦澀。「很好，」她說：「這樣我就不用逃婚。我寧可嫁給農夫，也不要嫁給那個齊利爾．艾塔孟諾維奇。但父親很生氣。」

他們倆剛看到屋子，彼得就追上來了。他臉上既是感激，又是氣憤與惱怒，還有某種更深沉的情緒，可能是擔心。他清了清喉嚨說：「妳沒受傷吧，瓦西婭？」

瓦西婭稍微長大後，就再也沒聽過父親如此關愛的口氣了。「沒有，」她答道：「很抱歉讓你丟臉，父親。」

彼得搖搖頭，沒有說話。三人陷入冗長的沉默。

最後，彼得開口說：「謝謝。謝謝妳救了我孫子。」

瓦西婭笑了。「我們應該感謝歐岡，」她說道，感覺心情好多了。「還有瑟亞加還知道要緊抓著馬不放。」

三人默默騎回家。瓦西婭立刻一溜煙消失在浴室裡，用蒸氣舒緩痠痛的四肢。

然而，那天晚飯時，齊利爾去找彼得：「我以為我要娶的是一位有教養的少女，而不是一頭野獸。」

「瓦西婭是好女孩，」彼得說：「雖然任性，但那可以——」

齊利爾嗤之以鼻。「黑暗魔法或許能讓這女孩待在我那匹馬背上，人類不可能有那本事教會她。」

「她只是強壯，還有比較野，」彼得有點急了。「她會替你生一堆壯丁。」

「換來的是什麼？」齊利爾．艾塔孟諾維奇恨恨地說：「我要持家的女人，不是女巫或樹精。再說，她在你們所有人面前羞辱了我。」

雖然彼得試著和他講理，但齊利爾就是不為所動。

彼得很少毆打小孩，當齊利爾取消婚約，他還是揍了瓦西婭一頓，主要是為了撫平自己對她的恐懼。**她這輩子難道不能乖乖聽話一回嗎？**

他們只找野女孩。

瓦西婭默默挨打，沒有掉半滴眼淚，只有在蹣跚離開前責備地看了他一眼。他不曉得她後來有哭，在米許懷裡。

婚禮沒了。隔天一早，齊利爾．艾塔孟諾維奇騎著馬揚長而去。

18 荒年的訪客

齊利爾離開後，安娜・伊凡諾夫納又去見了丈夫。秋夜漸漸拉長，家人們醒來時天還黑著，傍晚也得就著火光吃飯。那天晚上，彼得在爐邊無法成眠。他的孩子都上床了，但他就是毫無睡意。爐裡的餘燼照得滿室通紅，彼得望著火光閃爍的爐口，心裡想著他的女兒。

安娜懷裡捧著針線，沒有做活。彼得始終低頭，因此沒看見妻子臉色鐵青，毫無血色。「所以瓦西莉莎不會嫁人了。」她說。

彼得嚇了一跳。他妻子的口氣威嚴十足，讓他頭一回想起她的父親，而她的話正是他心裡在想的事。

「好人家的公子不可能要她，」她接著說：「你會讓她嫁給農夫嗎？」

彼得沉默不答。他已經在心裡想過好幾回了。將女兒許配給出身卑微的人，有違他的自尊，但他腦中不停響著敦婭的警告：**嫁誰都比送給霜魔好**。

瑪莉娜啊，彼得心想，**妳留給我這麼一個瘋女兒，我很愛惜她，她比我那些兒子還野、還勇敢，但女人家要野和勇敢做什麼？我發誓會保護她，但我要怎麼防止她傷害她自己？**「她得進修道院，」安娜說：「而且愈快愈好，否則還能怎麼辦？沒有正派人家會想要這樣的媳婦。她被魔鬼附身了，不僅會偷馬，把馬弄瘋，甚至還拿姪子的性命開玩笑。」

彼得一臉驚詫望著妻子，發現她堅決的模樣竟然頗為動人。「修道院？」他說：「瓦西婭？」

他一邊說著，一邊心想自己怎麼會如此驚訝？每天都有嫁不出去的女孩進修道院，他實在想不出有誰比瓦西婭更不適合當修女。

安娜雙手緊握，眼睛盯著他不放。「和信神的姊妹們同住，或許能拯救她凡世的靈魂。」

彼得再次想起莫斯科那名陌生人的臉。不論這麼做能不能辟邪，霜魔都不大可能染指獻身給神的女孩。

但他還是很猶豫。瓦西婭不可能主動去。

坎斯坦丁神父坐在安娜身旁的暗處裡，面容憔悴，眼神和刺李一樣黑。

「巴圖席卡，你覺得呢？」彼得問坎斯坦丁：「我女兒把追求者嚇跑了，我該送她去修道院嗎？」

「你沒什麼選擇了，彼得．弗拉迪米洛維奇，」神父說，聲音緩慢粗啞。「她不怕神，也不聽道理。升天修道院在莫斯科克里姆林宮城內，專收貴族千金，那裡的姊妹會收留她。」

安娜嘴唇一緊。許多年前，那曾是她夢寐以求的地方。

彼得遲疑不答。

「克里姆林宮的牆很堅固，」坎斯坦丁又說：「她會很安全，也不會挨餓。」

「嗯，讓我考慮考慮。」彼得糾結地說。她可以和他的進貢代表一起搭雪橇去，但他該派誰去莫斯科警告大家？他不能把女兒送去當燙手山芋，而這時間派信差又太晚了。

對了，歐爾嘉，他可以送她去歐爾嘉那裡，她會安排。但不行……瓦西婭必須在仲冬前嫁人或進修道院。**他仲冬就會來找她了**。

瓦西婭……瓦西婭進修道院？烏黑的秀髮用頭巾包著，終生守貞不嫁？

可是她的靈魂——重點是她的靈魂。她會得著平安與富足，會為家人禱告，而且不受惡魔打擾。

她不可能主動去的，那會傷透她的心。

坎斯坦丁冷眼看著彼得內心掙扎。他知道神在他這邊，彼得會被說服，方法也會找到。事實證明神父想得沒錯。

三天後，瓦西婭從森林裡帶了一名全身溼透、直打噴嚏的迷路修士回來。

❄

她日落前不久將修士拖回家裡。當時大雨傾盆，敦婭正在講故事。「他們的父親想出病來，」敦婭說：「於是艾雷克塞王子和狄米崔王子便出發去找翅膀發光的火鳥。他們倆騎了很遠很遠，經過了三乘九個王國，最後來到一個岔路口，路旁立著一塊石頭，上頭有字。」

這時砰的一聲，外門開了，瓦西婭拽著一名年輕修士的袖子大步走進來。修士塊頭不小，渾身是水。「這位是羅迪昂修士，」瓦西婭說：「從莫斯科大公宮廷來，在森林裡迷路。沙夏差他來找我們。」

吃了一驚的家人們立刻動起來。幫忙擦乾的幫忙擦乾，端飯菜的端飯菜，新的長袍找到了，蜂蜜酒也塞到他手裡。慌忙中，敦婭依然不忘吩咐心不甘情不願的瓦西婭換掉溼衣服，坐在火邊烘乾滴水的頭髮，其他人也沒忘了連珠砲似的對修士問東問西：莫斯科天氣如何？宮廷仕女戴什麼珠寶上教堂？韃靼軍頭都騎什麼馬？最多問到的還是塞普柯夫王子妃和艾列克桑德修士。沒完沒了的問題讓修士幾乎招架不住。

最後彼得插手了。他一把推開兒子女兒說：「你們所有人安靜點，讓他好好吃飯。」

廚房慢慢安靜下來。敦婭拿起紡紗桿，伊莉娜拾起針線，羅迪昂修士埋頭吃他的晚餐。瓦西婭拿起研缽和杵把，開始磨曬乾的香料。敦婭繼續講故事。

「路旁立著一塊石頭，上頭有字：

直走又餓又冷

往右人活馬亡

往左馬活人亡

「三條路聽起來都不大好，於是兩兄弟便走到路旁，在翠綠的森林裡紮營，待著待著竟然就忘記為什麼遠行了。」

伊凡王子往右騎，瓦西婭心想。這故事她已經聽過上千次。**灰狼殺了他的馬，他哭著看著自己的馬喪命，但故事從來沒說要是他直走會遇到什麼，往左走又會遇到什麼。**

彼得坐在廚房另一頭和羅迪昂修士竊竊私語。瓦西婭真希望聽見他們在說什麼，但大雨依然打得屋頂乒乓作響。

早上天一亮她就出門採集去了。有什麼摘什麼，就算淋成落湯雞也無妨，只要能呼吸幾小時新鮮空氣。家裡壓得她喘不過氣。安娜．伊凡諾夫納和坎斯坦丁用她無法理解的表情望著她，連她父親也是。走在路上，村民也會指指點點。沒有人忘記齊利爾的馬那件事。

她發現那名年輕修士時，他正騎著強壯的白騾子在森林裡兜圈子。

好怪，瓦西婭心想，他竟然還活著。她在林中閒晃經常見到骨頭，從來不曾遇過活人。這座森林對旅人很危險，列許會帶著他們兜圈子到精疲力竭，伏賈諾伊會睜著冷酷的死魚眼偷看，將他們拖到水裡。這個溫和的大個子誤闖進來，竟然毫髮無傷。

瓦西婭腦中閃過露莎卡的警告。**魔鬼們害怕什麼？**

❄

「你很幸運，我那個魯莽的女兒這種天氣還出去採集，而且遇到你。」彼得對修士說。

羅迪昂修士滿足口腹之欲後，偷偷朝壁爐瞄了一眼。彼得說的那個女孩正在磨香料，火光替她的苗條身形繪上了一道金邊。他第一眼就覺得女孩很醜，現在看還是不覺得她美，但愈看愈難將目光移開。

「我很感謝她遇到我，彼得・弗拉迪米洛維奇，」羅迪昂見彼得眉毛橫豎，趕緊說道：「艾列克桑德修士要我傳話給你。」

「你說沙夏？」彼得厲聲道：「什麼事？」

「艾列克桑德是大公資政，」年輕修士驕傲地說：「他因為常行善事、濟弱扶危而廣獲名聲，以判事明智而著稱。」

「你以為我想知道沙夏好好才幹不用在自己的人民身上，卻另作他途嗎？」彼得說道，但羅迪昂聽出他語氣裡帶著一絲驕傲。「講重點吧，這種小事不可能讓你這時候還跑這一趟。」

羅迪昂直視彼得說：「你要進貢給可汗的東西已經上路了嗎，彼得・弗拉迪米洛維奇？」

「雪來就出發。」彼得怒答道。這年收成欠佳，獵物也少，彼得一粒麥子、一張毛皮都不甘心送走。他們不得不宰羊，兒子們打獵到不成人形，女人家不論天氣好壞都得出門採集。

「彼得・弗拉迪米洛維奇，要是能不用進貢呢？」羅迪昂探問道。

彼得不喜歡對方語帶暗示，也照樣直說。

「很好，」年輕修士鎮定說道：「王子和參贊們都覺得為何要繼續進貢，對異教皇帝卑躬屈膝。上一位可汗被謀殺，繼位者登基不滿十二個月也一樣慘遭殺害，朝中一片混亂，怎麼堪當好基督徒的君王？我們打算反抗韃靼人，艾列克桑德修士請求你出手相助，因為他曾是你的兒子。」

瓦西婭見父親神情變了，很好奇修士對他說了什麼。

「出兵打仗。」彼得說。

「爭取自由。」羅迪昂反駁道。

「我們北方這邊負擔不重。」彼得說。

「但還是得負擔。」

「寧可付點東西，也好過韃靼人的拳頭，」彼得說：「他們根本不必跟我們正面對戰，只需要夜裡派人突襲就好，十支火焰箭就能將莫斯科夷為平地，而我的馬也是木頭做的。」

「彼得．弗拉迪米洛維奇，艾列克桑德修士要我告訴你——」

「對不起，」彼得突然起身道：「我聽夠了，還請見諒。」

羅迪昂識相點頭，專心喝起蜂蜜酒來。

❄

「我們為什麼不打仗，父親？」柯堯手裡抓著兩隻死兔子的耳朵問。父子倆趁著大雨稍歇，出來巡視陷阱小徑。

「因為除了傷害，我看不出什麼好處，」彼得答道。這不是他第一次說了，自從修士跟他兩個兒子提到沙夏的事蹟之後，兩人就一直纏著他，讓他不得清閒。「你妹妹在莫斯科，你難道希望她被困在城中？韃靼人選中一個城市，從來不留活口。」

柯堯揚手否認，兩隻兔子在他手下詭異甩動著。「我們當然會在他們殺到莫斯科城門前跟他們大戰一場。」

彼得彎身檢查下一個陷阱，沒有獵物。

「而且你想，父親，」柯堯打鐵趁熱接著說：「我們能把貢品運到南方賣，不用上繳。我的表弟不用向任何人下跪，成為真正的王子，你的曾外孫說不定能當大公。」

「我寧可我的兒女平安活著，也不想為了還沒出生的後代的榮耀而犧牲他們。」見兒子張口欲辯，彼得放柔語氣說：「辛納奇，你知道沙夏當年不顧我反對離開這個家，我不是那種會把兒子綁在門柱上不准他走的父親。你想打仗儘管去打，但我不會祝福一場愚蠢的戰爭，也不會給你任何布疋、銀子或馬肉。你別忘了，沙夏也許名聲顯赫，但得每天求人賞賜麵包，在苗圃裡照料蔬草。」

柯堯想要反駁，不論他想說些什麼，都被歡呼聲給打斷。又一隻兔子被陷阱抓住，因為秋天而變色未完的斑駁皮毛沾滿泥土。柯堯彎身去取獵物時，彼得抬頭張望，突然僵住不動。空氣裡飄著動物剛死的味道。彼得的獵豬犬皮尤斯[46]縮在主人小腿邊，像小狗一樣唉唉叫。

「柯堯。」彼得喊道。柯堯聽父親語氣不對，立刻站起身來，黑色眼眸閃過一道光影。

「我聞到了，」他頓了一下說：「是什麼把狗嚇成這樣？」因為皮尤斯不停低咽顫抖，急著想回村裡。彼得搖搖頭，不停左右張望，跟聞香犬一樣。

---

46 皮尤斯：雜種狗。

他不發一語指著某個地方。柯堯低頭只見他們腳邊落葉沾了一灘血，不是兔子的。彼得嚴厲朝獵犬一比，那狗哀叫幾聲便乖乖往前循跡。柯堯微微靠左，和父親一樣像隻貓頭鷹無聲無息。兩人小心翼翼繞過一片樹林，來到一小片樹叢雜生的空地，地上滿是腐朽發黑的落葉。

是一頭公鹿。扯斷的腰腿就在彼得腳邊，血肉糢糊，鹿身則在稍遠處，內臟爆裂四散，即使天冷依然臭氣薰天。

雖然公鹿帶角的頭顱癱在他們腳邊不遠，舌頭耷拉著，這血淋淋的場面並未讓兩人退卻，只是交換了一個意味深長的眼神，因為森林裡沒有東西能把鹿肢解成這副德性，再說有什麼野獸會殺了肥嫩的秋鹿卻不碰肉？

彼得蹲在泥地上，目光逡巡地面。

「公鹿逃，獵人追，鹿拚命跑，稍稍跑在前頭，接著跳進這片空地——這裡，」彼得邊說邊蹲伏著前進。「一跳，再跳——接著側邊一道重擊把他撂倒。」彼得停下腳步，皮尤斯趴在空地邊緣，目光緊隨主人不放。

「但攻擊他的是什麼？」彼得喃喃道。

柯堯從泥地上讀到的判斷和父親差不多。「沒有痕跡，」他說著掏出長刀，刀身出鞘發出咻的一聲。「完全沒有，也沒有事後抹除的痕跡。」

「你看皮尤斯。」彼得說，只見皮尤斯已經起身盯著樹木間的縫隙看，脊背上的粗毛全豎起來，露出牙齒低吼著。父子倆同時轉身，彼得幾乎來不及想就已經長刀在手。有那麼一瞬間，他覺得自己見到了什麼，暗處有一道黑影，不過隨即消失。皮尤斯叫了一聲，聲音又尖又高，是恐懼又不肯屈服的信號。

彼得朝狗彈了彈手指，柯堯跟著回頭，兩人穿越血跡斑斑的枯葉泥地，不發一語往村裡走。

❄

一天後，羅迪昂去敲坎斯坦丁的房門，神父正就著燭光檢視顏料。他混合的顏色因為潮溼，尾端和細滴都發霉。屋外雖然有日光，但神父房間窗戶很小，傾盆大雨又遮去太陽，要不是蠟燭，房間肯定暗無天日。**太多蠟燭了**，羅迪昂想，**真是暴殄天物**。

「神父，願主祝福你。」羅迪昂說。

「願神與你同在。」坎斯坦丁說。房間很冷，神父單薄的肩上包著毯子，但沒問羅迪昂需不需要。

「彼得．弗拉迪米洛維奇和兒子去打獵了，」羅迪昂說：「他們不肯透露去獵什麼，你有聽到他們說什麼嗎？」

「沒有，我什麼都沒聽到。」坎斯坦丁答道。

屋外大雨滂沱。

羅迪昂皺眉說：「我實在想不出他們帶著獵野豬的長矛卻沒帶狗要做什麼，這種天氣騎馬太糟了。」

坎斯坦丁沒有說話。

「哎，願主賜他們成功，無論他們打什麼主意，」羅迪昂還不放棄。「我再兩天都得離開，可不想遇到讓彼得．弗拉迪米洛維奇臉上出現那種表情的東西。」

「我會祈禱你旅途平安。」坎斯坦丁草草說道。

「願主保守你，」羅迪昂說，完全無視神父想打發他離開的暗示。「我知道你不喜歡沉思被打擾，但有件事我很困擾，想請教你的意見，神父。」

「問吧。」坎斯坦丁說。

「彼得．弗拉迪米洛維奇希望女兒進修道院，」羅迪昂說：「他託付我，給了我信息和錢，讓我去莫斯科的升天修道院，要她們預備迎接她。他說他女兒會隨著貢品一起去，只要雪多到可以跑雪橇就出發。」

「這是為神效力，」坎斯坦丁說，不再看著顏料了。「有什麼好困擾？」

「因為她不適合修道院，」羅迪昂說：「盲人都看得出來。」

坎斯坦丁下顎一緊，羅迪昂發現神父竟然滿臉怒容。「她不能嫁人，」坎斯坦丁說道：「這世界只有罪等著她，遠離塵世最好。她在修道院能為父親的靈魂禱告。彼得．弗拉迪米洛維奇已經老了，當他被神接走時，會很高興有她為他禱告。」

這些都是好事，但羅迪昂還是感到良心一痛。彼得的二女兒讓他想起艾列克桑德修士。雖然沙夏入修道院，卻從來不曾在聖三一久待，而是騎著剽悍的戰馬遊歷全羅斯，拐騙、哄誘和打架無所不來。他背上扛著劍，當王子們的參贊。然而遁入修道院的女人不可能過這樣的生活。

「唉，我會去的，」羅迪昂不情願地說：「彼得．弗拉迪米洛維奇是主人，身為賓客我起碼得替他做到這個。但神父，我希望你能勸他改變主意。肯定有人能被說服，願意娶瓦西莉莎．彼得洛夫納為妻。我不認為她能在修道院熬太久，野鳥關在籠裡必死無疑。」

「所以呢？」坎斯坦丁怒氣沖沖道：「只在萬惡淵藪停留片刻就迎向神的人才是有福。我只希望當機會來臨，她的靈魂能預備好。好了，修士，我想禱告了。」

羅迪昂不發一語在胸前畫了十字，接著便快步出了房門，眨眼對著微弱的天光。**唉，我真為那女孩感到難過**，他心想。

接著他又不安地想，**那房裡陰影真重**。

❄

初雪之前，彼得和柯堯帶著手下狩獵了不止一次。雖然天愈來愈冷，但大雨始終不停，漫長的潮溼日子消磨了所有人的力氣。儘管他們努力找，卻始終未能發現將鹿分屍的那東西的痕跡。男丁們起初嘴裡犯嘀咕，後來開始抱怨。疲憊和忠心彼此拉扯，後來霜降讓狩獵被迫結束，沒有人心裡有絲毫遺憾。

然而，第一隻不見的狗就是那時消失的。

那是一隻母狗，很好的小狗崽，個子很高，完全不怕野豬，但他們發現她血淋淋倒在柵欄附近，頭不見了，結凍的屍體旁只有她自己奔跑的足印。

村民們腰間插著斧頭，兩兩一組進了森林。

接著又一隻小馬不見了。他原本被拴在拖柴薪的雪橇上，當主人的兒子抱著一把柴薪回來，卻發現馬不見蹤影，只剩足印和一大灘血灑在泥濘的地上。那兒子扔下柴薪，連斧頭也扔了，逃回村裡。

村子陷入驚恐，令人竊竊私語的驚恐，有如蜘蛛網揮之不去。

19 夢魘

十一月帶著黑葉與灰雪呼嘯而來。在一個有如髒玻璃的早晨，坎斯坦丁神父站在窗邊，拿著畫筆拂過聖喬治白坐騎的前腿。他沉浸在工作之中，四周一片靜寂。但那靜寂似乎在傾聽。坎斯坦丁發現自己豎起耳朵。**主啊，祢不對我說話嗎？**

有人敲門，嚇得坎斯坦丁手掌一抖，差點畫歪了聖像。「進來。」他將畫筆甩到一旁，怒聲說道。肯定是安娜．伊凡諾夫納。送上烘過的牛奶，和一雙敬慕乏味的眼神。

不是安娜．伊凡諾夫納。

「願神祝福你，神父。」女僕艾卡菲雅說。

坎斯坦丁在胸前畫了十字。「願主與妳同在。」但他一臉氣惱。

「對不起，巴圖席卡，」女孩低聲下氣，扭絞著長繭的雙手，在門口躊躇道：「我想耽擱你一點時間。」

坎斯坦丁緊抿雙唇。在他前方，橡木座上的聖喬治正策馬前行，但他的坐騎只有三條腿，第四條腿還沒上漆，彎成優雅的角度，準備踩踏毒蛇的頭顱。「妳想跟我說什麼？」坎斯坦丁努力放柔語氣，但不是太成功。女孩臉色發白，神情畏縮，但沒有離開。

「我們一直是虔誠的基督徒，巴圖席卡，」女孩結巴道：「領聖餐、敬拜聖像，我們都認真地做，但時節從來不像現在這麼糟。夏天的大雨淹沒菜園，我們換季前就得挨餓了。」

她頓了一下，舔了舔嘴唇。

「我在想——我忍不住這麼想——我們是不是冒犯了舊神？比方說嗜血的切爾諾波格？我祖母常說我們一旦和他交惡，就會大難臨頭。我很為我的兒子擔心。」她一臉企求地望著他。

「妳是該害怕，」坎斯坦丁怒斥道。他很想重拾畫筆，但逼自己耐住性子，接著說道：「恐懼代表真正懺悔。這是試煉，讓神知道誰才是祂忠實的僕人。妳必須堅持下去，很快就會見證神的國到來，超越妳所能想像。妳說的那些都是虛妄，是誘惑愚者的幻象。只要堅守真理，就會一切安好。」

他轉頭去拿顏料，她的聲音再次從背後傳來。

「我不需要神的國，巴圖席卡，我只想讓我兒子有足夠的食物過冬。瑪莉娜．伊凡諾夫納按照老方式，我們從來沒挨餓。」

坎斯坦丁臉色一變，和他面前揚矛的聖者神情如出一轍。艾卡菲雅宛如落網小鳥全身發抖。

「求求你，」她抓住他的手，親吻沾滿顏料的手指低聲說道：「那你能為我們祈求赦免嗎？不是為了我，是為我的兒子。」

「我會盡我所能，」神父一手按著女孩低垂的頭，語氣稍稍和緩道：「但妳得先祈求赦免。」

「是——是的，巴圖席卡。」女孩一臉感激，抬頭望著他說。

等她終於匆匆離開，走進灰沉的午後，房門在她身後喀的關上，牆上的陰影有如剛醒來的貓伸了伸懶腰。

「做得好，」一個聲音在坎斯坦丁的骨頭裡迴盪。神父剎時僵住，身上所有神經像是著了火一般。「他們最該畏懼我，才能得救。」

坎斯坦丁畫筆一摔，跪地說道：「主啊，我只求能取悅祢。」

「我很喜悅。」那聲音說。

「我努力讓這裡的人走義路，」坎斯坦丁說：「我只求，主啊……那個，我一直想求……」

那聲音無比溫柔：「你想求什麼？」

「求祢，」坎斯坦丁說：「讓我在此地的使命得以完成。只要祢開口，我願宣揚祢的話到天涯海角，但這座森林實在太小。」

他垂頭等待。

那聲音親切愉悅地笑了，讓坎斯坦丁剎時感覺靈魂歡喜出了竅。「你當然能夠成行，」那聲音說：「再待一個冬天，只要專心奉獻，保持信實，你就能向世界宣揚我的榮耀，而我將永遠與你同在。」

「告訴我該做什麼，」坎斯坦丁說：「我會始終信實。」

「我要你開口時高聲呼求我，」那聲音說道。換作別人，肯定能聽出那話語中的急切。「禱告時也高聲呼求我，在你每一次呼吸時呼喚我，喊我的名。我是風暴召喚者，我將臨在你們之間，賜你恩典。」

「我一定達成，」坎斯坦丁熱切說道：「如祢所囑，我一定達成，只要祢再也不離開我。」

房裡燭光劇烈搖動，彷彿有人發出滿足的長嘆。「你永不背棄我，」那聲音再次出現：「我就永不離開你。」

❄

隔天，陽光淹沒在陰霾的雲朵中，投下鬼魅的光芒，剝去大地的顏色。天一亮就開始下雪，彼得全家發著抖走進教堂，縮著身子坐在一起。教堂裡只有燭光，瓦西婭感覺靜得能聽見外頭的雪，預備將他們埋起來直到春天。雪遮去日光，但神父有燭光照亮，臉部線條畫出一道道優雅的暗影。他的神情比聖像還深遠，俊俏得遠勝以往。

聖幛已經完成，最後繪成的升天像高立門上，畫中耶穌於審判日俯瞰風雨飄搖的塵世，臉上神情讓瓦西婭無法解讀。「主啊，我呼求祢，」坎斯坦丁用低沉有力的聲音說道：「神呼召我做祂的僕人，祂是黑暗中的聲音，喜愛風暴，願祢臨在我們之間。」

他揚起聲音開始講道。「神是應當稱頌的，」他喊著，眼睛有如兩個巨大的黑洞，聲音卻閃著火光。講道繼續下去，當他開口，眾人便忘了冰冷潮溼與獰笑的飢餓，一被他的聲音觸碰，世俗的煩憂便不算什麼。安坐門上的基督似乎舉手為他們祝禱。

「聽著，」神父壓低聲音，逼得他們豎耳傾聽。「魔鬼就在我們之間，」村民們面面相覷。「它夜裡潛入我們的靈魂，無聲無息，等待愚者上鉤。」伊莉娜挨到瓦西婭身邊，瓦西婭伸手摟住妹妹。

「唯有信仰，」坎斯坦丁接著說道：「唯有禱告，唯有神，能拯救你。」他聲音愈拉愈高。「敬畏神，並且懺悔，唯有如此才不致被定罪，否則你將被焚燒——必被焚燒！」

安娜淒聲尖叫，響透小小的教堂，低垂的晦藍眼皮遮不住兩眼鼓脹。「不！」她嘶吼道：「喔，主啊，別在這裡！**別在這裡！**」

她的聲音鑿壁穿牆，回音不斷，教堂裡彷彿有一百個女人在尖叫。

眾人陷入慌亂之前，瓦西婭順著繼母手指的方向望過去，只見之前一臉肅穆的升天耶穌正在對他們微笑。他兩顆虎牙壓著下唇，兩隻眼睛只剩一個，一邊臉頰爬滿藍色傷疤，缺了眼珠的眼窩被線縫著，縫得亂七八糟。

瓦西婭壓下衝到喉間的恐懼，努力回想自己在哪裡看過這張臉。

她來不及思考。她左右兩邊的人全都低頭摀耳，或拚命朝教堂前廊逃去，只剩安娜獨自站著，又哭又笑，對空張牙舞爪，沒有人敢碰她，她的尖叫聲在四壁間迴盪。坎斯坦丁推開人群擠到她身旁，摑了她一耳光。安娜岔了氣，叫聲變弱，但回音似乎不肯停歇，彷彿聖像也在尖叫。

慌亂一起，瓦西婭便抓住伊莉娜免得妹妹被撞倒。幾秒後，艾洛許出現了，伸出強壯的雙臂摟住孩子般嬌小、秋葉般脆弱的敦婭，四個人緊緊靠在一起。村民們推擠尖叫，「我得去找媽媽。」伊莉娜掙扎著說。

「待會兒再去，小不點，」瓦西婭道：「妳現在去只會被踩扁。」

「天哪，」艾洛許說：「要是知道伊莉娜的母親是這副德性，哪有人敢娶她。」

「誰會曉得！」瓦西婭怒斥道，但妹妹已經臉色慘白。她狠狠瞪了艾洛許一眼。村民們將他們擠到牆邊，瓦西婭和艾洛許用身體護著敦婭和妹妹。

瓦西婭再次望向聖幛，發現它又恢復原狀。耶穌高坐王位俯瞰世界，揚手為萬民祝禱。難道剛才那張臉是她的幻想？如果這樣，安娜為何會尖叫？

「安靜！」

坎斯坦丁聲如洪鐘，所有人僵住不動。他站在聖幛之前舉起一隻手，有如他頭頂上方的耶穌再世。「笨蛋！」他咆哮：「你們是小孩嗎？竟然怕一個女人尖叫？起來，你們這些人！安靜！神會保護我們。」

眾人有如羞愧的孩童緩緩靠攏。神父聲威力猛，連彼得的怒吼也比不上。所有人簇擁到他身旁。安娜形單影隻，哭泣顫抖，面色和清晨天空一樣死灰，只有神父的臉比她更蒼白。燭光照得中殿暗影幢幢，聖幛前一道不是人影（又來了！）的黑霧閃過。

天哪，當禮拜磕磕絆絆重新開始，瓦西婭心想，**來這裡？魔鬼不能進教堂，它們屬於這個世界，但教堂是另一個世界。**

只不過她真的見到影子。

❄

彼得第一時間就將妻子帶回家裡，讓她的親生女兒扶她更衣上床，然而安娜不停高喊、乾嘔，怎麼也停不下來。

最後伊莉娜莫可奈何，只好回到教堂，發現坎斯坦丁神父獨自跪在聖幛前。那天禮拜結束之後，村民親吻他的手，求他拯救他們。神父一臉平和望著他們，甚至帶著一絲勝利感，但此刻伊莉娜覺得他彷彿是世上最孤單的人。

「你能去看看我母親嗎？」她低聲道。

坎斯坦丁突然起身轉頭張望。

「她一直在哭，」伊莉娜說：「停不下來。」

坎斯坦丁沒有說話，神經緊繃。村民離開教堂後，神在蠟燭熄滅後的輕煙中來到他面前。

「好極了，」那聲音吹得輕煙沿著地板捲成一圈圈漩渦：「他們都怕得要命。」語氣近乎興奮。坎斯坦丁沉默不語，心想自己是不是瘋了，那聲音是從自己心裡發出來的。但——不對，當然**不是，那是你心裡的頑劣在懷疑，坎斯坦丁．尼可諾維奇。**

「我很高興祢來到我們之間，」坎斯坦丁呢喃道：「帶領祢的子民走義路。」

那聲音沒有回答，教堂一片靜默。

坎斯坦丁提高音量對伊莉娜說：「好的，我會去。」

❄

「坎斯坦丁神父來了，」伊莉娜領著神父走進母親房間說：「他會安撫妳，我去準備晚餐，瓦西婭已經在熱牛奶了。」說完就跑開了。

「教堂怎麼了，巴圖席卡？」房裡只剩他們兩人後，安娜．伊凡諾夫納說：「教堂，教堂從來沒——」

「妳講什麼蠢話？」坎斯坦丁說：「教堂受神保護，神就住在教堂裡，還有聖徒與天使。」

「但我看到——」

「妳什麼都沒看到！」坎斯坦丁伸手摀著她的臉頰，安娜顫抖有如受驚的牝馬，坎斯坦丁食指輕觸她的嘴唇，壓低聲音用催眠般的語調說：「妳什麼都沒看到，安娜．伊凡諾夫納。」

她伸出顫抖的手摀著神父的手說：「你說我什麼都沒看到，我就什麼都沒看到，巴圖席卡。」她臉紅得像個女孩，頭髮因為汗水而黯淡。

「那就什麼都沒看到。」坎斯坦丁說著將手抽開。

「我看見你，」她說，聲音幾不可聞。「有時我只看見你。在這個可怕的地方，冰天雪地，怪物肆虐，食物缺乏的所在，只有你是我的光。」她又抓住他的手，用手肘撐起身子，熱淚盈眶道：「求求你，巴圖席卡，我只是想接近你。」

「妳瘋了，」他說著將她雙手推走，往後退開。安娜軟弱嬌怯，被恐懼和受挫的希望折磨得年老色衰。「妳是有夫之婦，我早已獻身給神。」

「不是這樣！」她絕望呼喊：「完全不是！我只是要你看見我。」她喉嚨抽搐，講話結巴。「看**見我**。你看見我的繼女，你盯著她，而我一直看著你，看著你。為什麼不看我？為什麼不看**我**？」她聲音近乎痛哭。

「噓，」他伸手握住門把：「我有看見妳，但安娜·伊凡諾夫納，我沒看到太多東西。」

門很沉很重，將她的哭聲關在門後。

❄

那天大雪紛飛，大夥兒都窩在爐灶附近，只有瓦西婭溜去看馬。**他要來了**，米許翻了翻眼珠說。

瓦西婭去找父親。

「我們得把馬帶進柵欄裡，」她說：「今晚就做，黃昏之前。」

「妳為什麼還在這裡拖累我們，瓦西婭？」彼得大怒道。暴雪直下，落在他們的帽子和肩上。「妳不應該在，早就該走了，平平安安，結果妳卻嚇跑追求者，只能留在這裡，現在冬天來了。」

瓦西婭沒有回答，其實也無法回答，因為她突然清楚明白父親在怕什麼。她真想像個孩子躲進爐灶裡。「原諒我，父親，」瓦西婭努力克制自己。「這個冬天會過去，就和之前一樣，但我真的認為我們晚上應該把馬弄進來。」

彼得深吸一口氣。「女兒，妳說得對，」他說：「妳說得對。走吧，我幫妳。」

柵門關上，馬群稍稍安穩一些，瓦西婭牽著米許和梅特進馬廄，其餘的馬沒那麼珍貴，就留在門前庭院。小瓦奇拉將手放在她掌中，「別離開我們，瓦西婭。」

「我得去拿湯，」瓦西婭說：「敦婭在喊我了，但我會回來。」

她縮在米許狹窄的廄棚後頭把湯喝了，拿麵包餵米許，接著用馬毯裹著身子，細數馬廄牆上的影子。瓦奇拉坐在她身旁。「別走，瓦西婭，」他說：「只要妳在這裡，我就記得我的力量，記得我不害怕。」

於是瓦西婭留下來，儘管坐在糧草上，又裹著馬毯，還是瑟瑟發抖。那天晚上非常冷，她覺得自己不可能睡著。

但她肯定睡著了，因為月落之後她冷醒了，馬廄一片漆黑，連有著一雙貓眼的她都很難看清米許就在她身旁。萬物靜寂片刻，但接著廄外傳來一聲輕笑。米許仰頭噴息，往後退縮，眼睛周圍浮現一圈白色。

瓦西婭悄悄起身，任毯子輕輕滑落，冷空氣有如利齒刺進肉裡，她躡手躡腳走到馬廄門邊。外頭沒有月亮，肥厚的雲層蓋過星光。雪依然在下。

一名男子悄悄踏雪而來，聲音輕如雪花，從一個暗處閃到另一個暗處，只要呼吸喉間就會發出低沉的笑聲。瓦西婭偷偷靠近。她看不見那人的臉，只見到破爛的衣服和蓬頭亂髮。

男子溜到屋前，伸手抓住門把，隨即閃進廚房。瓦西婭驚呼一聲。她沒聽見身體碰觸木板的聲音，那人像一陣煙穿過了房門。

瓦西婭奔過多爾，地上初雪閃閃發亮，破衣男沒留下任何足印。積雪又厚又軟，瓦西婭覺得四肢沉重，還是奔跑大叫，還沒跑到門前，那人已經蹦回前院，有如動物四肢著地，哈哈大笑說：「唉，真是好久了。人類的屋子真是太棒了，哦，她那尖叫的樣子——」

忽然間，他看見瓦西婭。瓦西婭亂了腳步。她認得那些傷疤，認得那只剩一隻的灰色眼眸。是聖像裡的那張臉，是……**是多年以前森林裡那沉睡者的臉。怎麼會呢？**

「欸，怎麼回事？」那人說，接著頓了一下。瓦西婭看見他臉上閃過一絲回憶。「我記得有個女孩眼睛跟妳一模一樣，但妳已經是個女人了。」他直直望著她，彷彿想從她靈魂裡汲取祕密似的。「妳就是那個誘惑了我僕人的小女巫，但我沒發現……」他愈走愈近。

瓦西婭很想逃，雙腳卻不聽使喚。他的呼息飄著熱辣的血腥味，一陣陣拂過她的臉龐。她鼓起勇氣道：「我誰都不是。離開吧，別打擾我們。」

那人張開溼漉漉的手指，托起她的下巴。「女孩，妳是誰？」接著壓低聲音道：「看著我。」他眼裡滿是瘋狂。瓦西婭不想看，她知道自己絕不能看，但那人的手指有如鐵條，她很快就要……

忽然間，一隻冰冷的手伸過來，一把將她拉開。瓦西婭聞到冰冷的水和碎松樹的味道。一個聲音從她頭頂上方傳來：「時間還沒到，弟弟，回去吧。」

瓦西婭看不到說話的人，只見到黑袍的一角，但她看得到那個獨眼男，只見對方嘴巴掛著笑，身體卻畏縮發抖。

「還沒到？已經結束了，老哥，」那人說：「已經結束了。」說完他朝瓦西婭眨了眨獨眼，隨即消逝無蹤。罩著瓦西婭的黑袍瞬間變成了世界。她身體發冷，一匹馬在她身旁嘶鳴，遠方有人在尖叫。

瓦西婭醒過來，發現自己全身僵硬縮在馬廄的地板上發抖。米許用暖暖的鼻子蹭了蹭女孩的臉。她雖然醒了，尖叫還在繼續，沒有中斷。瓦西婭鵠躍而起，將夢魘甩到腦後。馬廄裡的馬齊聲嘶鳴，蹬碎馬廄的牆，寒冷多爾裡的馬則是慌亂踏步。四下不見獨眼男的身影。**是夢**，瓦西婭心想，**是夢而已**。她在馬廄裡左閃右躲，免得被馬撞倒。

廚房裡亂成一團，有如搗翻的蜂窩。哥哥柯堯和艾洛許睡眼惺忪，拿著武器硬擠進去，只見伊莉娜和安娜・伊凡諾夫納被推到對面門邊，僕人們四處亂跑，不是在胸前猛劃十字，就是拚命禱告或怕得抱在一起。

父親來了。身材壯碩的他一手拿劍，氣定神閒，邊罵邊推開嚇壞的僕人，對四處亂跑的僕人說「噓！」這時，坎斯坦丁神父跟著進了廚房。

尖叫的是女僕艾卡菲雅。她直挺挺坐在床墊上，雙手緊抓著羊毛毯，抓到指關節發白，下唇咬到破皮，鮮血流到下巴，死睜著的眼睛周圍一圈慘白，尖叫聲劃破寂靜，有如屋簷落下的冰柱一般。

瓦西婭推開驚惶的眾人，雙手抓住那女孩的肩膀。「聽著，艾卡菲雅，」她說：「聽著——不用怕，妳很安全，沒事。別叫了，噓。」她緊緊抱住對方，過不久，艾卡菲雅終於嗚咽一聲，不再尖叫，瞪大的雙眼緩緩回神，看著瓦西婭的臉龐。她喉嚨抽搐，似乎想要說話，瓦西婭豎起耳朵。「我犯了罪，所以他來找我了，」她哽咽地說：「他……」她喘個不停。

一名男孩從人群中擠了出來。「媽媽，」他哭喊道：「媽媽！」接著便撲到艾卡菲雅懷裡，但艾卡菲雅置若罔聞。

伊莉娜突然出現了，一臉嚴肅地說：「她昏倒了，需要水和新鮮空氣。」

「她只是做了惡夢，」坎斯坦丁神父對彼得說：「最好讓女眷們照顧她。」

就算彼得說了什麼，也沒人聽見，因為瓦西婭突然氣憤地驚聲大叫。廚房裡的人再次陷入恐慌。

瓦西婭盯著窗外。

接著——「沒事，」她說，顯然在鎮定自己。「對不起，我——沒事。沒事。」彼得皺起眉頭，僕人們擺明不相信，紛紛交頭接耳。

敦婭推開眾人來到瓦西婭身邊，呼吸聲彷彿肺被掏空了。「只要天氣一變，女孩就容易做惡夢，」她喘著氣說，刻意讓所有人聽見她的話。「去吧，孩子，去拿水和蜂蜜酒來。」說完意味深長看了瓦西婭一眼。

瓦西婭沒有說話，目光再次飄向窗外，一瞬間覺得自己真的看到一張臉。但不可能，因為那是她剛才夢裡見到的臉，臉上有著藍疤的獨眼男，隔著飄搖的冰雪朝她眨眼微笑。

❄

隔天一破曉，瓦西婭便起床尋找多莫佛伊。她不顧該做的工作，一直找到水汪汪的太陽高掛天空，找到中午過後，直到夕陽西斜，她才將那傢伙偷偷拖出爐灶。多莫佛伊鬍子末端冒著煙，身體細瘦佝僂，衣服破破爛爛，一臉頹喪。

「昨天晚上，」瓦西婭揉著燙傷的手，開門見山說道：「我夢見一張臉，醒來後在窗外看到他在笑。他只有一隻眼睛，他是誰？」

「瘋狂，」多莫佛伊喃喃道：「慾望，睡眠者，吃人者，我沒能把他擋在外頭，沒辦法。」

「你應該更努力一點。」瓦西婭怒斥道。

多莫佛伊目光渙散，垮著嘴巴口齒不清地說：「我很弱，樹妖也很弱，我們的敵人已經掙脫鎖鏈，很快就會自由了，我沒辦法把他擋在外頭。」

「**敵人是誰？**」

「慾望，」多莫佛伊又說一次：「瘋狂，恐懼，他會吃掉世界。」

「我怎麼才能打敗他？」瓦西婭焦急地問：「怎麼才能保護房子？」

「奉獻，」多莫佛伊喃喃道：「麵包和牛奶能讓我強壯，甚至有血更好。但妳是女孩，又只有一個人，我無法從妳身上汲取生命。我會消逝，吃人者會再來。」

瓦西婭抓著多莫佛伊不停搖晃，搖得他下顎喀喀打顫，目光回過神來，臉上閃過一絲驚詫。

「你**不會**消逝，」瓦西婭吼道：「你可以從我身上汲取生命，你會從我身上汲取生命。獨眼男那個吃人者，他不會再進屋裡，絕不會。」

家裡沒有牛奶，瓦西婭偷了麵包塞到多莫佛伊手裡。那晚她又重施故技，隔晚也是，從自己的晚餐留了一點。她劃破自己的手，將血抹在窗臺上和爐灶前，又將流血的手遞到多莫佛伊嘴邊。她眼窩凹陷，肋骨凸了出來，夜裡常做惡夢。但夜晚不再出事，一天、兩天、一個星期，再也沒人為了不存在的東西而尖叫。虛弱的多莫佛伊堅持住了，瓦西婭不斷灌注自己的力量給他。然而，小艾卡菲雅再也沒有清醒過來。她有時會自言自語，向沒人看得見的東西哀求，從聖徒、天使到獨眼熊都有，後來更常胡言亂語，提起一名男子和白馬。有天晚上她跑出房子，最後嘴唇發青倒在雪地裡死了。

婦人們顧不得習俗，匆匆為艾卡菲雅殯殮。坎斯坦丁神父一直為她守靈。他嘴唇發白，低目垂頭，臉上帶著沒人能懂的表情，儘管跪在她身旁好幾小時，卻不曾大聲禱告，話語似乎卡在他緊繃的喉嚨。

他們趁著短暫的白晝埋葬艾卡菲雅。森林在他們四周哀鳴，所有人趕忙在天色迅速變暗前回到爐灶邊窩著。艾卡菲雅的兒子為了母親哭泣，哭聲有如迷霧迴盪在寂靜的村子上空。

❄

葬禮隔夜，敦婭像是染病似的做了一個夢，夢境有如狼牙攫住她。她夢見自己站在一座死寂的森林裡，樹木陰森發黑，一道油煙遮蔽微弱的星光，雪地上有火光閃爍。霜魔的臉有如骷髏，皮膚緊繃，雖然輕聲細語，卻比大叫還讓敦婭恐懼。

「妳為什麼耽擱了？」

敦婭使出所有力氣。「我很愛她，」她說：「她就像我自己的女兒。你是冬天，莫羅茲科，你是死亡，是寒冷，你不能擁有她。她要將生命獻給神。」

霜魔怒笑道：「她會死在黑暗之中。我弟弟力量愈來愈強，而她在不該看到他的時候看到了他。他現在知道她是誰了，肯定會設法殺了她，親自動手。到時你們就知道什麼叫定罪了。」莫羅茲科聲音柔和了些，只有一點點。「我能救她，」他說：「救你們所有人，但她必須得到那條項鍊，否則……」

這時，敦婭發現火光是村子起火了，森林裡爬滿怪物，每一張臉她都認得。個頭最大的是咧嘴微笑的獨眼男，身旁一道人影高高瘦瘦，和屍首一樣白，頭髮平直無光。「是妳害死我的。」那人影用瓦西婭的聲音說，牙齒在血淋淋的嘴唇之間閃閃發光。

敦婭發現自己抓起項鍊遞了出去，在見不到形狀的黑暗世界裡畫出一小道微光。

「我不曉得，」她結巴說道，一邊將手伸向死去的女孩，握在拳頭裡的項鍊輕輕搖晃。「瓦西婭，拿去吧，瓦西婭！」但獨眼男只是笑著，女孩沒有反應。

霜魔搶到她和恐懼之間，用冰冷堅硬的雙手抓住她肩膀。「妳沒時間了，艾芙敦娣婭．米凱洛夫納，」他說：「下回再見到我，我會喊妳，妳將跟我走。」他的聲音是森林之聲，似乎在她骨頭裡迴盪，在她喉嚨間震動。敦婭腸胃扭曲，感覺既恐懼又確定。「但妳走之前可以拯救她，」他接著說：「妳必須拯救她。給她項鍊，拯救他們所有人。」

「我會的，」敦婭低聲道：「事情會照你說的去做，我發誓。**我發誓……**」

說完她就被自己的聲音弄醒了。

然而，那起火森林裡的寒冷與霜魔手掌的冰冷卻揮之不去。敦婭骨頭打顫，彷彿就快震破皮膚。在她眼前只有霜魔絕望專注的神情，以及他弟弟獨眼男的笑臉，兩張臉合而為一。她口袋裡的藍寶石似乎滴著冰冷的火焰，將她緊握項鍊的手掌燒得龜裂發黑。

20 陌生人的禮物

冬日短暫，晦澀如鐵，瓦西婭每天破曉就去探望馬群，只比父親稍晚一些。他們在這一點上果然親如父女，總是為牲畜擔心。兩人夜裡會將馬群帶進多爾，關上柵門以策安全，並且盡量讓更多馬匹待在安穩的馬廄裡，不過白天就任由馬群在灰撲撲的牧場上漫步，挖掘埋在雪下的牧草，自己照顧自己。

仲冬近前某個晴朗凜冽的早晨，瓦西婭騎著沒掛馬鞍的米許，吆喝著將馬群帶到田裡，一到那裡她就跳下馬背，皺眉打量米許，發現她的肋骨在棕色皮毛下隱約可見，不是因為飢餓，而是因為等待。

他還會再來，牝馬說道，**妳聞到了嗎？**

瓦西婭的鼻子沒有馬靈，但還是對著風聞了聞，瞬間被腐葉和瘟疫的味道掐住了喉嚨。「沒錯，」她一邊咳嗽一邊嚴肅地說：「狗也聞到了。村民一放開他們，他們就拚命嗚咽，躲回狗窩，我不會讓他傷害妳的。」

她開始例行公事，逐一檢視馬匹，餵他們蘋果核，替他們敷藥，在他們耳邊輕聲細語，米許像狗一樣跟著她。梅特在隊伍最後，只見他用前蹄蹭了蹭地，朝一旁窺伺的森林發出挑釁的嘶鳴。

「輕鬆點。」瓦西婭走到雄駒身旁，伸手按著他發燙的頸脊說。

梅特就像見到競爭對手被一群牝馬包圍似的，差點按捺不住踹她一腳。**叫他放馬過來！**他仰起身子猛揮前蹄道，這回看我宰了他！

瓦西婭避開馬蹄，身體緊貼梅特，在他耳邊說：「別急。」

梅特齜牙咧嘴不停轉圈，但瓦西婭緊跟著他，不讓他碰到。她壓低聲音：「保留體力。」

公馬向來聽牝馬的話。梅特垂下頭來。

「他來的時候，你得堅強和冷靜。」瓦西婭說。

妳哥來了，米許說。瓦西婭轉頭發現艾洛許沒戴帽子，在柵欄外朝她跑來。

瓦西婭前臂伸到米許鬐甲後方，下一秒已經人在馬上。牝馬大步橫越田野，揚起陣陣薄冰，堅固的柵欄近在眼前，但米許一個騰躍就跳過去，繼續馳騁。

瓦西婭在剛出柵欄不遠處遇上艾洛許。「是敦婭，」艾洛許說：「她起不來了，一直喊妳名字。」

「上來。」瓦西婭說，艾洛許躍上馬背。

❄

廚房熱氣沖天，爐灶有如血盆大口咆哮著。敦婭躺在灶上，雙眼茫然圓睜，全身僵直不動，只有兩手不停抽搐，不時喃喃自語，乾枯的皮膚繃著骨頭，薄得彷彿能看見欲振乏力的血流。瓦西婭匆匆爬到灶上。「敦婭，醒一醒，敦婭。是我，我是瓦西婭。」她說。

睜著的眼睛眨了一下，隨即動也不動。瓦西婭心裡一陣驚惶，但努力壓住。安娜和伊莉娜並肩跪在聖像前禱告，淚水簌簌滑落妹妹的臉頰。伊莉娜哭的時候一點也不漂亮。

「熱水！」瓦西婭轉身吼道：「伊莉娜，拜託妳，禱告又不會讓敦婭溫暖，快去煮湯！」安娜抬頭狠狠瞪了她一眼，沒想到伊莉娜立刻聽話，起身拿鍋子裝水煮湯。

那天瓦西婭一直伏在灶上守著敦婭，用層層毯子裹住保母發抖的身軀，半哄半灌讓她喝肉湯。但湯汁不停從敦婭嘴角流出，她始終不曾醒來。那一整天雲層愈來愈厚，光線愈來愈暗。

午後近晚，敦婭突然猛力吸氣，彷彿想吞下全世界，同時攫住瓦西婭的手，嚇得瓦西婭將手抽開，對保母的力氣大感意外。「敦婭。」她說。

保母目光在房裡遊走。「我不知道，」她喃喃道：「我沒看見。」

「妳會好起來的。」瓦西婭說。

「他只有一隻眼。不對，他眼睛是藍色的。他們是同一個人，是兄弟。瓦西婭，別忘了……」說完便鬆開手，身體動也不動，口中唸唸有詞。

瓦西婭又舀了熱湯灌進敦婭嘴裡，伊莉娜繼續大火熱湯，破曉時，保母的脈搏開始變弱，睜著雙眼不再喃喃自語。「還沒有，」她對著沒人的角落說道，不時大喊：「拜託，求求你。」

晨光微微，靜謐降臨在屋裡和村內。艾洛許出門撿柴，伊莉娜離開去安撫發怒的母親。

坎斯坦丁的聲音劃破寂靜，嚇得瓦西婭差點魂飛魄散。

「她會活下來嗎？」神父問道，暗影有如斗篷包裹著他。

「會。」瓦西婭說。

「我會為她禱告。」他說。

「不用了，」瓦西婭吼道。她又累又怕，再也顧不得禮貌。「她不會死的。」

坎斯坦丁上前道：「我能減輕她的痛苦。」

「不用了，」瓦西婭又說一次，感覺快哭了。「她不會死的。既然你愛神，我求求你，離開吧。」

「她快死了，瓦西莉莎．彼得洛夫納，這裡應該交給我。」

「她才不會死！」瓦西婭從喉嚨勉強擠出聲音：「她不會死，我會救她。」

「她熬不到明天清晨。」

「你想讓我的族人愛你，所以讓他們害怕，」瓦西婭氣得臉色發白。「我不會讓敦婭害怕，**你出去！」**

坎斯坦丁張口欲言，接著突然轉頭離開廚房。

瓦西婭立刻將他拋在腦後。敦婭還沒醒來。她動也不動，氣若游絲，瓦西婭顫抖的手幾乎感覺不到她的呼吸。

夜幕低垂，艾洛許和伊莉娜回來了。廚房裡暫時動了起來，所有人壓低聲音準備食物，但瓦西婭毫無胃口。晚飯後廚房再次沉寂，只剩敦婭、瓦西婭、伊莉娜和艾洛許四人。伊莉娜和艾洛許在灶上打瞌睡，瓦西婭也不停點頭。

「瓦西婭。」敦婭說。

瓦西婭啜泣一聲驚醒過來。敦婭聲音微弱，但很清楚。「妳沒事了，敦婭席卡，我就知道妳會沒事。」

敦婭閉嘴微笑。「是啊，」她說：「他在等著。」

「誰在等著？」

敦婭沒有回答，吃力呼吸著。「瓦西席卡，」她說：「妳父親給我一個東西，要我替妳保管，我現在得交給妳。」

「晚點再說，敦婭席卡，」瓦西婭說：「妳現在得好好休息。」

敦婭伸著僵硬的手去摸裙子的口袋。瓦西婭替她將口袋打開，從裡頭拿出一個用軟布包著的硬物。

「打開它，」敦婭低聲道，瓦西婭解開布。項鍊由發亮的淺金屬製成，比銀子還亮，形狀有如雪花或多芒星，中央鑲著一顆銀藍色珠寶，安娜的首飾沒有一件比得上它。瓦西婭從來沒見過這麼美的東西。「這是什麼？」她困惑地問。

「護身符，」敦婭吃力說道：「它有魔法，記得藏好，並且絕口不提。若妳父親問起，就說妳都什麼不知道。」

瘋狂。瓦西婭眉頭深鎖，但還是戴上項鍊，收進衣服裡掛在胸前。敦婭突然全身僵硬，乾枯的手指試著抓住她的手臂。「他的弟弟，」她聲嘶力竭地說：「他很生氣項鍊在妳身上。瓦西婭、瓦西婭，妳得……」她嗆了一下，不再說話。

外頭傳來一聲野蠻的長笑。

瓦西婭僵住不動，心臟狂跳。**又來了？上回是我做夢**。她聽見窸窣聲，某人正拖著腳走，一聲、兩聲。瓦西婭嚥了嚥喉嚨，靜悄悄溜下爐灶。多莫佛伊蹲在爐口，神情畏懼而專注。「它進不來，」他厲聲說道：「我不會讓它進來，絕對不會。」

瓦西婭摸摸他的頭，隨即溜到門邊。冬天戶外聞不到腐味，但她在門口聞到一絲腐臭，讓她腸胃一陣翻攪，項鍊有如冰火燒著她的胸口。要叫醒艾洛許嗎？還是叫醒全家人？但那是什麼？**多莫佛伊說他不會讓它進來**。

我去看一眼，瓦西婭心想，**我不害怕**，接著便溜出廚房。

「不要，」敦婭在灶上虛弱地說：「別去，瓦西婭。」隨即微微轉頭，對著空無一人的前方說：「救救她，就算你弟弟來找我也無所謂，救救她。」

❄

不論它是什麼，臭味都是前所未有，揉合了死亡、瘟疫和熱金屬的味道。瓦西婭循著拖曳的足印跟了上去。那裡！屋子暗處有動靜。她看見一個東西，外形狀似女人，壓低身子縮成一團，寬鬆的白衣耷拉在雪地上，動作有如螃蟹，彷彿關節太多。

瓦西婭鼓起勇氣悄悄靠近，只見那東西從這扇窗前跑到那扇窗邊，每到一扇窗外就停留片刻，有時畏畏縮縮伸出一隻手，就是不敢碰窗臺。但到了最後一扇窗，神父房間的窗邊，它忽然全身緊繃，眼裡閃出紅光。

瓦西婭衝過去。**多莫佛伊說它不能進去**，但那東西毫無血色的拳頭一掃，窗框的積雪便悄聲滑落。就著月光，瓦西婭見到灰色皮膚一閃，白衣其實是裹尸布，而那東西在裹尸布裡一絲不掛。

死亡，瓦西婭心想，**那東西是死亡**。

灰手一把抓住神父房間高窗的窗臺翻進房裡，瓦西婭在窗下佇立片刻，隨即跟著那東西——跟著**她**，因為瓦西婭瞥見蓬亂的長髮——跳到窗臺上，靠著蠻力擠過窗框。房裡一片漆黑，那東西伏在床上，對著一個不停掙扎的身影齜牙咧嘴。

木牆上的影了似乎不斷膨脹，彷彿要破牆而出。瓦西婭感覺聽見有人大喊：**去抓那個女孩！別碰他——他已經是我的了**。**去抓那個女孩**，**抓住她……**

她胸前像是中了一拳，寶石冰得像火在燒。瓦西婭想都不想便揚手大喊，那東西在床上猛然轉身，臉上的血暗得發黑。

抓住她！牆影再次咆哮。那東西白牙映著森冷的月光，伏低身子準備一躍而上。

瓦西婭突然發現身旁有人。不是死去的女人或出聲的影子，而是一名身穿黑袍的男子。房間太暗，看不見對方的臉，但不論來者何人，她的手都被他一把抓住，指甲狠狠嵌進她掌心裡。瓦西婭將尖叫吞回去。

你已經死了，陌生人對那東西說，**而我依然是老大，去吧**。他聲音如黑夜的雪。

那東西在床上瑟縮後退，低聲哀號，牆上的影子似乎勃然大怒，咆哮道：**別怕，不用管他。他沒什麼，我才是老大。抓住她，抓**——

瓦西婭感覺手掌皮開肉綻，鮮血滴到地上。她感覺到無比的歡悅。「去吧，」她告訴那東西，彷彿早就知道該這麼說。「憑我的血，你永遠無法接近此地。」她彎起手指握住抓著她的手，感覺那手被她的血弄得溼溼滑滑。那一瞬間，那手感覺很真實，冰冷而僵硬。她打了個哆嗦，轉頭一看，但誰也沒看見。

牆上的影子似乎突然縮小，顫抖哀號，而那東西咧嘴露出尖細的獠牙，朝瓦西婭咆哮一聲，便轉身躍向窗戶。它翻出窗臺落在雪上，蹦蹦跳跳朝森林跑去，速度比馬還快，蓬亂骯髒的頭髮在身後飛揚。

瓦西婭沒有看著那東西離開，而是搶到床邊，掀開骯髒的毯子，尋找神父喉嚨上的傷口。

❄

那一晚，神的聲音沒有對坎斯坦丁·尼可諾維奇說話。他不停禱告，時間一小時一小時過去，但他的思緒就是無法停在熟悉的話語上。**瓦西莉莎錯了**，坎斯坦丁心想，**只要能拯救他們的靈魂，一點畏懼算得了什麼？**

他差點就回廚房跟她這麼說。但他實在太累，於是便待在房裡，直到天色暗得見不到聖像上斑駁的金漆，他依然跪地禱告。

月出前，他上床睡覺，隨即做了一個夢。

他夢見聖母眼神溫柔從木座下來，臉上散發著超脫凡俗的光彩，朝他微笑。神父多麼渴望她能撫摸他的臉龐，為他祝禱。她彎身湊向他，但他感覺到的不是她的手掌，而是嘴巴。她的嘴滑過他的額頭、他的眼睛，接著伸出一根手指抬起他的下巴，雙唇貼上他的唇，吻了他一次又一次。即使在夢中，羞恥仍然和慾望纏鬥不休，他有氣無力想把她推開，但藍袍太重，而她的身軀有如炭火貼著他，最後他終於放棄抵抗，絕望嘆息一聲，將臉轉向她。她吻著他的嘴露出微笑，彷彿以他的煎熬為樂，隨即有如俯衝的獵鷹將嘴移到他喉間。

她淒聲尖叫，坎斯坦丁剎時醒來，發現自己被顫抖的身軀重重壓著。

神父深吸一口氣，閉上嘴巴。那女人低吼一聲，從神父身上滾開。他在蓬頭亂髮之間見到一雙血紅的眼眸。那東西朝窗戶奔去，他發現房裡還有兩個人影，一藍一黑，藍色人影正朝他靠來。坎斯坦丁伸手虛弱地想找頸間的十字架，但藍色人影是瓦西莉莎．彼得洛夫納，臉龐宛若聖像，明眸大眼，稜角分明。兩人目光交會片刻，他瞪大的眼裡滿是驚惶，接著她雙手摸向他的喉嚨，下一秒他便暈了過去。

❄

他沒有受傷，喉嚨、手臂和胸口都安好無恙，至少瓦西婭在黑暗中摸索之後這麼感覺。這時有人猛力敲門，瓦西婭立刻衝到窗邊翻出去，差點摔了個狗吃屎。月光照著積雪的多爾，她一落地便躲到屋旁的暗處，身體因為寒冷和餘悸猶存而不停發抖。

她聽見男丁們衝進房裡撲了個空。她踮腳伸手，身高剛好搆得著坎斯坦丁房間的窗臺。房間裡腐臭瀰漫，神父抓著脖子直挺挺坐在床上，瓦西婭的父親提著燈照他。

「你還好嗎，巴圖席卡？」彼得問：「我們聽見有人尖叫。」

「我很好，」坎斯坦丁眼神迷亂，聲音不穩道：「沒事。對不起，我應該是做夢叫出聲來了。」男丁們站在門口面面相覷。「冰碎了，」坎斯坦丁下了床，搖搖晃晃站起身來。「天冷讓我做了惡夢。」

瓦西婭見兩人蒼白的臉朝她的藏身處轉來，趕緊低頭閃開，蹲在窗下的陰影裡，努力屏住呼吸。她聽見父親嘟囔一聲，大步走到破掉的豎鉸鏈窗前，發現窗臺的積雪少了一塊，便探出頭來小心翼翼打量多爾，頭和肩膀的影子正巧蓋過她。幸好他沒往下看。院子裡沒有動靜，於是彼得拉起窗扉，再插上一根楔子。

瓦西婭沒有聽見，窗扉一關上，她就悄悄奔向冬廂的廚房去了。

❄

廚房有如子宮一般溫暖幽暗，瓦西婭輕輕溜進門裡，感覺手腳都在痠痛。

「瓦西婭？」艾洛許說。

瓦西婭爬到灶上，艾許許起身跪在她身旁。「沒事了，敦婭，」瓦西婭握著保母的手說：「妳會沒事的，我們平安了。」

敦婭張開眼睛，凹陷的嘴角微微一笑。「瑪莉娜一定會為妳驕傲，瓦西席卡，」她說：「我會轉告她的。」

「妳沒機會了，」瓦西婭試著微笑，但淚水模糊了她的視線。「妳很快就會好起來的。」

老婦人舉起冰冷的手將瓦西婭推開，瓦西婭被那力道嚇了一跳。「不對，我不會好起來了，」她說，語氣裡的尖酸回復了幾分。「我已經把小孩們都拉拔長大，現在只希望死的時候有最後養大的三個孩子陪在身邊。」伊莉娜也醒了，敦婭用另一隻手握住她的手。

艾洛許將手放在三人手上，趁瓦西婭反駁之前說：「瓦西婭，敦婭說得對，妳得讓她走。今年冬天很難熬，而她又累了。」

瓦西婭搖搖頭，但她的手在顫抖。

「拜託，小姑娘，」老婦人低聲道：「我好累了。」

瓦西婭僵著遲疑片刻，輕輕點了點頭。

老婦人吃力鬆開另一隻手，兩掌握住瓦西婭的雙手。「妳母親離開前曾經為妳祝福，現在我也要這麼做，願妳平安，」她頓了一下，彷彿在傾聽什麼。「妳要記得那些老故事，用花梨木作樁。瓦西婭，妳要勇敢，要隨時提防。」

說完她雙手一鬆，便不再動了。伊莉娜、艾洛許和瓦西婭抓著她冰冷的手，努力傾聽她的呼吸。過了很久，敦婭甦醒過來，再次開口，聲音低得他們必須湊近才聽得見。

「艾洛席卡，」她低聲道：「你可以為我唱歌嗎？」

「當然。」艾洛許低聲道。他停了片刻，深吸一口氣，開始歌唱。

在那不久以前
花朵四季綻放
白晝漫漫長長
夜晚繁星點點
恐懼離人好遠

敦婭笑了，眼睛如孩子般閃亮，瓦西婭在那笑裡見到了當年的姑娘。

幾個寒暑之後
風從南方吹來
大火暴雨跟著
還有長矛悲傷
與黑暗

屋外刮起寒風，預言大雪就要到來，但灶上三人毫無感覺。敦婭睜眼聽著艾洛許唱歌，目光盯著某處，瓦西婭不知她在注視什麼。

但在某個遠方
大地開滿黃花
朝陽照耀石岸
浪花金光閃閃
一切都將過去
一切——

艾洛許沒能唱完，因為一陣強風砰的撞開房門，呼嘯灌進廚房。伊莉娜低低驚呼一聲，只見一個身披黑斗篷的人影跟著強風閃了進來，但只有瓦西婭看得見它。瓦西婭倒抽一口氣，她見過它。那人影目光在她身上停留片刻，隨即伸出修長的手指抓住敦婭的喉嚨。

老婦人露出微笑。「我不再害怕了。」她說。

黑影也來了，有如斧頭一劈卡在了黑袍男子和敦婭之間。

「嘿，老哥，」黑影道：「這麼不小心？」說完張開黑洞般的大口笑了笑，似乎就要伸出大手抓住敦婭。敦婭的神情從安祥轉為驚恐，面紅耳赤，兩眼腫脹像是要爆開一般。瓦西婭發現自己跪在灶上，心裡害怕困惑，不停抽噎顫抖。「你做什麼？」她大喊：「不行，放開她！」狂風再次呼嘯灌進屋內，先是冬日寒風，接著是夏天暴風雨前溼漉漉的強風。

風一下就停了，黑影和黑袍男子也跟著消逝無蹤。

「瓦西婭，」艾洛許對著寂靜的廚房說：「瓦西婭。」彼得和坎斯坦丁神父衝了進來，男丁們緊隨在後。彼得的臉凍得發紅。神父房間出事之後，他就沒闔眼，吩咐手下在沉睡的村裡巡邏。他們都聽見瓦西婭大叫。

瓦西婭低頭望向敦婭。敦婭已經離開了，臉頰通紅，嘴角掛著白沫，暴凸的雙眼有如血紅池子裡的兩個黑點。

「她死時在害怕，」瓦西婭顫抖著說，聲音很柔很柔。「她死時在害怕。」

「來吧，瓦西席卡，」艾洛許說：「下來。」他試著闔起敦婭的眼，但她的眼睛腫脹得太厲害。瓦西婭爬下爐灶，心裡全是敦婭那張驚恐的臉。

21 冷血的孩子

他們將敦婭放在浴室，破曉後婦人們便像一群母雞吱吱喳喳擠了進來，為乾癟的屍體淨身，用亞麻布裹好，坐在她身旁守靈。伊莉娜跪坐著，將頭埋在母親懷裡哭泣。坎斯坦丁神父也跪著，但看起來沒在禱告，臉和亞麻布一樣白，不停伸著顫抖的手撫摸毫髮無傷的喉嚨。

瓦西婭不在。婦人們四處找她，就是不見她的蹤影。

「她本來就野，」一名婦人對同伴說：「沒想到她連這種事也無所謂。」

同伴撇嘴點頭，悻悻表示贊同。瑪莉娜．伊凡諾夫納過世後，敦婭就像瓦西莉莎的母親。「這是遺傳，」她說：「妳看她的臉就知道了，她眼睛和巫婆一樣。」

❄

天剛破曉，瓦西婭一臉嚴肅扛著鏟子溜出去，略做準備之後轉頭去找哥哥。艾洛許正在劈柴。他猛揮斧頭，刀斧咻咻出聲，木材應聲爆裂，散落在他腳邊的雪地上。

「艾洛席卡，」瓦西婭說：「我需要你幫忙。」艾洛許朝妹妹眨了眨眼。他剛才在哭，棕色鬍子上沾滿了冰晶，閃閃發亮。天氣非常冷。「幫忙什麼，瓦西婭？」

「敦婭給了我們一項任務。」

艾洛許下顎一繃。「現在不是時候，」他說：「妳怎麼會跑來這裡？女人家都在守靈，妳應該和她們一起。」

「昨天晚上，」瓦西婭急急說道：「死人到我們屋裡來了，敦婭說過的烏皮爾[47]，在敦婭快死的時候。」

艾洛許沒有說話。瓦西婭毫不閃躲望著他。艾洛許再次猛力揮砍斧頭，指關節都白了。「妳把那怪物趕走了，對吧？」他一邊劈柴一邊語帶挖苦道：「單槍匹馬是吧，我的小姊妹？」

「是敦婭告訴我的，」瓦西婭說：「她要我記住老故事，用花梨木作樁，她說。你還記得嗎？拜託了，哥哥。」

艾洛許停下斧頭。「妳想說什麼？」

「我們必須把它趕走，」瓦西婭深吸一口氣說：「得去檢查哪些墳墓被動過。」

艾洛許皺起眉頭。瓦西婭嘴唇發白，眼睛有如兩個大黑洞。「嗯，去看看吧，」艾洛許說，語氣裡已經不剩多少嘲諷。「我們就去挖墓吧。說真的，我很久沒被爸爸揍了。」

他堆好柴薪，收起斧頭。

天亮前下了一場雪，墓園裡只剩一個個巨大的隆起，覆蓋著晶亮的雪花。艾洛許瞄了妹妹一眼。「這下子呢？」

瓦西婭忍不住嘴角一撇。「敦婭常說童男最是適合尋找活人，所以你繞著圈走，直到踢中正確的墓。願意帶頭嗎，哥哥？」

「我看妳運氣用完了，」艾洛許厲聲說道：「而且用完好一陣子了。我們需要去村裡綁架一個

47 烏皮爾：殭屍或吸血鬼，複數為**烏皮里**。

男孩嗎？」

瓦西婭做出一臉正經的表情。「高尚的人沒辦法，只能靠德行低的了。」她這麼告訴哥哥，隨即帶頭走進亮閃閃的墳墓之間。

老實說，她不覺得德行有什麼差別。臭味如邪惡的細雨飄盪在墓園之上，瓦西婭很快就被嗆到，在一個熟悉的角落停下來。艾洛許和她互望一眼，接著便開始挖掘。泥土應該很硬，因為霜凍，結果卻很溼軟，剛被翻過。艾洛許鏟去積雪，臭味猛力襲來，嗆得他撇頭避開不停作嘔，但隨即閉緊嘴巴繼續挖土，不料很快就挖到了頭顱與軀幹，包在裹尸布裡。瓦西婭抽出小刀劃開尸布。

「天哪。」艾洛許說了一聲，隨即撇頭避開。

瓦西婭沒有說話。小艾卡菲雅身體死灰，雙唇卻像莓果一樣鮮紅飽滿，比活著時還嬌嫩，睫毛在枯槁的雙頰留下蕾絲般的暗影，感覺就像睡著一般，安穩沉睡在泥土之上。

「接下來呢？」艾洛許問。他臉色發白，盡可能小口呼吸。

「用木樁戳穿她的嘴，」瓦西婭說：「我早上做了一根。」

艾洛許打了個哆嗦，但還是跪在地上。瓦西婭跪在他身旁，兩手顫抖。木樁刻得很粗糙，但是夠尖。她舉起一塊大石頭當作鎚子。

「好了，哥哥，」瓦西婭說：「你是要扶住她的頭，還是釘木樁？」

艾洛許臉色跟雪花一樣白，但還是咬著牙說：「我力氣比妳大。」

「的確。」瓦西婭說完便將木樁和石頭交給哥哥，扳開屍體的嘴巴，只見烏皮爾的牙齒有如貓牙，骨針一般閃閃發亮。

眼前的景象讓艾洛許回過神來。他咬著牙將木樁插進紅唇之間，隨即舉起大石頭狠狠往下敲。

那東西口吐鮮血，濺紅死灰的下巴，接著突然張開雙眼，暴凸的眼珠充滿驚恐，身體卻動也不動。艾洛許手抖了一下，沒打中木樁，幸好瓦西婭動作快，及時將手指收回來。石頭砸在右顴骨上，發出可怕的碎裂聲。那東西細細尖叫一聲，身體依然紋風不動。

瓦西婭覺得自己隱約聽見一聲怒吼從森林傳來。「快點，」她對哥哥說：「快，動作快。」

艾洛許咬著舌頭，重新握好木樁。那東西的臉已經被砸成不成人形。他不停敲打木樁，雖然天寒地凍，還是敲得滿身大汗。最後木樁終於抵到骨頭，艾洛許猛力一敲，木樁應聲穿透顱骨，屍體睜大的雙眼頓時失去光芒，石頭從艾洛許麻木的指間掉到地上。他用力往後退開，不停喘息。瓦西婭雙手滴著血和比血更可怕的東西，但她似乎渾然不覺，放開艾卡菲雅，眼睛緊緊盯著森林。

「怎麼了，瓦西婭？」艾洛許問。

「我好像看到了什麼東西，」瓦西婭低聲道：「在那裡。」她站起來，只見一匹白馬和一名黑衣騎士緩緩遠離，隨即消逝在陰暗的森林之中。但她覺得他們後面似乎還有一個人影，有如巨大的陰影窺探著。

「這裡只有我們，瓦西婭，」艾洛許說：「來吧，幫我把她埋了，把雪堆回去。快點，村裡的女人很快就會來找妳了。」

瓦西婭點點頭舉起鏟子，依然皺著眉頭。「我見過那匹馬，」她喃喃自語道：「還有那個穿黑斗篷的騎士，他眼睛是藍色的。」

❄

埋好烏皮爾之後，瓦西婭並沒有回屋裡去，而是洗去手上的血和泥，走進馬廄窩在米許的廄棚裡。米許用鼻子蹭了蹭她的頭，瓦奇拉坐在她身旁。

瓦西婭坐了很久很久，試著讓自己哭出來，為敦婭死去時的表情和艾卡菲雅血肉模糊的屍體而哭，甚至為坎斯坦丁神父落淚，但她坐了很久，淚水就是不出現，只有心裡被挖空了一塊，以及巨大的沉默。

直到太陽西斜，她才回到浴室。

婦人們砲火全開。**不聽話的孩子**，她們說，**野丫頭**，**冷血**。她聽見有人壓低聲音說，**巫婆**，**和她母親一模一樣**。

「瓦西婭，妳真是個不知感恩的小鬼，」安娜・伊凡諾夫納幸災樂禍道：「但我本來就沒抱什麼期望。」那天傍晚，她不顧瓦西婭已經不是孩子，依然要她趴在凳子上，用樺木條使勁抽她。伊莉娜沒有說話，只是紅著眼睛斥責地望著姊姊，比那些婦人的話更讓人難受。

瓦西婭默默承受，沒有一句反駁。

他們在一天將盡前埋葬敦婭。天寒地凍，葬禮匆匆進行，村民不停交頭接耳。彼得一臉憔悴黯淡，瓦西婭從來沒見過父親如此蒼老。

「敦婭把妳當成自己的女兒，」後來他對她說：「妳卻偏偏挑這一天失蹤。」

瓦西婭沒有說話，只是想著自己受傷的手，想著星光點點的料峭夜晚，想著自己胸前的寶石和暗夜的烏皮爾。

❄

「爸爸，」那天晚上，村民回家之後，她將凳子拉到彼得身邊，這麼對父親說。爐灶裡火光紅紅暗暗，壁爐前空了一個位子，是敦婭生前常坐的地方。彼得正在替獵刀做新的刀柄。他拍掉一小片刨花，就著火光望著女兒，只見她神情憔悴。「爸爸，」她說：「我不會沒有理由就失蹤。」廚房裡人很多，她聲音輕得只有他們倆聽得見。

「所以是什麼理由，瓦西婭？」彼得放下獵刀說。

瓦西婭發現他似乎不敢聽到她的回答，便將衝到嘴邊的拉雜實話吞了回去。**烏皮爾已經死了，**她心想，**我不要再增加他的負擔，就為了自己的自尊心。他有一家人要守護。**

「我——我去媽媽的墳墓了，」她匆忙說道：「敦婭要我替她們兩個禱告，她和媽媽在一起了。在那裡——禱告比較容易，比較安靜。」

瓦西婭的父親一臉疲憊，她從來沒見過他這麼累。「很好，瓦西婭，」他又低頭削他的刀柄。「但妳處理得不好，一個人去，而且誰都沒說，這會惹人閒話。」兩人沉默片刻，瓦西婭扭著雙手。「對不起，女兒，」彼得柔聲說道：「我知道敦婭就像妳的母親。她死前有沒有給妳什麼東西？信物或小飾品？」

瓦西婭不知所措。敦婭要我絕不能跟他說，但這是他給的禮物。她張開嘴巴……

這時門上傳來一聲巨響，一名男子衝進來，半凍僵地倒在他們腳邊。彼得立刻起身，但還是遲了。冬廂廚房驚呼不斷，男子鬍鬚沾滿細冰，因為喘氣不停顫動。他雙頰斑駁，眼神空洞，倒在地上一直發抖。

彼得認識他。「怎麼了？」他俯身抓著那人的肩膀說：「出了什麼事，尼可萊．馬特菲維奇？」男子沒有說話，只是縮著身子倒在地上。他們摘下他的手套，發現他凍僵的雙手有如獸爪。

「弄熱水來。」瓦西婭說。

「想辦法讓他快點開口，」彼得說：「他的村子離我們有兩天路程，出了什麼事才會冰天雪地跑來我們這裡，我想都不敢想。」

瓦西婭和伊莉娜花了一小時替那人按摩手腳，灌肉湯到他嘴裡。不過就算恢復力氣，他依然只是縮在爐邊拚命喘氣。後來他總算能吃東西，什麼都一口吞下，完全顧不得燙。彼得耐著性子等待著。最後那人擦了擦嘴，一臉恐懼望著自己的地主。

「你為什麼來這裡，尼可萊．馬特菲維奇？」彼得問道。

「彼得．弗拉迪米洛維奇，」那人低聲道：「我們快死了。」

彼得臉色一沉。

「兩天前，我們村子著火，」尼可萊說道：「什麼都燒光了。你若不幫忙，我們全都會死，村裡已經死很多人了。」

「著火？」艾洛許說。

「對，」尼可萊說：「爐灶裡竄出一點火花，整個村子就起火了。因為一陣怪風——那風非常暖，對仲冬來說太暖了。我們一點辦法也沒有。我們從灰燼裡救出倖存者後，我就趕來你這裡了。那些人皮膚一碰到雪，我就聽見他們慘叫，不如死了更好。我白天走，夜裡也走，那麼冷的晚上，森林裡好多可怕的聲音，感覺尖叫聲一直跟著我，我根本不敢停下，怕被霜怪抓走。」

「你很勇敢。」彼得說。

「你願意幫我們嗎，彼得．弗拉迪米洛維奇？」

彼得陷入思考。**他不可能去**，瓦西婭心想，**現在不行**。但她知道父親會說什麼，那裡是他的領地，他是他們的地主。

「明天我和我兒子會跟你回去，」彼得沉重地說：「看能救回多少人和牲畜。」

那人點點頭，目光飄向遠方。「謝謝你，彼得．弗拉迪米洛維奇。」

❄

隔日破曉，天色藍白濛濛，彼得天一亮就下令替馬上鞍，沒騎馬的男丁則套上雪靴。冬陽凜冽，馬鼻呼出大縷白霧，有如巨蛇吐信，下巴鬚毛沾滿冰晶。彼得從僕人手裡接過梅特的韁繩，梅特揚唇甩頭，鬚毛上的冰晶不停顫動。

柯堯蹲在雪地上，和瑟亞加四目相望。「爸爸，我想一起去，」小男孩頭髮蓋住眼睛，向父親懇求道。他牽著棕色小馬，把自己所有行頭都穿在身上。「我已經夠大了。」

「你還不夠大。」柯堯有點困擾地說。

伊莉娜匆忙從屋裡出來。「來吧，」她抓著男孩的肩膀說：「你爸爸要出發了，別擋著他。」

「妳只是女孩子，」瑟亞加說：「妳懂什麼？求求你，爸爸。」

「回屋裡去，」柯堯正色道：「把小馬栓好，聽姑姑的話。」

瑟亞加不肯聽話，又叫又跳，嚇到馬，接著便躲到馬廄後頭去了。柯堯搓搓臉道：「他肚子餓了就會回來了。」說完便翻身上馬。

「哥哥，願主與你同在。」伊莉娜說。

「願主與妳同在，妹妹。」柯堯摁了摁她的手，接著便掉頭出發了。

男丁替馬裝上肚帶，並檢查自己的鞋帶。天冷讓皮革吱嘎出聲，也讓他們呼出的白霧在鬍鬚上結成纖細的冰柱。艾洛許站在多爾邊，和善的臉上怒氣沖沖，狀如雷霆。「你必須留下來，」彼得之前對他說：「你兩個妹妹得有人照顧。」

「你會需要我的，爸爸。」艾洛許說。

彼得搖搖頭說：「有你保護我女兒，我會睡得安穩一點。瓦西婭太魯莽，伊莉娜太嬌弱。還有，艾洛席卡，你一定要讓瓦西婭待在家裡，這是為她好。村裡對她很有意見，拜託你了，兒子。」

艾洛許無言搖頭，沒有再說什麼。

「爸爸，」瓦西婭說：「爸爸。」她繃著臉來到梅特面前，一頭黑髮襯著帽子的白色毛皮顯得格外烏亮。「你不能去，尤其這時候。」

「我非去不可，瓦西席卡，」彼得疲憊說道。她已經求了他一整夜。「那裡是我的領地，他們是我的臣民，試著體諒我，好嗎？」

「我了解，」瓦西婭說：「但森林裡有惡魔。」

「時局是很惡劣，」彼得說：「我是他們的地主。」

「森林裡有烏皮爾，烏皮爾醒來了，爸爸。森林裡很危險。」

「胡說，瓦西婭。」彼得火冒三丈。**天哪**，她要是在村裡散播這樣的事……

「有**烏皮爾**，」瓦西婭又說了一次：「爸爸，你絕對不能去。」

彼得抓住她肩膀，力量大得讓她身子一縮。男丁們圍著他，等待著。「妳都這麼大了，還相信什麼童話！」他怒吼道，希望女兒能意會過來。

「童話！」瓦西婭說，聲音有如噎住的呼吼。梅特揚起頭，彼得猛拉韁繩讓他安靜下來。瓦西婭撥開父親的手，對他說道：「你也見到坎斯坦丁神父房間那扇破掉的窗子。爸爸，你不能離開村子，**求求你**。」

男丁們雖然聽不完全，卻都聽到了，鬍鬚大臉瞬間發白，不止一人轉頭望向妻子與小孩。他們看來是那麼嬌小，卻還是勇敢待在雪地上。彼得心想，他的蠢女兒再講下去，他就要管不住這些人了。「妳已經不是小孩了，瓦西婭，不該被童話故事嚇到。」彼得怒斥道，接著簡潔鎮定地安撫手下：「艾洛許，牽住你妹妹。朵席卡，別怕，」他聲音放柔輕輕說道：「我們會勇敢獲勝，這個冬天會和往年一樣順利過去。我和柯堯會平安回來，妳要對安娜・伊凡諾夫納好一點。」

「可是爸爸——」

彼得跳上馬背，瓦西婭抓住梅特的絡頭。換作其他人肯定會被他踹倒在地，一腳踩過去，但梅特只是朝瓦西婭豎起耳朵，站著不動。

「放手，瓦西婭，」艾洛許走到她身邊說，瓦西婭沒有動。他伸手摁住她抓著轡頭的手，彎身在她耳邊說道：「現在時機不對。妳再說這些人會崩潰的，擔心自己的房子，擔心惡魔。再說爸爸要是聽了妳的話，他們就會說他被自己的女兒騎在頭上。」

瓦西婭嘖了一聲，但還是鬆開了梅特的轡頭。「相信我才是對的。」她喃喃道。

勇敢但年邁的公馬仰起上身，男丁們乖乖跟在後頭。隊伍快步奔向銀白的世界，柯堯向弟弟和妹妹舉手告別，留下兩人孤零零站在馬廄前。

❄

馬隊離開後，村子似乎安靜下來，冰冷的冬陽普照大地。「我相信妳，妹妹。」艾洛許說。

「木樁是你敲的，你當然相信啊，白癡。」瓦西婭像困在籠裡的野狼來回踱步。「事情還沒結束，」她說：「有人警告過我，要小心死人。」

「誰警告過妳，瓦西婭？」

瓦西婭停下腳步，發現哥哥凍僵的臉上閃過一絲懷疑。一股絕望席捲而來，讓她啞然失笑。「連你也一樣嗎，艾洛席卡？」她說：「幾個真正的朋友警告過我，很有智慧的長輩朋友。你難道相信神父的話？覺得我是巫婆？」

「妳是我妹妹，」艾洛許堅定地說：「是我們母親的女兒。但妳最好別進村裡，直到父親回來。」

❄

那天晚上，屋子漸漸沉寂下來，彷佛安靜隨著夜晚的寒冷溜進屋裡。彼得的家人縮在爐灶邊，就著火光編織、雕刻或縫補衣服。

「什麼聲音？」瓦西婭突然說。

她的家人紛紛停下動作。

屋外有人在哭。

那哭聲只比抽噎大聲一點，輕得幾乎聽不見，最後所有人都很確定，那是女人壓低的哭聲。

瓦西婭和艾洛許對看一眼。瓦西婭正想起身，艾洛許說：「不要。」隨即自己走到門前，開門探頭往外看了很久，最後回到原來的位置，搖頭說：「外頭什麼都沒有。」

哭聲仍繼續，先是第二聲，再來是第三聲。艾洛許又走到門口，後來連瓦西婭也去了。她覺得自己好像看到一道白影從村民的農舍之間掠過，但她眨眼想看得更仔細，白影就沒了。

瓦西婭走到爐灶邊，朝火紅的爐內望了一眼。多莫佛伊在裡面，躲在炙熱的灰燼底下。「她進不來，」他吐著火說：「我發誓她進不來，我不會讓她得逞。」

「你之前也這麼說，但她還是進來了。」瓦西婭壓低聲音說。

「那個害怕的傢伙的房間不一樣，」多莫佛伊低聲道：「我保護不了，因為他拒絕我。但這裡——那東西進不來。」多莫佛伊緊握拳頭。「她別想進來。」

月亮西沉之後，所有人上床就寢。瓦西婭和伊莉娜裹著毛皮縮著偎在一起，呼吸滿室的漆黑。忽然間，哭聲又出現了，而且非常近，姊妹倆都僵住了。

有人在抓窗戶。

瓦西婭看了伊莉娜一眼，只見她瞪大眼睛渾身僵硬。「聽起來像是……」

「喔，妳別說，」伊莉娜哀求道：「不要。」

瓦西婭翻身下床，一手不自覺摸了摸胸前的項鍊，被那冰涼燙得手指一縮。窗戶很高，瓦西婭爬上去，吃力扳動窗扉，窗上的冰扭曲她的視野，讓她看不清多爾。

那層冰後確實有一張臉。瓦西婭見到眼睛、嘴巴（三個大黑洞）和一隻骨瘦如柴的手，緊貼著結冰的玻璃。那東西在啜泣。「讓我進去。」它喘息道，伴隨著搔刮聲，是指甲劃過冰的聲音。

伊莉娜嗚咽一聲。

「讓我進去，」那東西厲聲道：「我好冷。」

瓦西婭雙手一滑，從窗臺落回地上，四肢著地。「不要，不行……」她手忙腳亂回到窗臺，但眼前已是空空蕩蕩，只有月光安然灑在沒人的多爾裡。

「什麼東西？」伊莉娜低聲問。

「沒事，伊莉席卡，」瓦西婭粗聲道：「快睡吧。」

她其實在哭，但伊莉娜看不見她。

瓦西婭鑽回床上，張開雙臂摟住妹妹。伊莉娜沒再說話，但身體不停發抖，久久無法成眠，最後還是墜入夢鄉。瓦西婭鬆開妹妹的雙臂。她的淚水已經乾涸，臉上露出決然的神情。她起身走到廚房。

「我想你要是走了，我們都會死，」她對多莫佛伊說：「死人醒了。」

多莫佛伊疲憊地從爐灶裡探頭出來。「我會盡量抵擋它們，」他說：「今天晚上看著吧，只要妳在，我就比較有力量。」

❄

三個晚上過去，彼得還沒有回來，瓦西婭每天都待在家裡，和多莫佛伊一起守護房子。第一天晚上，她覺得聽到哭聲，但沒有東西靠近房子。第二天晚上，外頭一片死寂，瓦西婭覺得自己想睡得快死了。

第三天晚上，她決定叫艾洛許跟她一起守夜。那天傍晚，晚霞如血一般湧上天際而後消逝，留下藍色的暗影與寂靜。

家人都待在廚房，臥室感覺又冷又遠。艾洛許就著爐灶的火磨利長矛，葉形矛刃映著灶火發出耀眼的光芒，照在爐壁上。

柴火小了，廚房裡紅影幢幢，這時屋外忽然傳來一聲長長的低泣。伊莉娜蜷縮在爐邊，安娜繼續編織，但所有人都看得出她神情歪膩，正在發抖。坎斯坦丁神父雙目圓睜，嚇得眼白都多了一圈，屏著呼吸喃喃禱告。

屋外有人拖著腳走，聲音愈來愈近，接著一個聲音振動了窗戶。

「天好黑，」那聲音說：「我好冷，開門吧，開門。」接著是喀喀的敲門聲。

瓦西婭站起來。

艾洛許雙手緊握獵熊的長矛。

瓦西婭走到門前，心臟幾乎跳到喉嚨。多莫佛伊在她身旁，咬牙切齒。

「不行，」瓦西婭嘴唇麻木，但還是擠出了一句。她用手指摳破手上的傷，張開帶血的手掌貼著門板說：「對不起，屋子是活人住的。」

那東西在門外放聲大哭，伊莉娜將臉埋在母親懷裡，艾洛許手拿長矛，顛顛倒倒站起來，但這時屋外再次傳來拖行的腳步聲，隨即消逝。所有人倒抽一口氣，面面相覷。

不久，馬廄裡傳來馬群的驚叫。

瓦西婭想也不想就奪門而出，不顧身後四人齊聲喝止。

「惡魔！」安娜尖叫道：「她會放它進來！」

瓦西婭已經衝進夜色之中。一道白色影子在馬廄裡遊走，讓馬群像米糠一般風吹四散，但有一匹馬動作比其他馬慢，被白影攀住喉嚨往下猛扯。奔跑中的瓦西婭大叫一聲，將恐懼拋到腦後。烏皮爾抬頭朝她獰笑，一道月光照亮它的臉龐。

「不要，」瓦西婭踉蹌止步。「喔，不要，求求妳，敦婭。敦婭……」

「瓦西婭，」那東西口齒不清，有如烏皮爾粗啞的呼哧，不過確實是敦婭的聲音。「瓦西婭。」

那是敦婭，又不是敦婭。骨架是她，身形和壽衣也是，但鼻子塌了，嘴唇垮了，眼睛成了發亮的黑洞，嘴巴成了發黑的凹口，下巴、鼻子和臉頰都沾滿乾涸的血塊。

瓦西婭鼓起勇氣，項鍊冷冷灼燒她的胸口，她伸手握住它。夜色瀰漫著血腥與墳墓的霉味。她覺得身旁多了一個黑色人影，但沒有轉頭去看。

「敦婭，」她努力保持聲音平穩：「離開吧，妳造成的傷害已經夠多了。」

敦婭伸手摀住嘴巴，雖然露出獠牙，淚水卻從空洞的眼窩裡汩汩湧出。她咬著唇搖晃顫抖，彷彿想要說話，齜牙咧嘴作勢向前。瓦西婭往後倒退，感覺牙齒已經咬上了她的喉嚨。這時烏皮爾忽然尖叫一聲，猛力往後退開，隨即像狗一樣逃進森林裡。

瓦西婭望著她消失在月光下。

她腳邊傳來馬的喘息。是米許最小的兒子，只比駒仔稍大一點。瓦西婭在他身旁蹲下，發現小馬的喉嚨已被劃開。她伸手想摀住傷口，那黑潮卻兀自跑開了。瓦西婭腹部一沉，感受到死亡的氣氛。她聽見馬廄裡傳來瓦奇拉的哀號。

「不要，」她說：「拜託。」

但那小馬動也不動，黑潮放慢停下來。

一匹白色牝馬穿越夜色而來，低頭輕輕觸碰死去的小馬。瓦西婭感覺牝馬的呼息吹得她脖子溫溫熱熱，她轉頭一望，卻發現只有一道星光。

絕望和疲憊亦如黑潮，像她手上沾滿的馬血，將她完全吞沒。她抱著小馬淌血的僵硬頭顱，落淚哭泣。

❄

那天深夜，就寢時間過了很久，艾洛許才回到冬廂的廚房。他面如死灰，衣服濺滿鮮血。「死了一匹馬，」他沉重地說：「喉嚨被扯裂了，瓦西婭今晚要待在馬廄裡，我怎麼也說不動她。」

「那裡很冷，她會凍死的！」伊莉娜嚷道。

艾洛許微微苦笑。「瓦西婭不會，不然妳去跟她講道理，伊莉席卡。」

伊莉娜緊抿雙唇，放下針線活兒，將陶鍋放進爐裡去烤。沒有人知道她到底想做什麼，直到她舀了變硬的牛奶，加上剩下的粥，捧著朝門口走去，大夥兒才知道她想幹嘛。

「回來，伊莉席卡！」安娜喊道。

艾洛許印象中從來不曾見過伊莉娜違背她母親，這回這女孩不發一言便消失在門外。艾洛許咒罵一聲，隨即追出去。**爸爸說得沒錯，他鬱鬱地想，我這兩個妹妹果然不能放她們不管。**天氣很冷，多爾裡飄著血腥味，小馬還倒在原地。屍體過夜就會凍僵，明天再叫男丁處理就好。艾洛許和伊莉娜走進馬廄，廄裡似乎沒人。「瓦西婭。」艾洛許喊道，心裡突然一陣恐慌。該不會……？

「我在這裡，艾洛席卡，」瓦西婭說著從米許的廄棚走出來，腳步輕柔如貓，嚇得伊莉娜驚呼一聲，差點把鍋子砸了。「妳還好嗎，瓦西席卡？」她顫抖著，勉強擠出這一句。

他們看不見瓦西婭的臉，只見到黑髮下一抹淺白。「還不壞，小姑娘。」她聲音沙啞地回道。

「艾洛席卡說妳今晚要待在馬廄。」伊莉娜說。

「對，」瓦西婭說，顯然努力振作。「我必須待著——瓦奇拉在害怕。」她兩手沾滿發黑的血。

「既然如此，」伊莉娜說道，語氣非常溫柔，彷彿對著她疼愛的瘋子。「我替妳拿粥來了。」說完便笨拙地將粥扔給姊姊。瓦西婭接過鍋子，那重量和溫暖似乎讓她鎮定下來。「我覺得妳還是回去爐邊吃比較好，」伊莉娜說：「妳待在這裡，別人會說話。」

瓦西婭搖搖頭說：「無所謂。」

伊莉娜嘴唇一抿。「回去吧，」她說：「回去比較好。」

艾洛許一臉驚詫望著瓦西婭乖乖被妹妹帶回屋裡，坐在爐邊她的位子上，把熱粥吃了。

「去睡吧，伊莉席卡，」吃完之後，瓦西婭說，臉上稍稍恢復血色。「去灶上睡覺，今晚我和艾洛許守夜。」神父已經走了，安娜早就在自己房間呼呼大睡，伊莉娜從剛才就不停點頭，沒有抗拒太久便聽話去睡了。

伊莉娜睡著之後，艾洛許和瓦西婭互看一眼。瓦西婭面白如鹽，眼窩發黑，衣服沾著馬血，但食物和灶火已經讓她鎮定下來。

「現在呢？」艾洛許低聲問道。

「我們今晚要守夜，」瓦西婭說：「而且天亮就去墓園，趁白天多做一點。願主慈悲。」

❄

坎斯坦丁破曉就去了教堂。他匆匆穿過屋前的多爾，彷彿死神緊隨在後。他進了中殿將門閂上，隨即跪倒在聖幛前，日出的灰濛光線照在地上，他也渾然不覺。他祈求寬恕，祈求那聲音能再回來，去除他所有疑惑，但整天下來教堂始終一片沉寂。

直到陰鬱的傍晚時分，教堂地上暗影多過光線，聲音才又出現。

「可憐的傢伙，你墮落了是吧？」那聲音說：「女鬼來找過你兩次，坎斯坦丁．尼可諾維奇，打破窗戶，還敲了你的房門。」

「是的，」坎斯坦丁囁嚅道。他現在只要睡著或醒來，都會看見女鬼的臉，感覺她的牙齒咬住他的喉嚨。「她們知道我墮落了，所以對我窮追不捨。主啊，求祢憐憫我，拯救我，寬恕我吧，將罪從我身上帶走。」坎斯坦丁雙手交握，朝聖幛磕頭。

「很好，」那聲音溫柔地說：「小事一件。神的忠僕啊，你瞧，我很慈悲，我會拯救你，你別哭泣。」

坎斯坦丁雙手摀著淚溼的臉。

「不過，」那聲音說：「我需要你替我做一件事。」

坎斯坦丁抬頭道：「盡管吩咐，我是祢謙卑的僕人。」

「那女孩，」那聲音說：「那個女巫，這一切都是她的錯。村民們都知道，私下都在談論。他們看見你目光離不開她，說你被她誘惑，遠離恩典。」

坎斯坦丁沉默不語。**她的錯，她的錯**。

「我衷心希望，」那聲音說：「她能從這世上消失，而且愈快愈好。她為這個家帶來邪惡，只要她還在，就無可挽救。」

「她會跟著雪橇隊一起往南，」坎斯坦丁說：「仲冬前就會離開。彼得・弗拉迪米洛維奇是這麼說的。」

「太晚了，」那聲音說：「要更早才行。這地方就要降下大火和苦難，但只要把她送走，你就能拯救自己，坎斯坦丁・尼可諾維奇。只要送走她，你就能拯救他們所有人。」

坎斯坦丁猶豫不答。那黑影似乎發出一聲長嘆。

「我會照祢吩咐做的，」坎斯坦丁說：「我發誓。」

那聲音消失了，只剩坎斯坦丁跪在教堂地上，冰冷、疲乏，內心滿是狂喜。

❄

那天下午，坎斯坦丁去找安娜．伊凡諾夫納。她正在床上休息，伊莉娜拿了肉湯給她。

「妳必須立刻把瓦西婭送走，」坎斯坦丁說。他雙手顫抖，眉間冒汗。「彼得．弗拉迪米洛維奇心腸太軟，或許會被她說服。為了我們，那女孩非走不可。因為她，惡魔才會出現。妳沒看她那天晚上跑出去嗎？她是去召喚惡魔，她一點也不害怕。說不定下一個喪命的就是妳女兒小伊莉娜，馬是滿足不了惡魔的。」

「伊莉娜，」安娜低聲道：「你覺得伊莉娜有危險？」她全身顫抖，因為恐懼，因為愛。

「我確定。」坎斯坦丁說。

「把瓦西婭交給村民，」安娜立刻說：「只要你開口，他們就會用石頭砸死她。彼得．弗拉迪米洛維奇不在，沒辦法阻止他們。」

「最好把她送到修道院去，」坎斯坦丁遲疑片刻說道：「我不希望她沒機會懺悔就返回天家了。」

安娜撇嘴道：「雪橇隊還沒好，還是她死了比較妥當，我不想看伊莉娜受傷。」

「已經有兩架雪橇準備好了，」坎斯坦丁答道：「男丁也夠，裡頭一定有人樂意送她一程。我會安排。等她平安到了莫斯科，彼得隨時可以去看女兒。只要清楚來龍去脈，他不會生氣的。一切都會沒事，妳只要安靜禱告就好。」

「都由你決定，巴圖席卡，」安娜怨懟道。**這麼小心翼翼**，她想，**就為了那個綠眼睛的巫婆之後**。但他很睿智，知道她不能待在這裡，腐化好基督徒。「你真慈悲，但要是我女兒有危險，我絕對會先下手為強。」

❄

一切都安排好了，老當益壯的歐雷格架雪橇，提摩菲的父母親擔任瓦西婭的僕役和護衛。自從兩人的兒子死後，他們的壁爐就一直空著。

「我們當然願意了，巴圖席卡，」提摩菲的母親亞絲娜說：「神撇頭不顧我們，原因就出在那個惡魔小孩。要是她早點被送走，我就不會失去自己的孩子。」

「繩子帶著，」坎斯坦丁道：「綁住她的手，免得她發狂跑了。」

他想起之前狩獵時被殺的雄鹿，想起他四肢捆綁，眼神困惑，雪地上一道長長的血痕，不禁感到渴望、羞恥與滿足的驕傲。明天，明天一早她就離開了，離仲冬還有一個弦月。

22 雪花蓮

那天晚上，安娜・伊凡諾夫納將瓦西婭叫到身邊。

「瓦西席卡！」她大聲尖叫，嚇了女孩一跳。「瓦西席卡，妳過來！」

瓦西婭抬頭看著安娜，火光照出她神情憔悴。她和艾洛許天亮就去墓園，兩人打著哆嗦挖開敦婭的墓穴，卻發現裡面空空如也。兄妹倆站在光禿冰冷的泥土上面面相覷，艾洛許一臉驚詫，瓦西婭表情嚴肅，但並不意外。

「這不可能。」艾洛許說。

瓦西婭深呼吸一口氣。「事實如此，」她說：「走吧，我們必須保護房子。」

又累又冷的兩人將雪鋪平，然後回家。婦人們將小馬肢解，放到爐灶裡燉，配著乾枯的蘿蔔一起吃。瓦西婭則是躲起來不停嘔吐，直到胃裡不剩任何東西。天快黑了，敦婭又會用哭聲來折磨他們。父親還是沒有回來，瓦西婭怕得要命。

她勉為其難走到安娜身邊，一旁有一只小木箱，用銅條捆著。「把箱子打開。」安娜催促道。

瓦西婭困惑望了哥哥一眼，艾洛許聳聳肩，於是她蹲在木箱前掀開蓋子，裡頭是——布，一大匹上好的素面亞麻布。

「亞麻，」瓦西婭疑惑地說：「這些布夠做十二件上衣了，妳是希望我整個冬天織衣服嗎，安娜・伊凡諾夫納？」

安娜忍不住笑了。「當然不是，這些是聖壇布，讓妳縫好褶邊，到時獻給修道院院長。」她看瓦西婭仍然一頭霧水，笑得更開心說：「妳明天早上就要啟程去南方的修道院。」

瓦西婭頓時覺得天旋地轉，眼前發黑，差點站立不穩。「父親知道嗎？」

「喔，當然知道，」安娜說：「妳會和貢品一起出發。我們已經受夠妳不斷召喚惡魔。妳黎明就走，男丁都準備好了，還有一位婦人同行，保護妳的清白。」安娜冷笑道：「彼得．弗拉迪米洛維奇也一定會這樣安排。我沒辦法讓妳聽話，或許修女們可以。」

伊莉娜一臉困擾，沒有說話。

瓦西婭有如受驚的馬兒往後退開，全身顫抖。「不要，二媽。」

安娜笑容一垮。「妳敢違抗我？一切都安排好了，要是妳不想走，就等著被繩子捆著吧。」

「拜託，」艾洛許插嘴道：「妳瘋了嗎？父親要是在家，絕不會允許——」

「是嗎？」坎斯坦丁說，低沉溫柔的嗓音照例震懾所有人，填滿牆壁和屋椽暗處的所有縫隙。房內一片靜寂。瓦西婭看見多莫佛伊縮到爐灶深處。「彼得其實同意了。和修女生活或許能拯救她的靈魂。她傷害了村裡太多人，繼續待著並不安全。他們稱妳是巫婆，瓦西莉莎．彼得洛夫納，妳知道嗎？他們還說妳是魔鬼。妳要是不走，不用等這個酷寒的冬天結束，妳就會被石頭砸死。」

連艾洛許也沉默了。

瓦西婭開口了，聲音和烏鴉一樣粗。「我不走，」她說：「現在不會走，以後也不會。我沒有傷害過誰，也絕對不進修道院，就算必須住在森林，求巴巴亞嘎給我工作也一樣。」

「這不是童話，瓦西婭，」安娜尖聲打斷她的話：「沒有人問妳意見，這是為了妳好。」

瓦西婭想到虛弱的多莫佛伊，想到烏皮爾在屋裡遊走和差點躲不過的災禍。「但我做了什麼？」

她追問道，驚訝發現自己竟然眼眶泛淚。「我沒有傷害過任何人，還試著拯救大家！爸爸——」她轉向坎斯坦丁。「我在湖邊救了你，不然你早就被露莎卡給抓走。我趕走烏皮爾，至少試著……」她被淚水嗆到，停下來不斷喘氣。

「**妳？**」安娜低吼道：「妳趕走烏皮爾？是邀請妳的惡魔朋友進來吧！我們的厄運都是妳害的，**妳以為我都沒看到？**」

艾洛許張口欲言，但瓦西婭搶在他前面：「要是今年冬天我被送走，你們全都活不了！」

安娜倒抽一口氣。「妳竟敢威脅我們？」

「我不是威脅你們，」瓦西婭絕望地說：「是事實。」

「事實？事實？妳這個小騙子，從來沒半句實話！」

「我不會離開，」瓦西婭氣憤地說，聲音大得連火似乎都跟著搖晃。

「是嗎？」安娜說。她目光暴怒，但舉止間有某種氣度，讓瓦西婭想起她是大公之後。「很好，瓦西莉莎．彼得洛夫納。我給妳一個選擇，」她目光掃過房間，定在伊莉娜頭巾的白花上。「**我**女兒，我真正的、漂亮又聽話的女兒在這個白雪皚皚的冬天，很想見到綠色的植物。妳這個**醜**女巫，要替她做一件事，去森林裡摘一籃雪花蓮回來。如果妳能做到，之後妳想做什麼都隨便妳。」

伊莉娜驚呼一聲，坎斯坦丁張大嘴巴，似乎想要抗議。

瓦西婭茫然望著繼母。「安娜．伊凡諾夫納，現在是仲冬。」

「快去！」安娜嘶吼，接著瘋狂大笑。「滾離我的視線！摘花回來，否則就進修道院！快滾！」

瓦西婭看著一張張臉龐。安娜一臉得意，伊莉娜神情驚恐，艾洛許忿忿不平，坎斯坦丁難以捉摸。房間似乎再次縮小，大火燒光了空氣，她的肺怎麼使勁都吸不到氣。恐懼將她吞沒，困獸般的恐懼。她轉身跑出廚房。

艾洛許在外門追到她。她已經套上靴子和手套，披上斗篷，裹了頭巾。他雙手緊緊抓住她，將她轉過來。

「妳瘋了嗎，瓦西婭？」

「放開我！你聽到安娜．伊凡諾夫納說的話了。我寧可到森林裡碰碰運氣，也不要被永遠關著。」她全身顫抖，眼神狂怒。

「她在胡說，妳乖乖等父親回來。」

「爸爸也同意了！」瓦西婭努力忍住，淚水還是滾落雙頰。「否則安娜才不敢這麼做。村民說厄運是我的錯，你以為我都沒聽到嗎？我要是留著，就會被亂石砸死。父親或許是真的想保護我，但我寧可命喪森林，也不要死在修道院裡。」她泣不成聲。「我絕對不當修女——聽到沒有？絕不！」她死命掙脫，艾洛許緊抓著她不放。

「我會保護妳到父親回來，我會讓他講道理。」

「只要村民群起反對我們，你就不可能保護我。你覺得我沒聽到他們在竊竊私語什麼嗎？」

「所以妳最好到森林裡送死？」艾洛許火大了。「壯烈犧牲嗎？這又有辦法幫到什麼人？」

「我已經盡力幫忙了，結果所有人都恨我，」瓦西婭反駁道：「就算這是我今生最後的決定，至少是**我自己**做的。放開我，艾洛許，我不怕。」

「妳不怕我怕，妳這個白癡！妳覺得我希望因為這件蠢事失去妳嗎？我絕對不會放妳走。」她的肩膀肯定會留下他的指印。

「你也一樣，哥哥？」瓦西婭火冒三丈：「我還是小孩嗎？永遠需要別人替我做決定。這件事我自己作主。」

「要是爸爸或柯堯瘋了，我也不會讓他們自己做決定。」

「放開我，艾洛許。」

艾洛許搖搖頭。

瓦西婭柔聲道：「說不定森林裡有魔法，讓我順利打敗安娜・伊凡諾夫納，你有想過嗎？」

艾洛許哼笑一聲：「妳已經過了相信童話的年紀了。」

「是嗎？」瓦西婭笑著說，只是嘴唇在顫抖。

艾洛許突然想起過去她目光總是飄來飄去，追著他看不見的東西跑。他鬆開手，兩人互望一眼。

「瓦西婭，答應我一定要回來。」

「記得拿麵包給多莫佛伊，」瓦西婭說：「夜裡守在爐灶旁。勇敢一點，或許能救你一命。我盡力了。再見了，哥哥，我——我會想辦法回來。」

「**瓦西婭**——」

她出了廚房的門。

坎斯坦丁在教堂門外等她。「妳瘋了嗎，瓦西莉莎・彼得洛夫納？」

她抬頭看他，一雙綠眼滿是嘲諷。淚水已乾，她又變得鎮定冷靜。「巴圖席卡，我得聽繼母的話。」

「那就進修道院吧。」

瓦西婭哈哈大笑。「她只想趕我走，死掉或進修道院，她才不在乎，所以我決定讓自己和她都開心。」

「別傻了，妳會進修道院。這是神所喜悅的，祂要妳這麼做。」

「是嗎？」瓦西婭說：「那我想你就是神的傳聲筒囉？唔，有人給我選擇，所以我決定選了。」

她轉身朝森林走。

「不行。」坎斯坦丁喊道。那語氣不對，瓦西婭猛然轉身，只見兩名男子從暗處竄了出來。

「今晚把她關在教堂裡，手要綁好，」坎斯坦丁吩咐道，眼睛始終盯著瓦西婭。「明天一早就把她送走。」

瓦西婭拔腿就跑，但只跑了三步。那兩人非常強壯，其中一人伸手揪住她斗篷的褶邊。瓦西婭摔倒在地，趴著翻了個身，驚惶反擊。那男子撲到她身上，將她架住。雪冷冷貼著她的頸子，她感覺冰冷的繩子擦過手腕。

她逼自己放鬆，假裝嚇暈了。那人比較習慣綁野獸，因此有點手忙腳亂，手上的繩子沒有抓緊。瓦西婭聽見腳步聲，神父和另一人正朝她靠近。

她突然翻坐起來，發出不是人話的尖叫，手指猛戳那人的眼睛。那傢伙往後退，瓦西婭使勁往旁邊一扭，翻個身站起來，不要命似的往前狂奔。她聽見喊叫、喘息和腳步聲，她不能再被捉到，絕對不行。

她不停地跑，直到被樹影吞沒了才停下腳步。

❄

夜色清朗，白雪隱隱發亮，踩在腳下非常結實。瓦西婭渾身瘀青，氣喘吁吁跑進森林，扯鬆的斗篷在身後啪啪作響。她聽見村裡傳來叫嚷，初雪讓她的足跡清清楚楚，於是她不停閃進暗處，直到叫聲愈來愈弱，終至消失。**他們不敢跟來的**，瓦西婭心想，**他們害怕入夜的森林**，接著冷冷想道，**他們很聰明**。

瓦西婭放慢呼吸，朝林中深處走去，將失落和恐懼壓在心底。她豎耳傾聽，大聲呼喊，但四周一片靜寂。列許沒有回應，露莎卡睡著了，夢見了夏天，風也沒有拂弄枝葉。

時間荏苒，瓦西婭不知過了多久。樹木愈來愈密，遮去了星光，高掛空中的月亮灑下重重暗影，隨即雲層飄來，森林頓時一片漆黑。瓦西婭不停前進，直到愈來愈睏，睡著的驚恐讓她立刻清醒過來。她先往北走，接著往東前進，然後再次往南。

長夜漫漫，瓦西婭邊走邊發抖，牙齒不停打顫，雖然穿著厚皮靴，腳趾依然凍得失去感覺。她心底一個聲音想（應該說希望）森林會出現幫手，某種命運的奇蹟或魔法。她期待火鳥出現，或金鬃馬，或烏鴉王子……**蠢女孩才會相信童話故事**。冬日的森林不在乎訪客是男是女。精靈都睡了，也沒有烏鴉王子。

好吧，那就死了算了，至少比進修道院好。

但瓦西婭很難說服自己。她還年輕，充滿熱血，不可能讓自己躺在雪地上死去。

她繼續顛仆前進，身體愈來愈弱。她害怕自己力氣不夠，害怕自己僵硬的雙手和凍僵的嘴唇。走到夜最深時，瓦西婭停下腳步回頭張望。要是回去，安娜·伊凡諾夫納肯定會對她百般嘲諷。她會像鹿一樣被人綁著關進教堂，再送去修道院。但她不想死，而她覺得好冷。

瓦西婭看了看兩旁的樹，發現自己不曉得這是哪裡。

她的足跡不見了。

瓦西婭壓下心頭的驚惶。她沒有迷路，不可能。她往北走，疲憊的雙腳踩在雪上發出單調的窸窣。地表再次變得誘人。她當然可以躺下，一會兒就好……

這時一道黑影閃到她面前。是樹，枝葉糾結，比她見過的樹都大。回憶一陣翻攪，往事瞬間穿透迷霧而來。她想起迷路的孩子、大橡樹和睡著的獨眼男子。她想起某次夢魘。大樹占滿了她的視線。**要走近？還是跑開？**她已經冷到無法回頭了。

忽然間，她聽見哭聲。

瓦西婭停下腳步，幾乎不敢呼吸。她一停下，哭聲也停了。但她一走，哭聲就跟著她。病懨懨的月亮露出臉來，在雪上留下詭譎的光影。

前面——一道白光在兩棵樹間一閃而過。瓦西婭加快腳步，麻痺的雙腳走得歪歪扭扭。她無家可回，也沒有瓦奇拉給她力量，她的勇氣有如風中殘燭。那棵大樹彷彿占據全世界。**過來**，一個猙獰的聲音低低說道，**靠近點**。

喀擦！她聽見背後傳來不是她的腳步聲。瓦西婭猛然轉身，什麼都沒有，但她一跨步，那腳步聲就跟著她。

她離糾結的橡樹大概二十步，腳步聲愈來愈近。瓦西婭無法思考。那棵大樹似乎占據全世界。**靠近點**。瓦西婭有如夢魘裡的小孩，怎麼也不敢回頭看。

她背後的腳步聲變成小跑，躂躂的馬蹄聲。樹旁的人影氣憤大喊：快點！大樹在前，呼哧出聲的東西在後，但她左邊出現一匹白色的牝馬，迅如火光。瓦西婭驚慌無措，下意識朝馬跑去，眼角餘光瞥見烏皮爾撲過來，蒼老的僵死臉上牙齒閃閃發光。

就在這時，白馬跑到瓦西婭身邊，騎士伸手，瓦西婭抓住那人的手，身體瞬間被拉到牝馬的鬐甲上。烏皮爾撲倒在她上一秒經過的雪地。白馬揚長而去，後方傳來兩個叫聲，一個痛得尖叫，一個氣得大吼。

騎士沒有開口。瓦西婭氣喘吁吁，心裡慶幸自己獲救，但高興的感覺沒有持續太久，因為她頭下腳上趴在鬐甲上，牝馬每踏一步，她就感覺五臟六腑快要衝出身體一般，而騎士絲毫沒有停下的意思。她感覺不到自己的臉和腳，剛才將她拉離雪地的強壯手臂依然抓著她，騎士始終沒有開口。牝馬的味道和一般的馬差不多，同樣帶著花香和溫暖石頭的味道，在嚴寒的夜裡顯得格外突兀。

後來，瓦西婭實在痛得、冷得受不了。「拜託，」她喘息道：「拜託。」

牝馬突然停下腳步，讓瓦西婭差點骨頭散了。她往後滑下馬背摔到地上，在雪裡拱起身子，全身麻木，抓著瘀青的肋骨只想嘔吐。牝馬站定不動。瓦西婭沒聽見騎士下馬的聲音，下一秒他已經站在雪中。瓦西婭撐著沒有感覺的雙腳，搖搖晃晃站起來，整顆頭直接暴露在寒夜中。下雪了，雪花沾在她辮子上。瓦西婭不再發抖，只覺得頭重又悶。

騎士低頭看她，她抬頭迎視他的目光。

他眼眸淺如清水，又像冬日的寒冰。

「拜託，」瓦西婭低聲道：「我很冷。」

「這裡什麼都冷。」騎士答道。

「這是哪裡？」

騎士聳聳肩。「北風之後，世界盡頭，哪裡都不是。」

瓦西婭突然身體一斜，感覺就要跌倒，但那人一把抓住她。「妳叫什麼名字，德芙席卡？」他的聲音在森林裡揚起詭異的回音。

瓦西婭搖搖頭。他肌膚很冰。她甩脫他的手，身體一晃跪在地上。「你是誰？」

雪花落在那人烏黑的鬈髮上，他和她一樣沒紮頭巾。他笑而不答。

「我之前見過你。」瓦西婭說。

「雪來我就來，」那人說：「有人快死了，我就會出現。」

她認識他。他的手一抓到她，她就知道他是誰了。「我快死了嗎？」

「也許吧。」那人用冰冷的手抬起她的下巴，瓦西婭感覺自己的心臟在他指尖下跳動，血液裡似乎結了冰晶。他跪在她面前。**是卡拉臣**，瓦西婭心想，**霜魔莫羅茲科。他是死神，死亡到來了。他們會發現我凍死在雪地裡，跟故事裡那個女孩一樣。**

瓦西婭吸了一口氣，感覺冰霜灌進肺裡。「放開我，」她低聲道，但嘴唇和舌頭凍得不聽使喚。「你既然要我死，就不該在大樹那邊救了我。」

惡魔鬆開她的下巴，瓦西婭跌回雪上，拱著身子氣喘吁吁。

霜魔站了起來。「是啊，我真傻，」他語帶惱怒輕聲說道：「妳是發了什麼瘋，半夜跑到森林裡？」

瓦西婭逼自己站起來。「我不是自己想來，」白馬走到她身後，溫熱的呼吸吹在她臉上，瓦西婭將發冷的手指伸進長長的馬鬃裡。「我來是因為繼母想把我送進修道院。」

他語氣激動，帶著責備說：「所以妳就跑了？覺得躲熊比躲修道院簡單？」

瓦西婭望著他說：「我沒有跑。呃，我是跑了，只是……」

她無法再往下說，只能用僅存的力氣攀住牝馬。她覺得天旋地轉，牝馬勾住她的脖子，身上的花香和石味讓瓦西婭稍微恢復精神。她直起腰桿，抿著嘴唇。

霜魔上前一步，瓦西婭下意識伸手阻擋，但他抓住她帶著手套的手。「來吧，」他說：「看著我。」說完便脫掉她的手套，將手放在她掌中。

瓦西婭全身緊繃，以為會很痛，結果沒有。他的手跟河上的冰一樣冷、一樣硬，但貼著她凍僵的手指卻很溫柔。

「告訴我，妳是誰？」他的聲音伴著一道凜冽的空氣拂過她臉龐。

「我……我是瓦西莉莎．彼得洛夫納。」瓦西婭說。

他的目光似乎穿透她的腦袋，她咬著牙不讓自己轉頭躲開。

「幸會，」惡魔說著放開她，往後退開，藍色眼眸閃閃發亮，瓦西婭覺得似乎在他臉上看到一絲得意。「請妳再告訴我一次，瓦西莉莎．彼得洛夫納，」他半帶嘲諷地接著說：「妳半夜在漆黑的森林裡遊蕩是為什麼？現在是我的時間，而且只屬於我。」

「明天一早我就要被送進修道院，」瓦西婭答道：「繼母說只要我能摘到波茲涅許尼克[48]，摘一籃白色的春花給她，我就不用去。」

霜魔看了她幾秒，隨即笑出來。瓦西婭一臉詫異望著他，接著說：「村裡有人想阻止我，但被我逃掉了。我跑進森林裡，害怕得無法思考，我很想回頭，卻迷路了。我看見那棵糾結的橡樹，接著聽見腳步聲。」

「笨蛋，」霜魔冷冷說道：「這片森林裡不是只有我一股力量，妳不該離開壁爐邊。」

「我非離開不可，」瓦西婭反駁道，眼前突然一黑。她的力氣只恢復一下子就又沒了。「他們打算把我送進修道院耶。我決定寧可凍死在雪堆裡，也不要去那種地方。」她全身皮膚都在顫抖。

「呃，那是我還沒在雪堆裡凍僵前的想法，我沒想到那麼痛。」

「沒錯，」莫羅茲科說：「的確很痛。」

「死人活過來了，」瓦西婭低聲道：「我要是離開，多莫佛伊就會消失。我要是被送走，我家人就會死。我不知道該怎麼辦。」

霜魔沒有說話。

「我得回家了，」瓦西婭擠出一句：「但我不知道家在哪裡。」

白馬舉蹄踏地，甩甩鬃毛，瓦西婭突然雙腳一軟，有如剛出生的小馬。

「太陽之東，月亮之西，」莫羅茲科說：「下一棵樹之後。」

瓦西婭沒有回答，眼皮重重闔上。

「走吧，」莫羅茲科說：「很冷了。」他抱住倒下的瓦西婭，兩人身旁是一小叢枝葉交纏的古老冷杉。他扶起頭手癱軟的女孩，聽見她心臟微弱跳著。

真是好險，牝馬對騎士說，溫熱的鼻息拂過女孩臉龐。

「是啊，」莫羅茲科說：「她比我想像得還堅強，其他人早就死了。」

牝馬嗤之以鼻。**你沒有必要考驗她。熊已經試過了。要是晚一步，她就會先被他抓走了。**

「但他沒有，我們得感激這一點。」

你會告訴她嗎？牝馬問。

---

48 波茲涅許尼克：雪花蓮，初春綻放的一種小白花。

「全部嗎？」惡魔說道：「熊、巫師、藍寶石的咒語和海王？不會，當然不會。我會盡量少說，希望那就夠了。」

牝馬甩甩鬃毛，耳朵後貼，但霜魔沒看見。他摟著女孩大步走進冷杉林中，牝馬嘆息一聲，隨即跟上。

第二部

23 不在的房子

幾小時後，瓦西婭睜開眼睛，發現自己躺在世上最美好的床上。羊毛床罩如白雪一般厚實柔軟，淺藍和黃色織線宛若一月的晴日。床架和床柱雕刻得有如樹幹，床柱頂端枝葉滿滿。

瓦西婭試著搞懂自己身在何處。她印象中最後一件事是**花**，她在找花。為什麼？現在可是十二月啊。但她必須找到。

瓦西婭氣喘吁吁撐起身子，在層層毯子下努力掙扎。

她一看見房間就倒了回去，全身顫抖。

這房間——呃，如果說她躺的這張床有多美好，這房間就有多古怪。瓦西婭起初以為自己躺在大樹底下，上方是一片淺藍天空，下一秒鐘又覺得自己在室內，在天花板漆成淺藍的木屋裡頭。她不曉得哪一個才是真的，而思考這個問題讓她頭暈目眩。

最後瓦西婭將臉埋在毯子裡，決定繼續睡覺。她肯定會在家裡醒來，敦婭在一旁問她是不是做了惡夢。不對，不會那樣，敦婭已經死了。敦婭穿著他們替她穿上的壽衣在森林裡遊蕩。

瓦西婭頭昏腦脹，就是想不起來……接著忽然想起。男丁、神父、修道院，還有大雪、霜魔、抓著她喉嚨的手指、冰冷和白馬。他原本是想殺了她，卻救了她一命。

她再次掙扎起身，卻只勉強跪坐起來。她焦急地瞇眼張望，始終無法讓房間固定下來，最後只好閉上眼睛，用滾的找到床緣跌出去。她肩膀撞在地板上，感覺好像溼溼的，彷彿掉進雪堆。不對，地板又滑又暖，有如壁爐邊刨得平整的木頭地板。她覺得似乎聽見柴火的嗶剝聲。她搖搖晃晃站起來，有人幫她脫了靴子和襪子。她發現自己的腳凍傷了，腳趾發白，毫無血色。

她無法注視房裡任何東西，身旁一會兒是房間，一會兒是冷杉林裡，搞不清到底是哪個。她緊緊閉上眼睛，踩著受傷的雙腳踉蹌前進。

「妳看見什麼？」一個清亮陌生的聲音說道。

瓦西婭轉向聲音的來處，但不敢睜開眼睛。「我看見房子，」她聲音沙啞地說：「還有冷杉林，兩個都有。」

「很好，」那聲音說：「睜開眼睛。」

瓦西婭戰戰兢兢照做了，只見冷男（也就是霜魔）站在房間正中央，至少她能看著他。他一頭蓬亂的黑髮披垂肩上，掛著冷笑的臉龐既像二十多歲的青年，又像五十多歲的戰士。他鬍鬚刮得乾乾淨淨，瓦西婭沒見過這樣的男人，或許這就是他臉看來出奇年輕的原因，但他的眼眸顯然很老。**她望著他的眼睛，心想我從來沒見過活得這麼老的東西**，這想法讓她不寒而慄。

但她的決心強過了恐懼。

「拜託，」她說：「我必須回家。」

淺藍的眼眸上下打量她。「他們趕妳走，」他說：「他們想送妳進修道院，妳還是想回家？」

她猛咬下唇。「我要是不在家，多莫佛伊就會消失。說不定我父親已經回去了，我可以讓他明白。」

霜魔看了她一會兒。「也許吧，」他說：「但妳受傷了，而且很疲憊。就算回家對多莫佛伊也沒什麼幫助。」

「我家人有危險，我非試不可。我睡了多久？」

霜魔搖搖頭，嘴角微微冷笑。「這裡只有今天，沒有昨天和明天。妳可以在這裡待上一年，回家時就像剛出門一樣。妳睡了多久都無所謂。」

瓦西婭思考他這句話。過了一會兒，她低聲問道：「這是哪裡？」

她隱約記得下雪的夜，但感覺記得他那時一臉漠然，摻著幾分惡意與感傷，不過這會兒他臉上只有看好戲的表情。「我家，」他說：「算是吧。」

這等於沒有回答，瓦西婭把衝到嘴邊的話吞了回去，但顯然寫在臉上。

「我想，」他一臉正經，除了眼神微微閃爍。「妳很幸運，或者說很不幸，擁有一種能力，你們的人似乎稱之為天眼。我家是冷杉林，冷杉林是我家，而妳同時可以看到兩者。」

「那要怎麼辦？」瓦西婭咬牙說道。她感覺再拖一秒，自己就要吐在他腳上了，實在顧不得禮貌。

「看著我，」他說，聲音充滿魄力，似乎在她腦中迴盪。「只看著我。」她抬頭望著他。「妳在我家，相信這一點。」

瓦西婭半信半疑在心裡默唸他的話，望向一旁，發現牆壁似乎具形了，自己身在狀似房間的粗糙空間裡，橫楣有著老舊的雕飾，天花板是正午天空的顏色，房間一頭是大爐灶，熊熊發著熱氣，牆上掛了幾張織錦畫，有雪地裡的狼、冬眠的熊和一名駕著雪橇的黑髮戰士。

她撇開目光。「你為什麼帶我來這裡？」

「因為我的馬堅持。」

「你開我玩笑。」

「是嗎？妳在森林裡逗留太久，手腳都凍僵了。妳或許該感到榮幸才對，我不常邀客人來家裡。」

「那還真榮幸。」瓦西婭實在想不到還能說什麼。

他又看了她一會兒。「妳餓了嗎？」

瓦西婭聽見他語帶遲疑。「又是你的馬說的？」她忍不住問。

那人哈哈大笑，她覺得他似乎有點吃驚。「是啊，沒錯。她生了許多小馬，我很信任她的判斷。」

他突然微微側頭，藍眼閃出火光。「我的僕人會照顧妳，」他匆匆說道：「我得出去一下。」他的面孔不再是人臉。那一瞬間，瓦西婭沒見到他，只見到一陣風扶搖直上，拂過古樹的枝幹發出勝利的呼號。她眨眼想抹去眼前的景象。

「再會了。」霜魔說完就消失蹤影。

瓦西婭被他的離去嚇了一跳，小心翼翼環顧周圍，目光被織錦畫吸引。畫裡的狼群、戰士和馬匹栩栩如生，彷彿就要隨著一道冷風跳到地上。她穿越房間，一邊打量四周，最後來到爐灶前，伸出凍僵的手指。

這時，一陣蹄聲讓她猛然回頭，只見白馬朝她走來，身上沒有任何輓具，長長的鬃毛有如春日的瀑布。她似乎是從對面的門外而來，但門並未打開。瓦西婭怔怔望著。白馬甩頭致意，瓦西婭想起了禮貌，趕忙鞠躬回禮說：「謝謝妳，女士，妳救了我一命。」

牝馬動了動一邊耳朵。**過獎了。**

「我不覺得。」瓦西婭說，話中帶著幾分嚴厲。

我不是那個意思，牝馬說，**我是說妳是我們這一國的，由世界之力所組成，就算沒有我，妳也會救妳自己。妳不屬於修道院，也不是熊那一國。**

「我會救我自己？」瓦西婭想起逃跑、驚恐和暗夜裡的腳步聲。「這種事我不是很擅長，但妳說的世界之力是什麼意思？我們都是神所造的。」

是這個神教會妳說我們的話？

「當然不是，」瓦西婭說：「是瓦奇拉，因為我送東西給他吃。」

牝馬用前蹄蹭了蹭地板。**我記得的、看過的比妳都多，**她說，**未來還有很長一段時間會是如此。我們會開口的對象不多，馬精更從來不主動現身。妳流著魔法的血液，絕對不能忽視它。**

「所以我是被詛咒的？」瓦西婭恐懼地低聲說道。

我不懂「詛咒」。妳是被詛咒了。因為是，所以能照自己的意思走，走向和平、遺忘或烈火之中，但妳非得做出選擇。

白馬沒再說話。瓦西婭臉頰疼痛，視線開始破碎，下雪的鄉間景象出現在她眼角邊緣，不停扯動。

桌上有蜂蜜酒，牝馬見女孩雙肩癱軟，便開口說，**妳要喝，然後繼續休息，醒來就會有食物。**

瓦西婭進森林後就沒吃東西了，上一頓還是在家吃的晚餐。她的胃隔了好一陣子才奮力提醒她。爐灶另一側有一張舊得發黑的桌子，桌面滿是刀痕，桌上的大肚短頸銀壺雕著花環，鍛銀杯子嵌著火紅的寶石。瓦西婭一時忘了飢餓，拿起杯子斜斜對著光看。真美。她轉頭疑惑地望著牝馬。

他喜歡東西，牝馬說，**雖然我不大能理解。他還很喜歡送人禮物。**

銀壺裡真的裝著蜂蜜酒，味道和冬陽一樣稀薄濃烈，甚至有點刺人。瓦西婭喝了幾口，突然覺得昏昏欲睡，眼皮沉重，只能放下銀杯，朝白馬默默鞠躬，搖搖晃晃走回大床。

❄

那天，風暴席捲北羅斯凍原一整日。鄉下人紛紛躲進屋裡，把門閂上，連狄米崔莫斯科木皇宮裡的灶火也飄搖舞動。老人和病患知道大限已至，在呼號的狂風中撒手西歸。活人感覺暗影飄過，在胸前猛畫十字。入夜之後，風就停了，天空瀰漫著大雪欲來的跡象。熬過死神召喚的人笑了，因為他們知道自己不會喪命。

一名黑髮男子從兩棵樹間鑽了出來，抬頭望著烏雲密布的天空。他環顧四方湧現的暗影，眼睛閃著不屬於這世界的藍光。他的長袍用皮毛製成，上頭的織錦漆黑如夜，但他來到的卻是冬天將走、春天將至的交界地帶，雪花蓮開滿大地。

一陣歌聲劃破新夜，嗓音細柔甜美。莫羅茲科轉頭望向聲音的來處，嚐到自己剛才啟動的魔法的黑暗面，因為那音樂讓他想起了悲傷，想起那充滿遺憾的緩慢時光。他已經一千年沒有——沒辦法——感覺到這種悲傷了。

他依然繼續往前，直到來到夜鶯在暗處歌唱的樹前。

「小傢伙，你要跟我回去嗎？」他說。

小鳥跳到較低的樹枝上，仰起暗棕色的頭顱。

「為了讓你像你哥哥姊姊那樣活著，」莫羅茲科說：「我替你找了同伴。」

小鳥顫音嗚囀，但很輕柔。

「你沒有其他辦法得到力量，而且這個同伴既大方又果敢。」

小鳥啾啾叫了幾聲，揚起棕色的翅膀。

「沒錯，那裡頭是有死亡，但會先有喜悅，或是榮耀。你想待在這裡，還是永遠歌唱？」

小鳥沉吟片刻，隨即鳴叫一聲飛離了枝幹。莫羅茲科望著夜鶯遠去。「那就追隨而去吧。」他柔聲道，身邊再次刮起大風。

❄

霜魔回來時，瓦西婭依然睡得很沉，牝馬在爐邊打盹。

「妳在想什麼？」他低聲問牝馬道。

牝馬正想回答，卻被一聲馬鳴和噠噠聲打斷。只見一匹公馬衝進房裡，棗紅毛髮帶著黑斑，兩眼之間一顆星星。他鼻子呼呼噴氣，馬蹄跺地，甩掉身上的雪。

牝馬耳朵後貼，**看來**，她說，**我兒子不請自來了**。

公馬雖然和雄鹿一樣優雅，卻帶著一點長腿小馬的姿態。他一臉提防望著母親，**我聽說勇者來了**，他說。

牝馬甩甩尾巴，**誰跟你說的？**

「是我，」莫羅茲科道：「是我帶他回來的。」

牝馬豎起耳朵望著騎士，鼻翼顫動。**你帶他來見她？**

「我需要那個女孩，」莫羅茲科嚴肅望著牝馬說：「妳很清楚。她既然蠢到半夜在熊的森林裡亂跑，就需要同伴。」

他可能還說了別的，但聲音被一陣哐啷蓋過。瓦西婭醒了，不習慣床墊同時又是雪堆，所以從床上跌了下來。

公馬的棗紅毛髮映著火光黑得發亮。他一聽見聲音便豎起耳朵，朝著瓦西婭小步跑去。瓦西婭半夢半醒，揉著疼痛的肩膀，抬頭發現自己和一匹巨大的年輕公馬四目相對，霎時僵住不動。

「嗨。」她說。

公馬很開心。

嗨，他回道，**我是妳的坐騎**。

瓦西婭掙扎著站了起來，已經不像上次醒來那麼頭重腳輕，但她臉頰抽搐，而且得努力睜大疲憊的眼睛，才能看見那頭公馬，但沒看見他身旁有如翅膀顫動著的暗影。目光鎖定後，她瞄了他背部一眼，不可置信地雙手抱頭。

「這是我的榮幸，」瓦西婭客氣答道，莫羅茲科聽出她語氣裡帶著一絲冷漠，不禁咬了唇。「但可能要請你稍待片刻，讓我先換好衣服。」她環顧房間，四處都沒見到她的斗篷、靴子和手套。她身上只有皺巴巴的內衣，還有敦婭的項鍊冷冷貼著她的胸骨。她的辮子因為睡覺鬆開了，暗紅色的頭髮有如瀑布垂到腰間。她撥開臉上的頭髮，帶著一點逞強走到灶火旁。

白馬站在爐邊，霜魔在她身旁，兩者表情幾乎一樣，嚇了瓦西婭一跳。霜魔眼皮低垂，白馬耳朵直豎，棗紅公馬的鼻息暖洋洋拂過她的頭髮。他跟得太緊，鼻子不小心撞上了她的肩膀。瓦西婭想都沒想便伸手摸著他脖子，公馬愉悅地轉了轉耳朵，瓦西婭露出微笑。

灶火前雖然站了兩匹又高又壯的馬，感覺不大協調，但還是很寬敞。瓦西婭皺起眉頭。她之前醒來時，房間似乎沒這麼大。

桌上擺了兩個銀杯和一只長壺，溫熱蜂蜜的香氣瀰漫房間，一塊飄著黑麥和八角香味的黑麵包擺在一盤剛採的香料旁邊。桌子一頭擺了一碗梨子，另一頭是一碗蘋果，後面擺了一籃花苞微微低垂的白花，是波茲涅許尼可，雪花蓮。

瓦西婭駐足凝視。

「妳就是來找這個的，是吧？」莫羅茲科說。

「我沒想到真的有！」

「那算妳幸運。」

瓦西婭默默看著花。

「先吃東西吧，」莫羅茲科說：「晚點再聊。」瓦西婭張口欲辯，但空空如也的肚子抗議了，於是她只好將好奇吞回去，在桌前坐下。莫羅茲科靠著牝馬的肩膀，坐在她對面的凳子上。瓦西婭檢視食物，他見了嘴角一撇道：「這些不是毒藥。」

「我想也是。」瓦西婭半信半疑道。

他扳了一塊麵包遞給索拉維[49]，公馬迫不及待咬了過去。「吃吧，」他說：「不然就會被妳的馬吃光了。」

瓦西婭小心翼翼拿起一顆蘋果咬了一口，冰涼的甜蜜陶醉了她的舌頭。她伸手去拿麵包，等她意會過來，她的碗已經空了，麵包也少了一半。飽餐之後，她開始一小塊一小塊餵麵包和水果給兩匹馬吃。莫羅茲科完全沒碰食物，見她吃完，便倒了蜂蜜酒。瓦西婭用雕花銀杯喝了幾口，品嚐冰冷陽光與冬天花朵的滋味。

他的杯子和她的一模一樣，只有杯緣石頭是藍色。瓦西婭默默喝酒，終於放下酒杯，抬眼望著他。

49　索拉維：夜鶯。

「現在呢？」她問他。

「那要看妳了，瓦西莉莎．彼得洛夫納。」

「我必須回家，」她說：「我家人有危險。」

「妳受了傷，」莫羅茲科答道：「比妳想得更嚴重。妳得待到痊癒為止，妳家人不會因此受影響，」接著他柔聲說：「妳會在離開那天晚上回到家，這點我可以向妳保證。」

瓦西婭沉默不語。沒有反駁就顯示了她有多疲憊。她又看了雪花蓮一眼。「你為什麼替我摘了雪花蓮？」

「妳面對的選擇是摘花給繼母或是進修道院。」瓦西婭點點頭。「嗯，所以就是這樣。妳想怎麼做都隨妳。」

瓦西婭遲疑地伸出手指，摸了摸絲綢般溫潤的花瓣。「這花是從哪裡摘來的？」

「我的領地邊緣。」

「那是哪裡？」

「雪融。」

「雪融不是地方。」

「不是嗎？它是許多東西，就像妳和我是許多東西，我的房子是許多東西，甚至鼻子靠在妳懷裡的那匹馬也是許多東西。花拿到了就好，別多問。」

那雙綠色眼眸再次盯住他，這回反駁多於試探。「我不喜歡回答一半。」

「那就別再只問一半。」他說，突然迷人地笑了，讓她滿臉通紅。公馬將頭挨得更近，伸舌舔了舔她受傷的手指，讓她忍不住身體一縮。

「啊，」莫羅茲科說：「我都忘了。很痛嗎？」

「只有一點點。」但她不敢看他的眼睛。

他起身繞過桌子，蹲在她面前，兩人四目交會。「讓我來吧。」

瓦西婭嚥了嚥喉嚨。他一手托住她的下巴，讓她的臉對著火光。她之前在森林裡臉頰被他碰過，這會兒留下了黑疤，指尖和趾尖也都凍得發白。他檢查她的手，指尖滑過她凍傷的腳。「別動。」他說。

「你想幹什——」她話還沒說完，他已經伸手覆住她的下顎，同時手指突然變燙，燙得離譜，讓她覺得很快就會聞到皮膚燒焦的味道。她想把臉轉開，但他另一隻手已經抓住她的後腦，手指嵌進頭髮，將她牢牢架住。她感覺呼吸在喉頭顫抖翻攪。他的手滑到她的喉嚨，灼熱感更強了，瓦西婭嚇得叫不出聲。正當她覺得自己再也捱不住，他忽然將她放開。瓦西婭癱倒在公馬懷裡，公馬安撫似的朝她頭髮吹氣。

「對不起。」莫羅茲科說道。雖然他手心發燙，周圍的空氣卻冷若寒冰。瓦西婭察覺自己在發抖。她摸了摸受傷的皮膚，發現皮膚光滑溫潤，毫髮無傷。

「不痛了。」她強自鎮定道。

「嗯，」他說：「有些東西我能治好，但沒辦法溫柔。」

她低頭望著自己的腳趾和受傷的指尖。「總比殘廢好。」

「的確。」

當他摸到她的腳，她淚水還是奪眶而出。

「可以把手給我嗎？」他說，瓦西婭猶豫不決。她指尖凍傷，一隻手也用亞麻布包著，保護烏皮爾攻擊坎斯坦丁那天她掌上的傷口。想起那疼痛讓她像是被雷殛一般。他沒有等她回答就開始動作，瓦西婭使盡全身力氣，才將哀號吞回去。她指尖的肌膚再次變得溫暖紅潤。

最後，他抓起她的左手，開始鬆解亞麻布。

「這是你弄傷的，」瓦西婭說，試著讓自己分心。「烏皮爾來的那一晚。」

「沒錯。」

「為什麼？」

「這樣妳才會看見我，」他說：「才會想起來。」

「我見過你，我沒忘記。」

他低頭專心做事，她看見他嘴角抽動，狀似挖苦和氣惱。「但妳不確定。只要我一走，妳就不會相信自己的眼睛和耳朵。在人的屋子裡，我已經不再是影子，只要我是客人的話。」

「那個獨眼男是誰？」

「我弟弟，」他草草回答：「也是我的敵人，這件事說來話長，今晚不是合適的場合，」他將亞麻繃帶扔到一旁，瓦西婭忍住握拳的衝動。「這會比凍傷還難治療。」

「我一直弄破它，」瓦西婭說：「因為它似乎能保護房子。」

「的確，」莫羅茲科說：「妳血液裡有高貴的成分。」他伸手按著傷口，瓦西婭身體一縮。「但只有一點點，因為妳還年輕。瓦西婭，我可以治好這個傷，但會留下疤痕。」

「動手吧。」她嘴裡說道，卻掩飾不住聲音裡的顫抖。

「很好。」他伸手從地板上挖起一把雪，瓦西婭一時分不清這裡是哪裡。她看見冷杉林、地上的雪、傍晚的藍和火光的紅，但下一秒鐘房子再度現形，莫羅茲科將雪摁進她掌心的傷口裡。瓦西婭全身一僵，疼痛繼之而來，比之前還要劇烈，她壓下尖叫，身體動也不動，但疼痛超過忍受的極限，她不禁啜泣一聲，隨即強行忍住。

不久，疼痛忽然消失，他鬆開她的手，瓦西婭差點從凳子上摔倒。幸好棗紅公馬救了她，讓她跌在他溫暖的側腹上，抓住鬃毛穩住自己。他垂下頭，用舌頭輕舔她顫抖的手。

瓦西婭推開公馬，低頭注視手掌。傷口消失了，只剩一道冰冷淺色的疤痕，狀如正圓，在她掌心中央。她將疤痕對著火光，發現它像會聚光似的，宛如皮膚底下埋了一圈薄冰。不對，這是她腦袋在幻想。

「謝謝。」她將雙手藏在懷裡，不讓他看見她手在顫抖。

莫羅茲科起身後退，低頭望著瓦西婭。「妳會痊癒的，」他說：「休息吧，妳是我的客人，至於妳的問題——時間到了會有答案的。」

瓦西婭點點頭，愣愣望著自己的手。當她再次抬頭，他已經不見蹤影。

24 我見到你心裡的慾望

「去找她！」坎斯坦丁怒吼道：「把她帶回來！」

男丁們不肯進森林裡，他們追著瓦西婭到森林邊緣便裹足不前，嘀咕著森林裡有狼和惡魔，而且天寒地凍。

「神會審判她的，巴圖席卡。」提摩菲的父親說，歐雷格也點頭贊同。坎斯坦丁措手不及，一時猶豫不決。樹後方的黑暗感覺深不見底。

「的確，孩子們，」他沉痛說道：「神會審判她的。願神與你們同在。」他說完在胸前畫了十字。男丁們一路交頭接耳，拖著沉重步伐走進村裡。神父回到冰冷不毛的房間，晚餐吃的粥沉甸甸壓著他的胃。他點亮聖母像前的蠟燭，上百個暗影瞬間活過來，湧到牆上。

「乖戾的僕人哪，」那聲音怒斥道：「為何放那個巫婆女孩在森林裡？我不是說必須關好她，必須送她進修道院？我很難過，僕人，非常難過。」

坎斯坦丁跪在地上，瑟縮顫抖。「我們盡力了，」他哀求道：「她是魔鬼。」

「那魔鬼現在跟我哥哥在一起，要是他有本事發現她的力量……」

燭火晃了一下，瑟縮在地板上的神父瞬間凝住。「你哥哥？」他低語道：「但你不是……」燭火突然熄滅，只剩喘息的黑暗。「你是誰？」

房間裡一陣冗長的沉默，那聲音笑了。坎斯坦丁不確定自己有聽見，他可能只是看到了，在牆上暗影晃動之中。

「我是呼風喚雨者，」那聲音喃喃道，話語中帶著幾分滿足。「你曾經以此為名召喚我，但很久以前，人們都叫我梅德韋得，也就是熊。」

「你是魔鬼！」坎斯坦丁雙手握拳低呼道。

所有暗影哄堂大笑。「沒錯，但我跟你稱之為神的傢伙有什麼差別？我同樣喜歡人們以我為名所做的事。只要你任我差遣，我同樣能賜給你榮耀。」

「你，」坎斯坦丁低聲道：「但我以為……」他以為自己被高舉，以為自己與眾不同，結果只是個可憐的蠢蛋，聽命於魔鬼。瓦西婭……他喉嚨緊縮。在他靈魂深處，一名驕傲的女孩正在夏日晴空下策馬奔馳，在爐灶邊跟哥哥說笑。「她會死的，」他雙拳壓著眼睛道：「而我竟然幫你動手。」話沒說完，他已經在腦中盤算，**千萬不能讓他們知道**。

「她應該進修道院或來我這裡，」那聲音講得理所當然，只夾著一絲絲惱怒。「但她現在跟我哥哥在一起。跟死亡同在，但沒有死。」

「跟死亡同在？」坎斯坦丁喃喃道：「但沒有死？」他希望她死，希望她活著，他希望自己死，那聲音再講下去，他一定會發瘋。

沉默蔓延，就在他快受不了時，那聲音再次出現。「你最想要什麼，坎斯坦丁．尼可諾維奇？」

「沒有，」坎斯坦丁說：「我什麼都不要，走開！」

「你真像耍脾氣的少女，」那聲音譏諷道，隨即柔聲說：「沒關係，我知道你要什麼。」說完便哈哈大笑。「你想要滌清自己的靈魂是吧，神父？你想要那無辜的女孩回來？嘖，你知道我能從死亡的手上救她回來。」

「她最好死了，離開這世界。」坎斯坦丁沙啞地說。

「她死前會飽受凌虐，但我可以拯救她，只有我。」

「那就證明給我看吧，」坎斯坦丁說：「帶她回來。」

那暗影哼了一聲。「別這麼急，神父。」

「你想要什麼？」坎斯坦丁如鯁在喉。

暗影樂不可支：「喔，坎斯坦丁．尼可諾維奇，神的子民問我想要什麼，這感覺真好。」

「所以是什麼？」坎斯坦丁氣沖沖說。**有這聲音在我耳朵，我怎麼行義路？倘若他能帶她回來，我就滌淨了**。

「小事一樁，」那聲音說：「小事一樁。一命換一命，你想要那個小女巫回來，我就要一個女巫。給我一個女巫，我就把她還給你，而且離開你。」

「什麼意思？」

「破曉時帶一名女巫到森林裡，到邊界來，到那棵橡樹。你看到就會知道。」

「她會怎樣？」神父說道，聲音輕若蚊蚋。「我是說我送去的那個——女巫。」

「唔，她不會**死**，」說完那聲音笑了。「死了對我有什麼好處？死亡是我哥哥，而我恨他。」

「除了瓦西婭，這裡沒別的女巫了。」

「女巫要能**看見**東西，神父，只有那個小姑娘看見嗎？」

坎斯坦丁沉默不語，心裡浮現一個跪在聖幛前，用潮溼的手抓著他手不放的朦朧身影。她的聲音在他耳中迴盪：**巴圖席卡，我看得見惡魔，隨時隨地**。

「你考慮考慮，坎斯坦丁・尼可諾維奇，」那聲音說：「你必須在天亮前把她交給我。」

「我要怎麼找到你？」他聲音比降雪還輕，凡人聽不見，但那暗影聽見了。

「到森林裡，」暗影厲聲道：「找雪花蓮，你就會知道了。給我女巫，我就給你女巫。給我女巫，讓自己自由吧。」

25 愛上少女的鳥

陽光輕撫臉頰，瓦西婭醒了過來。她睜開眼見到淺藍的天花板——不對，是遼闊的天空。她眼耳模糊，而且想不起來——想起來了。**我在冷杉林的屋子裡**。一個長著鬍鬚的下巴頂了頂她。她睜開眼，發現（再一次）自己和那匹棗紅公馬面面相覷。

妳睡太久了，公馬說。

「我以為你是夢。」瓦西婭略略驚詫地說。她已經忘了公馬這麼壯碩，黝黑的眼如此熾熱。她推開他的鼻子，坐起來。

我通常不是，公馬說。

昨晚的回憶突然出現在瓦西婭腦中。仲冬的雪花蓮、麵包與蘋果、她舌上濃濃的蜂蜜酒味、貼著她臉的那雙修長白手、疼痛。她將手從毯子裡抽出來，發現掌心有著一道淺色的疤痕。「這也不是夢。」她說。

公馬有些擔憂地望著她。**最好相信一切都是真的**，他像是對瘋子說道，如果妳在**做夢**，**我會告訴妳**。

瓦西婭笑了。「一言為定，」她說：「我現在醒了。」她下了床——感覺沒之前那麼痛了，腦袋也漸漸清楚。房子依然宛如中午的森林，只是多了柴火劈啪燃燒的聲響，壁爐上一只小壺冒著蒸氣。瓦西婭突然飢腸轆轆，走到爐邊，發現大餐當前，除了熱粥，還有牛奶與蜂蜜。她吃吃喝喝，公馬在她身旁閒晃。

吃完之後，她問公馬：「你叫什麼名字？」

公馬忙著舔她的碗，轉動一邊耳朵向著她，接著才說，**我叫索拉維**。

瓦西婭笑了。「原來你叫夜鶯。這麼大一匹馬竟然名字這麼嬌小。你是怎麼得到這個名字的？」

我是半夜生的，公馬正色道，**也許是從蛋裡蹦出來的，時間太久，我不記得了。我有時會跑，有時記得怎麼飛，所以叫這個名字**。

瓦西婭瞪大眼睛：「但你不是鳥。」

妳連自己是什麼都不知道，有辦法知道我是誰？公馬反唇相譏。**我就是叫夜鶯，理由很重要嗎？**

瓦西婭無從答起。索拉維已經吃完熱粥，抬頭望著她。瓦西婭不曾見過這麼俊美的馬。米許、梅特和歐岡比起來就像麻雀，而他是獵鷹。「昨晚，」她吞吞吐吐說道：「昨晚你說你是我的坐騎。」

公馬嘶鳴一聲，前蹄踏地。**我母親叫我要有耐心**，他說，**但我通常沒有。坐上來我們去跑跑吧，我還沒被人騎過**。

瓦西婭突然心生懷疑，但還是紮好辮子，看見外套、斗篷、手套和靴子擺在灶火旁邊，便過去穿上，接著和公馬一起走到刺眼的陽光下。屋外積雪深厚，瓦西婭看著公馬裸裎的背，伸了伸手腳，發現四肢和水一樣弱。公馬就像童話裡出來的雄駒，一臉驕傲期盼地等待著。

「我想，」瓦西婭說：「我需要踏腳石。」

公馬直豎的耳朵垂了下來。**踏腳石**？

「對，踏腳石。」瓦西婭堅定地說，隨即找到現成的樹墩。她走到一棵斷裂的倒樹前，公馬慢悠悠跟在後頭，似乎考慮另覓騎士，但還是走到了樹墩旁，一臉痛苦。瓦西婭站在樹墩上，輕巧地上馬。

索拉維仰首抬頭，全身肌肉瞬間緊繃。瓦西婭騎過年輕的馬，很清楚狀況，因此坐著不動。公馬鼻子用力噴氣，**很好**，他說，**至少妳個子小**。當他開始前進，卻只是小步側行，每隔幾秒就回頭看一眼背上的女孩。

❄

他們馳騁了一整天。

「不行，」瓦西婭一說再說，這是第十次了。昨夜困在下雪的森林裡沒想到讓她變得這麼虛弱，也讓騎馬變得難上加難。「你必須低頭，然後用你的背。騎著你就跟騎木頭一樣，又大又滑的木頭。」

公馬轉頭瞪她，**我知道怎麼走路**。

「但不知道怎麼載人，」瓦西婭頂了回去。「兩件事不一樣。」

有妳在背上感覺很怪，公馬抱怨道。

「我可以理解，」瓦西婭說：「你不想載我就不用載。」

公馬甩甩黑亮的鬃毛，沒有說話，接著——**我會載妳**，**母親說會漸入佳境**，但他語氣不大肯定。**哎**，**夠了**，**我們就來試試看吧**。他說完便拔腿狂奔，瓦西婭措手不及，整個人往前趴，雙腿緊緊夾著馬腹。公馬在樹木間穿梭，瓦西婭發現自己激動高呼。索拉維姿態敏如獵貓，動作也輕如獵貓，速度讓他倆合而為一。公馬奔馳如水，銀白世界任由他們馳騁。

最後，瓦西婭說：「我們該回頭了。」她臉紅喘息，眉開眼笑，索拉維放慢變成小跑，昂首抬頭，鼻翼發紅，興奮得拱背騰躍。瓦西婭緊抓著他，祈禱公馬不會把她甩出去。「我累了。」

公馬很不滿，豎起一邊耳朵指著她，但還是嘆息一聲掉頭往回，沒想到才過不久就看見冷杉林出現在眼前。瓦西婭滑下馬背，雙腳踏地傳來一陣劇痛，讓她倒抽一口氣倒在雪裡。剛痊癒的腳趾麻了，連騎幾小時的馬也無助於她虛弱的身體。「房子到哪裡去了？」她說著咬牙站了起來，但放眼望去只有冷杉，星光點點的紫藍夜幕覆蓋了整片森林。

找是找不到的，索拉維說，**妳得把視線移開一點**。瓦西婭照做，隨即在眼角邊瞥見林中那間小屋。公馬走在她身旁，瓦西婭覺得有些丟臉，竟然需要他溫暖肩膀的扶持。公馬推她走進屋裡。

莫羅茲科還沒回來，但火光熊熊的壁爐上擺著食物，不知誰放的，還有熱熱辣辣的飲料。她用布擦乾索拉維的身體，刷理棗紅毛髮，梳理長鬃毛。這也是第一次有人替他理毛。

笨蛋，瓦西婭一開始梳梳弄弄，他就說，**妳很累了，有沒有理毛對我一點差別也沒有**。儘管如此，當她特別仔細梳理尾巴，他還是心情大悅。結束後，他用鼻子蹭了蹭她的臉頰，用餐時一直檢查她的臉、頭髮和食物，彷彿懷疑她偷藏了什麼似的。

「你是從哪裡來的？」最後瓦西婭終於受不了這個一直沒吃飽的傢伙，開始餵他麵包，一邊說道：「在哪裡出生？」索拉維沒有回答，伸長脖子叼了一顆蘋果，用發黃的牙齒啃著吃。「你父親是誰？」瓦西婭鍥而不捨，但索拉維依然不答，偷了她的麵包緩緩走開，嚼得不亦樂乎。瓦西婭嘆了口氣，決定放棄。

❄

隨後三天，瓦西婭和索拉維每天出去馳騁。公馬載著她愈來愈駕輕就熟，瓦西婭的體力也慢慢恢復。

第三天晚上，他們倆練騎回來，莫羅茲科和白馬已經到了。瓦西婭一瘸一拐跨過門檻，慶幸雙腳還聽使喚，抬頭發現霜魔和牝馬等在屋裡，不禁停下腳步。

牝馬站在火旁，漫不經心舔著鹽巴，莫羅茲科坐在火的另一邊。瓦西婭脫下斗篷走到爐灶前，索拉維立刻走到平常的位置，期盼等待著。就一匹之前從未體驗過理毛的馬來說，他學得還真快。

「晚安，瓦西莉莎・彼得洛夫納。」莫羅茲科說。

「晚安。」瓦西婭說完驚訝發現霜魔正拿刀削著一塊紋理細緻的木頭，一朵木花在他的巧手下慢慢成形。他放下刀子，睜著藍色眼眸上下打量她。瓦西婭很好奇他看到什麼。

「我的僕人有好好服侍妳嗎？」莫羅茲科說。

「有，」瓦西婭說：「非常體貼，謝謝你的款待。」

「不客氣。」

瓦西婭替索拉維理毛，霜魔在一旁不發一語，但她感覺他在看她。她替公馬刷洗身體，梳開打結的鬃毛，接著自己洗了臉。晚餐上桌後，她立刻狼吞虎嚥，像隻年幼的母狼。桌上擺滿令人垂涎的美味，除了沒見過的水果和帶刺的堅果，還有乳酪、麵包與奶酪。當她終於慢下動作，直起身子，發現莫羅茲科正一臉嘲諷地望著她。「我很餓，」她歉然道：「我們在家不是吃得很好。」

「我相信，」霜魔答道：「妳看起來就像隆冬的餓鬼。」

「是嗎？」瓦西婭不悅地說。

「多多少少。」

瓦西婭沒有說話。柴火燃燒正盛，小屋裡光線由金轉紅。「你不在這裡的時候都去了哪裡？」

「想去哪裡就去哪裡，」他說：「現在是人類的冬天。」

「你會睡覺嗎？」

霜魔搖搖頭。「不是妳想的那種。」

瓦西婭不由自主看了大床一眼，黑色床架上層層疊疊的毯子有如雪堆。她將問題吞了回去，但莫羅茲科看穿了她的想法，眉毛饒富興味地挑了一挑。

瓦西婭面紅耳赤，趕緊牛飲一口掩飾滾燙的臉龐。她抬頭看去，發現他在笑。

「在我面前不用裝淑女，瓦西莉莎．彼得洛夫納，」他說：「那張床是我的僕人特地為妳準備的。」

「所以你——」瓦西婭說，臉蛋更紅了。「你從來沒……」

他又拾起刀子，輕輕彈掉花上的一片木屑。「很常，當時世界還年輕，」他語氣溫和道：「他們會把少女留在雪裡。」瓦西婭打了個寒顫。「有些女孩會死，」他說：「有些比較頑強或勇敢，就不會死。」

「那她們會怎麼樣？」

「她們會帶著一大筆錢回家，」霜魔冷冷說道：「妳沒聽過那些故事嗎？」

瓦西婭依然紅著臉，開口想說什麼，但又闔上嘴巴，腦中閃過幾十件能說的事。

「為什麼？」她最後擠出一句：「你為什麼要救我？」

「因為很有趣，」莫羅茲科說道，眼睛沒有離開手上的活。木花大略雕完之後，他放下刀子，拿起一塊玻璃（還是冰塊）開始磨平。

瓦西婭偷偷伸手去摸臉上之前凍傷的地方。「是嗎？」

霜魔沒有說話，但隔著火光和她四目相對。瓦西婭嚥了嚥喉嚨。

「你為什麼救我又打算殺了我？」

「勇者存活，」莫羅茲科說：「懦夫死在雪中。我不曉得妳是哪一個。」他放下木花，伸出手來，修長的手指拂過她臉頰和下顎之前受傷的地方。當他拇指碰到她的嘴唇，瓦西婭喉嚨裡一陣顫抖。「血統其一，靈視其二，但勇氣——勇氣是最稀罕的，瓦西莉莎·彼得洛夫納。」

瓦西婭血液沸騰，直到空氣裡每一個振動她都清楚感覺。

「妳問題太多了。」莫羅茲科突然抽手，這麼對她說。

瓦西婭望著他，火光照亮她睜大的雙眼。「真殘酷。」她說。

「妳有很長的路要走，」莫羅茲科說：「要是勇氣不夠，最好，真的最好，靜靜死在雪中。我那麼做或許才是對妳好。」

「哪裡是靜靜，」瓦西婭說：「哪裡是對我好？你傷了我。」

霜魔搖搖頭，再次拾起他的雕刻活兒。「那是因為妳反抗，」他說：「否則不是非受傷不可。」

瓦西婭轉頭靠著索拉維，兩人沉默許久。

最後他低聲說：「原諒我，瓦西婭，不要害怕。」

瓦西婭直直望著他的眼睛：「我不害怕。」

❄

第五天時，瓦西婭對索拉維說：「我今晚要替你的鬃毛紮辮子。」

公馬沒有嚇到，但她感覺他肌肉緊繃。**我不需要辮子**，他甩甩頭說，濃密的黑色鬃毛有如女人的秀髮波浪起伏，蓋到了脖子之後。完全不切實際，卻又美得難以形容。

「你會喜歡的，」瓦西婭勸哄道：「你不是討厭鬃毛弄到眼睛？」

才怪，索拉維斬釘截鐵地說。

女孩再接再厲。「你會變成馬國的王子。你頸子那麼美，不應該藏起來。」

索拉維不以為然地甩了甩頭，但心裡有一點虛榮。公馬都是如此。她感覺索拉維心動了，便嘆了口氣趴在他背上說：「拜託。」

喔，好吧，公馬說。

那天晚上，索拉維一梳洗完畢，瓦西婭便站在凳子上替他紮辮子。她怕觸怒公馬敏感的自尊心，因此打消了紮圈圈辮、鬈鬈辮和回紋辮的念頭，而是將鬃毛順著胸膛紮成一條羽毛狀的大辮子，讓他的脖子線條比以前更有氣勢，成果讓她非常滿意。接著她偷偷從桌上拿了幾朵還沒凋謝的雪花蓮，想編進辮子裡。公馬豎起耳朵，**妳在做什麼？**

「加一點花進去。」瓦西婭心虛說道。

索拉維跺腳蹬蹄，**不准放花**。

瓦西婭心裡掙扎了一番，嘆口氣將花放回桌上。

她將辮子尾巴綁好，停下動作後退兩步。長辮凸顯了雄赳赳的黑色脖子和頭部的優雅線條，讓她士氣大振。瓦西婭拖動凳子，準備開始紮尾巴。

公馬發出淒涼的嘆息。**連尾巴也要？**

「等我弄完，你看起來就會像馬王一樣。」

索拉維放棄似的轉頭想看看她到底在做什麼。**好吧，既然妳這麼說的話**。他似乎在重新考慮理毛到底好不好。瓦西婭不理他，一邊哼歌一邊抓起他尾骨上的短毛開始紮辮子。

突然一道冷風撩動了壁毯，爐灶裡火焰一閃。公馬豎起耳朵，瓦西婭回頭張望，正好看見門開了，莫羅茲科跨過門檻，白馬跟著擠進門來，屋裡的溫暖讓她毛髮冒氣。索拉維甩動尾巴，掙脫瓦西婭的手，驕傲地點了點頭，不理會他的母親。牝馬轉動耳朵，指著他紮成辮子的鬃毛。

「晚安，瓦西莉莎．彼得洛夫納。」莫羅茲科說。

「晚安。」瓦西婭說。

莫羅茲科脫下藍色外袍，袍子從他指尖滑落，剎時化為粉末消逝無蹤。他又脫下靴子，靴子滑開在地板上留下一攤水漬。他光著腳走到爐灶前，白馬跟了過去。他抓起一束麥稈，準備替她擦拭身體，麥稈瞬間變成熊毛刷。白馬耷拉著嘴，愉悅地甩動耳朵。

瓦西婭一臉讚嘆，走上前說：「你把麥稈變成刷子？是魔法嗎？」

「如妳所見。」莫羅茲科說，說完繼續替白馬理毛。

「可以告訴我，你是怎麼辦到的嗎？」瓦西婭走到他身旁，興沖沖地盯著他手上的刷子。

「妳太執著於東西的樣子了，」莫羅茲科一邊梳理牝馬的鬐甲一邊說道。他漫不經心低頭瞄她一眼。「妳必須讓東西變成最能滿足妳目的的東西，它們就會變成那樣東西。」

瓦西婭聽得一頭霧水，沒有回答。索拉維不甘寂寞地哼了一聲，瓦西婭拾起一束麥稈就朝他脖子刷去。但不論她怎麼瞪它，麥稈就是麥稈。

「妳不能將它變成刷子，」莫羅茲科看著她說：「因為那就代表妳相信它現在是麥稈，妳只要把它當成刷子就好。」

瓦西婭一臉不悅，狠狠瞪著索拉維的側腹道：「我不懂。」

「東西不會改變，瓦西婭。它們要嘛是這個東西，要嘛不是。魔法就是忘記東西不是妳要的樣子。」

「我還是不懂。」

「妳不懂不表示妳不能學。」

「我覺得你是在捉弄我。」

「妳覺得是就是。」莫羅茲科說，臉上掛著笑。

那天晚上，食物吃完、灶火轉紅之後，瓦西婭說：「你答應要講故事給我聽。」

莫羅茲科喝了一大口酒，才開口說：「什麼故事，瓦西莉莎・彼得洛夫納？我知道很多故事。」

「你知道哪個故事。你弟弟，也就是你敵人的故事。」

「我的確答應妳要講這個故事。」莫羅茲科不甘願地坦承道。

「我見過那棵糾結的橡樹兩次，」瓦西婭說：「從小到大我見過獨眼男子四次，最近又見過死人活過來。你覺得我對其他故事還會感興趣嗎？」

「那就喝點酒吧，瓦西莉莎・彼得洛夫納，」莫羅茲科輕柔的聲音隨酒滑進她的血管。「然後聽我說。」他倒了蜂蜜酒，瓦西婭喝了，感覺他變得年老、陌生，而且非常遙遠。

「我是死亡，」莫羅茲科緩緩說道：「嗯，從頭說起。很久以前，我誕生於人心之中，但出生的不只有我。當我睜開眼睛望著星星，弟弟就站在我身邊。我們是雙胞胎。我第一次看見星星，他也是。」

霜魔的話有如結晶，靜靜落到瓦西婭心底。她看見天空出現火輪，全是她沒見過的形狀，還有雪白大地，盡頭連接著暴劣的天空，黑中帶藍。「我的面孔是人，但我弟弟的面孔是熊，」莫羅茲科說：「因為人覺得熊很可怕。這就是我弟弟在做的事，他讓人恐懼。他吞食他們的恐懼，拚命餵飽自己，然後呼呼大睡，直到肚子又餓了。他最喜歡混亂，喜歡戰爭、瘟疫和深夜大火，但我很久以前就把他關住了。我是死亡，秩序的維護者，一切由我而過，世事就是如此。」

「既然你把他關住了，那他怎麼會——」

「我把我弟弟關住，」莫羅茲科依然輕聲細語：「我是他的監護人、守護者和獄卒。他有時醒來，有時熟睡，因為他終究是熊。但他現在醒來了，而且比從前都要強壯，就快掙脫捆綁了。他不能離開森林，還沒辦法，但已經離開橡樹的影子，這是過去一百代他從來無法做到的事。妳的族人愈來愈害怕，離棄了精靈與妖怪，讓妳家房子失去保護。他已經用他們來填飽飢餓，夜裡殺人，讓死人走出墳墓。」

瓦西婭不發一語，思索這一切。「怎樣才能打敗他？」

「有時要靠詭計，」莫羅茲科說道：「很久以前我曾靠力氣擊敗他，但那時有人協助我。現在我只有一個人，而且力量變弱了。」他停頓片刻，接著說：「但他還沒完全掙脫。他需要人命，更多的人命，還有受虐死者的恐懼才能完全自由。看得見他的人的性命效力最強。妳遇見我的那一晚要是在森林裡被他取了性命，他就會自由了，即使當時所有世界之力都在對抗他也一樣。」

「怎樣才能重新關住他？」瓦西婭語氣裡透露出一絲不耐。

莫羅茲科似笑非笑。「我還有最後一招，」是她自己幻想，還是他目光真的在她臉上逡巡？她感覺護身符沉沉掛在她喉間。「我要在隆冬關住他，趁我力量最強的時候。」

「我可以幫你。」

「妳行嗎？」莫羅茲科有點好笑地說：「只有一半血統，還是個女孩，而且沒有半點經驗？妳完全不了解傳說、戰鬥和魔法，這是要怎麼幫助我呢，瓦西莉莎．彼得洛夫納？」

「我讓多莫佛伊活著，」瓦西婭反駁道：「還讓烏皮爾染指不了我家的壁爐。」

「是啊，真厲害，」莫羅茲科說道：「白天死了一個新鮮烏皮爾，面如死灰的多莫佛伊保住了小命，還有一個女孩白癡似的跑到雪地裡。」

瓦西婭把氣嚥了下去。「我有護身符，」她說：「是保母給我的，從我父親那邊拿到的。烏皮爾出現的那幾個晚上，它幫了大忙，或許這次也可以。」她從上衣裡撈出藍寶石，握在手裡感覺沉重冰涼。她拿著寶石對著火光，銀藍色的寶石剎時光彩四射，發出六角星芒。

是她自己幻想，還是他臉真的白了？只見他雙唇緊繃，眼眸和水一樣深沉，不見顏色。「小小一個護身符，」他說：「過時微弱的魔法，保護一個小女孩。這麼微不足道的東西，竟然拿到熊的面前？」但他目光一直黏在寶石上。

瓦西婭沒有察覺。她鬆開手中項鍊，彎身向前。「從小到大，」她說：「我一直被人呼來喚去，被指示該怎麼活，該怎麼死，說我必須服侍，當他的牝馬，不然就要躲在高牆之後，將軀體獻給冰冷沉默的神，要是我走自己的路，就會墮落到地獄之中。我寧可明天死在森林裡，也不要聽別人的使喚活一百年。拜託，**求你**讓我幫你。」

莫羅茲科一時似乎動搖了。

「妳沒聽到我說的嗎，」但他最後說道：「熊要是取妳性命，他就會徹底自由，而我完全無力轉圜。妳最好離他遠一點。妳只是年輕女孩，回到家裡比較安全。這樣最好，這樣就是在幫我。戴著妳的項鍊，別去修道院。」她沒見到他嘴角的不悅。「會有男人娶妳為妻，我會安排，還會給妳嫁妝，金銀財寶，跟故事說的一樣。妳喜歡嗎？手腕和脖子戴著金飾，擁有全羅斯最華美的嫁妝？」

瓦西婭突然起身，凳子被她撞得翻倒在地上。她說不出話，光著腳沒戴帽子跑進夜色之中。索拉維瞪了莫羅茲科一眼，隨即追出去。

屋裡陷入沉默，只有柴火劈啪燃燒。

做得真差，牝馬說。

「我有做錯嗎？」莫羅茲科答道：「她回家比較好，有哥哥保護她，熊會被關，她會嫁人，平安度日。她必須戴著項鍊，必須長壽而且記得。我不會拿她的性命冒險，妳知道後果有多嚴重。」

你這樣是否定真正的她，她會凋萎。

「她還年輕，會找到出路。」

牝馬沒有說話。

❄

瓦西婭不曉得自己騎了多久。索拉維追著她跑進雪地裡，她沒有多想就跳上他的背。她可以一直騎下去，但最後公馬還是將她載回冷杉林。林中小屋在她視線裡搖晃模糊。

索拉維甩甩鬃毛，**下去**，他說，**屋裡有火，妳又冷又累又害怕**。

「我不怕！」瓦西婭怒氣沖天，但還是滑下馬背，腳踩在地上打了個哆嗦。她跛著腳在林中穿梭，絆到了熟悉的門檻。爐灶裡火光熊熊，她脫下溼漉漉的外衣，沒發現安靜的僕人悄悄把衣服拿走。她勉強走到爐邊，癱坐在椅子上，莫羅茲科和牝馬已經不在了。

後來她喝了一杯蜂蜜酒，雖然腳趾發冷，還是靠著爐灶沉沉睡去。

柴火減弱，女孩依然熟睡，夜最深的時候，她做了一個夢。

她在坎斯坦丁房裡，空氣飄著泥土和血腥味，一頭怪物正蹲在神父拚命掙扎扭動的身體上。它抬起臉，瓦西婭看見它嘴唇和下巴都沾了血。她伸手驅趕它，怪物尖叫一聲，跳出窗外消失無蹤。瓦西婭跪在床邊，在扯破的毯子上東摸西找。

但她找到的不是坎斯坦丁神父的臉，而是艾洛許睜著死灰的眼眸瞪著她。

瓦西婭聽見咆哮聲，轉頭發現烏皮爾回來了。是敦婭。死掉的敦婭搖搖晃晃，窗子爬到一半，張著黑洞般的嘴，指尖骨頭露了出來。曾是她母親的敦婭。這時牆上的影子匯聚為一，獨眼暗影嘲笑她說：「愛哭鬼，妳在害怕，真是太美味了。」

角落裡的聖像統統活過來，尖叫贊同。暗影也開口想笑，卻不再是暗影，而是大熊，一頭牙齒咬著飢荒的熊。牠高聲咆哮，嘴裡噴出火焰，牆壁起火，她家開始燃燒。她聽見伊莉娜在慘叫。

大火中顯現一張獰笑的臉，森藍斑駁，一隻眼睛是巨大的黑洞。「來吧，」那臉說道：「跟他們一起，妳將永生不死。」她死去的哥哥和妹妹站在那幻影旁邊，似乎在火焰裡召喚她。

瓦西婭臉上被硬物掃過，但她沒有理會。

她伸手道：「艾洛許！艾洛席卡！」

一陣劇痛襲來，比剛才更加猛烈。瓦西婭正困在啜泣和尖叫之間，硬是被拖離夢中。索拉維急急用鼻子頂她，之前還咬了她上臂。瓦西婭牙齒打顫，雙手有如兩團冰，抓住他溫暖的鬃毛，將臉埋進他毛髮裡。她腦中滿是尖叫和那個獰笑的聲音。**來吧，否則妳再也見不到他們了。**接著她聽見另一個聲音，感到一陣刺骨的寒風。

「回來，妳這頭母牛！」索拉維氣憤咆哮，瓦西婭感覺一雙冰冷的手掌覆上她的臉頰。她睜眼想看清楚，卻只見到父親的房子火光熊熊，獨眼男子出聲召喚。

忘了他，獨眼男說，**來我這裡**。

莫羅茲科摑她臉頰，「瓦西婭，」他說：「瓦西莉莎．彼得洛夫納，看著我。」

感覺就像長途跋涉，但她眼前慢慢浮現他的眼眸。她看不見林中的小屋，只看見冷杉林、白雪、馬群和夜空。凜冽的空氣在她四周徘徊，瓦西婭試著緩和慌亂的呼吸。

莫羅茲科厲聲說了什麼，但她沒有聽懂。接著他說：「喏，喝下去。」

酒碰到她唇邊，瓦西婭聞到蜂蜜的香氣。她喝了一口，嗆到了，還是設法嚥下。她抬起頭，酒杯空了，她的呼吸也放慢下來。她又看得見屋裡的牆壁了，只是邊緣有點搖晃。索拉維猛然低下他的大腦袋，深舌舔她的臉和頭髮。瓦西婭虛弱微笑。「我很好。」她開口說，但笑變成了哭泣，又變成嚎啕大哭。瓦西婭伸手遮臉。

莫羅茲科瞇眼望著她。她臉上仍然留著他的掌印，被摑的臉頰也隱隱抽痛。

最後她哭聲漸緩說：「我做了個惡夢。」她縮在椅子上，覺得又冷又難堪，淚水黏乎乎沾在臉上，不敢正眼看他。

「別這樣看，」莫羅茲科說：「那不只是惡夢，是我的錯。」他看見她在發抖，便不耐地說：「到我這裡，瓦西婭。」

瓦西婭困惑地站起來，忍住新湧出的淚水。霜魔替她披上斗篷。她不曉得他是怎麼弄到斗篷的，也許是憑空變的。他抱起她，和她一起坐在溫暖的爐灶椅上，動作非常溫柔。雖然他呼出的是寒風，身體卻是暖的。她手心感覺到他的心跳，很想抽身將他推開，驕傲地瞪視他，但她實在很冷，又很害怕。她聽見耳中脈搏砰砰作響，笨拙地將頭靠在他的肩窩。他手指輕拂她披散的頭髮，她的顫抖緩緩平息。「我沒事了，」過了一會兒，她略微不安說：「你剛才說是你的錯，那是什麼意思？」

她感覺（而不是聽見）他笑了。「梅德韋得是惡夢大師，憤怒與恐懼是他的糧食和水，他就是藉此掠奪人的心。對不起，瓦西婭。」

瓦西婭沒有說話。

過了一會兒，他說：「告訴我，妳夢見什麼。」

瓦西婭將夢重述一遍，說完又開始發抖，霜魔靜靜抱住她。

之後，瓦西婭說：「你說得對，我根本對古代魔法和世仇等等一無所知，可是我必須回家。我可以保護我的家人，就算沒辦法永遠。只要我向他們解釋，父親和艾洛許就會明白了。」

想起哥哥死去的景象，讓她心如刀割。

「很好。」莫羅茲科說道。她沒有看著他，所以沒發現他臉色鐵青。

「我可以帶索拉維一起去嗎？」瓦西婭吞吞吐吐。「如果他願意的話？」

索拉維聽了甩甩鬃毛，低下頭用一邊眼睛望著瓦西婭。**妳去哪裡，我就去哪裡**，他說。

「謝謝你。」瓦西婭低聲道，摸了摸他的鼻子。

「妳明天出發，」莫羅茲科說：「今晚好好睡覺。」

「為什麼？」瓦西婭推開莫羅茲科，望著他說：「如果能在夢裡等我，那我當然不要睡。」

莫羅茲科陰陰地笑了。「但這一回我會在。就算在妳夢裡，只要我在，梅德韋得就不敢靠近屋子。」

「你怎麼知道我在做夢？」瓦西婭問：「而且及時趕回來？」

莫羅茲科眉毛一挑。「我知道，我之所以能及時趕回來，是因為星辰之下沒有什麼跑得比我的白馬更快。」

瓦西婭張口想再發問，但疲憊如海浪席捲而至，她努力擺脫睡意糾纏，忽然感到害怕。「不要，」她低聲道：「不要——我沒辦法再經歷一次。」

「他不會回來，」莫羅茲科語氣沉穩，在她耳邊答道。她感覺到他體內的歲月與力量。「一切都不會有事。」

「別走。」她低聲道。

他臉上閃過一絲異樣，瓦西婭無法解讀。「我不會走。」霜魔說，但無所謂了，因為睡意如黑色巨浪淹沒她，湧入她體內。瓦西婭闔上眼皮。

「睡眠是死亡的親戚，瓦西婭，」莫羅茲科低頭輕聲對她說道：「而他們都是我的家人。」

❄

瓦西婭醒來時，莫羅茲科果然如他承諾的沒有離開。她爬下床，走到火旁，莫羅茲科望著火焰動也不動，彷彿從她睡著就沒有動過。瓦西婭要是定睛細看，就會看見一大片森林，而他是巨大的白色寂靜，無形無狀，在森林中央。但她一屁股坐到凳子上，莫羅茲科轉頭看她，臉上的悠遠剎時少了幾分。

「你昨天跑去哪裡？」她問他：「熊知道你跑遠了，你人在哪裡？」

「四處走走，」莫羅茲科說：「我帶了禮物給妳。」

灶火旁擺了一堆東西，瓦西婭瞄了一眼。霜魔眼神一挑，瓦西婭立刻像個小女孩拿起第一樣東西，心怦怦跳的將它打開。裡面是一件紅色滾邊綠洋裝和一件貂皮襯裡斗篷，還有莓果繡花的毛皮靴、頭巾與寶石指環，寶石非常多。瓦西婭捧起所有禮物，厚皮袋裡裝著金子和銀子，還有銀布和一疋她從來沒見過的布，感覺高雅又柔軟。

瓦西婭望著所有東西，**我是故事裡的女孩**，她心想，**這就是傳說中的金銀珠寶，而他會送我回到父親的房子，帶著滿滿的禮物**。

她想起夜裡他手的觸感，想起那份溫柔。

不，那不代表什麼，不在故事裡面。我是童話裡的女孩，他是邪惡的霜魔。少女離開森林之後嫁給一位英俊的男子，忘了所有魔法。

那她為何如此心痛？她放下布疋。

「這些是我的嫁妝嗎？」她柔聲細語，但不曉得自己臉上是什麼表情。

「這是妳該有的。」莫羅茲科說。

「但不是你給，」瓦西婭低聲道，發現他一臉驚訝。「我會把你替我摘的雪花蓮給我繼母，索拉維願意的話，會跟我回雷斯納亞辛里亞，除此之外，我不會拿你任何東西，莫羅茲科。」

「妳不拿我任何東西，瓦西婭？」莫羅茲科說。她頭一回聽見他發出人的聲音。

瓦西婭踉蹌後退，撞到散落腳邊的禮物。「對！」她知道他知道她在哭，知道自己努力講理。「關住你弟弟，拯救我們。我要回家了。」

她的斗篷掛在火旁。她穿上靴子，拿起裝著雪花蓮的籃子，心裡有一個角落希望他能阻止她，但他沒有。

「妳黎明會回到村裡，」莫羅茲科站起身來，頓了一下說：「相信我，瓦西婭，別忘了我。」

她已經跨出門檻離開了。

26 雪融

她只是一個可憐又愚蠢的瘋子，坎斯坦丁．尼可諾維奇心想，**他說他不會殺她，我必須讓他離開我，這事不能讓任何人知道。**

破曉天色灰濛，血紅朝陽緩緩升起，**他說的邊界在哪裡？森林，雪花蓮，破曉前的橡樹。**

坎斯坦丁溜進安娜的房間，碰了碰她的肩膀。她女兒睡在她身邊，伊莉娜沒有反應。他伸手摀住安娜的嘴，壓住她的尖叫。「跟我來，」他對她說：「神召喚我們。」他看著她的眼睛，她張口結舌不敢動彈。他吻了她的額頭。「來吧。」他說。

她睜大眼睛望著他，眼眶突然湧出淚水。

「好。」她說。

她像狗一樣跟著他。他原本打算甜言蜜語，講些蠢話，豈知只是看她一眼，她就百依百順了。天色幽暗，但東方的天空已經亮了。氣溫很低，他替她披上斗篷，帶她離開房子。安娜已經幾個月足不出戶，連白天也不出門，現在卻緊跟著他，帶著微微加快的疲憊呼吸，和他一起走出村外。

兩人剛進森林不久，便見到一棵老橡樹。坎斯坦丁之前從來沒見過這棵樹。橡樹四周冬意瀰漫，大雪蔽日，地面硬如鋼鐵，河面有如湛藍的寶石，但樹下的雪是融的，而且——坎斯坦丁走上前去，地上長滿雪花蓮。安娜抓著他的胳膊，低聲問道：「神父，喔，神父，那是什麼？冬天還沒過去，這時有雪花蓮太早了。」

「雪融了，」坎斯坦丁疲憊厭煩，不容質疑地說：「來吧，安娜。」她緊緊牽住他的手，像個小孩似的。天色微明，他看見她齒間的黑縫。

坎斯坦丁帶她走近橡樹，走向時節不對的雪花蓮，愈走愈近。兩人忽然來到一個他們從未見過的空地。橡樹有如老人獨自立在中央，白花圍繞在它灰白的膝邊。天空白濛一片，地上的融雪剛要變成淤泥。

「做得好。」那聲音說，感覺來自空中，來自水裡。安娜發出啜泣的哀號，坎斯坦丁看見雪中出現一道暗影，急速膨脹拉長，扭曲變形。他從來沒見過那麼黑的影子。安娜的目光不在暗影之上，她伸出手指顫抖指著暗影後方，開始尖叫，聲嘶力竭地尖叫。

坎斯坦丁順著安娜的目光望去，什麼也沒看見。

「做得好，我的僕人，」暗影說道：「她正是我要的。她看得見我，而且害怕。尖叫吧，維德瑪[50]，尖叫吧。」

坎斯坦丁覺得空虛，卻又出奇平靜。他推開安娜，但她雙手亂抓，牢牢攫住他，指甲隔著毛衣嵌進他手臂裡。

「好了，」坎斯坦丁說：「別忘了你的承諾，離開我，讓那女孩回來。」

暗影忽然僵住不動，彷彿聽見遠處獵人腳步聲的野豬。「回家吧，神父，」它對坎斯坦丁說：「回去等著。那女孩會回到你身邊，我保證。」

安娜叫得更可怕、更大聲了。她撲倒在地，親吻神父的腳，雙手摟著他哀求道：「巴圖席卡，

---

50 維德瑪：原文唸作維蒂瑪，女巫、有智慧的女人。

巴圖席卡！不要——求求你，不要拋下我，我求你，求求你！那人是惡魔！它是惡魔！」

坎斯坦丁又累又厭惡。「很好。」他對暗影說。

他將安娜推開，「我建議妳禱告。」但她只是哭得更厲害。

「我走了，」坎斯坦丁對暗影說：「我會等著，別食言了。」

27 冬熊

瓦西婭天一破曉就回到雷斯納亞辛里亞。冬日清晨天空澄澈，索拉維載她來到最靠近屋子的柵欄。瓦西婭站在他背上，正好搆得著加了尖刺的牆。

我會等妳，瓦西婭，公馬說道，**需要我的時候，喊我就好**。

瓦西婭伸手摸了摸公馬的脖子，接著翻過柵欄落在雪地上。

她發現艾洛許獨自在冬廂廚房裡，全副武裝穿著斗篷和靴子走來走去，一看見她就僵住不動，兄妹倆四目相對。

艾洛許兩大步奔到她面前，一把將她摟入懷裡說：「老天，瓦西婭，妳嚇壞我了，」他對著她的頭髮道：「我以為妳死了，因為該死的安娜．伊凡諾夫納和烏皮爾。我正想出去找妳。出了什麼事？妳……妳看起來一點也不冷。」他微微將她推開。「妳變了。」

瓦西婭想起林中的小屋，想起佳餚、沉睡與溫暖。她想起自己在雪地上無數次的馳騁，想起莫羅茲科，想起那晚他隔著火光注視她的神情。「可能吧。」她說著將花扔在桌上。

艾洛許倒抽一口氣。「妳在哪裡找到的？」他結結巴巴說：「怎麼找到？」

瓦西婭詭譎一笑。「禮物。」她說。

艾洛許伸手摸了摸脆弱的花莖。「沒有用的，瓦西婭，」他回神道：「安娜不會信守承諾。村民已經在怕了，萬一這事傳出去……」

「我們不會說出去，」瓦西婭斬釘截鐵地說：「我做到我承諾的事，這就夠了。到了仲冬，死人會再次安睡，父親會回來，你和我可以跟他講道理。在這之前，我們需要保護這間房子。」

她轉身走向爐灶。

這時，伊莉娜從外頭踉踉蹌蹌跑進廚房，大聲喊道：「瓦西席卡！妳回來了，我好害怕。」她撲上去抱住瓦西婭，瓦西婭輕撫妹妹的頭髮，伊莉娜抽身退開。「但媽媽呢？」她說：「她平常都睡得晚，這會兒卻不在床上，我還以為她會在廚房。」

瓦西婭感覺頸子被冰冷的手指摸了一下，不確定為什麼。「小寶貝，她也許在教堂裡，」她說：「我會去瞧瞧。喏，這些花給妳。」

伊莉娜接過花湊到唇邊。「這麼快春天就來了啊，瓦西席卡？」

「沒有，」瓦西婭答道：「這只是履行諾言。記得藏好，我去找妳母親。」

教堂裡除了坎斯坦丁神父，沒有別人。瓦西婭輕輕走在寂靜裡，成群的聖像似乎凝視著她。「妳，」坎斯坦丁疲憊地說：「他遵守諾言了。」但他目光一直停在聖像上。

瓦西婭繞過神父走到他和聖幛之間。神父眼窩凹陷，兩眼微微冒著火光。「我為妳放棄了一切，瓦西莉莎．彼得洛夫納。」

「不是一切，」瓦西婭說：「因為你的自尊顯然完好無缺，還有你的幻覺也是。我繼母在哪裡，巴圖席卡？」

「妳錯了，我放棄了一切，」坎斯坦丁說道。他提高音量，彷彿管不住似的脫口而出：「我以為那聲音是神，結果不是，使得我與罪同在——想要妳的罪。為了擺脫妳，我聽從魔鬼，從今以後再也無法潔淨。」

「巴圖席卡，」瓦西婭說：「你說的魔鬼是誰？」

「暗處的聲音，」坎斯坦丁答道：「風暴的召喚者，雪地裡的暗影，但他告訴我……」他雙手摀臉，肩膀顫抖。

瓦西婭蹲到地上扳開神父的手。「巴圖席卡，安娜．伊凡諾夫納在哪裡？」

「她在森林裡，」坎斯坦丁說。他一臉驚奇望著她的臉，跟艾洛許一樣。她心想林中小屋到底對她造成了什麼改變。「和暗影一起，這就是我犯罪的代價。」

「巴圖席卡，」瓦西婭小心翼翼地問：「你在森林裡有沒有見到一棵又黑又糾結的大橡樹？」

「妳當然知道那裡，」坎斯坦丁說：「那是魔鬼出沒的地方。」

說完他就開始了。瓦西婭剎時面無血色。「怎麼，小姑娘？」他語氣恢復了幾分過往的傲慢。「妳何必為了那個發瘋的老女人難過？她可是希望妳喪命呢。」

但瓦西婭已經奔出教堂朝屋子跑去，門在她身後狠狠甩上。

她想起繼母雙眼圓睜，盯著多莫佛伊的模樣。

他最想要看得見他的人的性命。

熊得到女巫，而且天亮了。

瓦西婭兩指放進嘴裡，發出尖銳的呼哨聲。煙囪已經微微冒煙。她的哨聲有如突襲者的利箭劃破晨曦，村民紛紛從屋裡出來。**瓦西婭！**她聽見他們喊著，**瓦西莉莎．彼得洛夫納！**隨即安靜下來，因為這時索拉維躍過柵欄。他大步奔到瓦西婭面前，瓦西婭沒有等他放慢腳步就躍上馬背。她聽見村民們一陣讚嘆的驚呼。

公馬奔到多爾停下來，馬廄裡傳來陣陣馬鳴。艾洛許跑出房子，手中長劍已經出鞘。伊莉娜緊跟在後，在門口躊躇畏縮。兄妹倆駐足望著索拉維。

「艾洛席卡，跟我來，」瓦西婭說：「快點！沒時間了。」

艾洛許看了看妹妹和棗紅色的公馬，又看了看伊莉娜和村民們。

「你也能載他嗎？」瓦西婭對索拉維說。

可以，索拉維說，**只要妳開口。但我們要去哪裡，瓦西婭？**

「去找橡樹，熊的空地，」瓦西婭說：「用你最快的速度跑。」艾洛許不發一語跳上馬背，坐在妹妹身後。

索拉維仰起頭顱，有如嗅到戰鼓的戰馬。但他說，**妳不能靠自己，莫羅茲科還在遠方，他說他得等到仲冬。**

「不能靠自己？」瓦西婭說：「**我偏偏可以**。快點！」

❄

安娜・伊凡諾夫納沒聲音了，聲帶受損，肌肉也筋傷脈斷，但她還是試著尖叫，能發出的只剩下喑啞的喘息。她倒在地上，獨眼男笑著坐在她身旁。「喔，小美人，」他說：「繼續尖叫啊。真好，尖叫最能讓靈魂飽滿了。」

他彎身湊向安娜，她剎時看見一個臉上有著猙獰藍疤的男人，下一秒又變成獰笑的獨眼熊，頭與肩似乎撼動天空。接著他影蹤全無，成了暴雨、狂風和夏日的野火，又化作一道暗影。安娜瑟縮閃躲，不停作嘔。她跌跌撞撞想站起來，但那東西低頭對她獰笑，讓她頓時四肢無力。她倒在地上，呼吸惡臭的空氣。

「妳真是太棒了。」那東西說著再次彎身靠近，口水直流，僵硬的雙手撫過她的皮膚。它蹲坐時又是另一個樣貌，個小而白，面孔縮到近乎烏有，只剩緊靠著的兩隻眼睛、窄鬢角和一張血盆大口。它彎腰駝背，腦袋夾在雙膝之間，不時看著安娜，漆黑的眼眸閃著一絲飢餓。

「敦婭，」安娜哽咽道，因為那東西正是敦婭，打扮得和他們替她入殮時一樣。「敦婭，求求妳。」

敦婭什麼都沒說，張開饑饞的大嘴。

「死吧，」梅德韋得神情沉醉，語氣溫柔，鬆開安娜後退一步說：「死吧，然後永遠活著。」

烏皮爾撲上去，安娜只能虛弱地張手抵抗。

就在這時，空地另一頭，公馬的嘶鳴破空而來。

❄

索拉維大步奔馳，瓦西婭告訴艾洛許繼母被怪物抓去，只要殺死她，它就能掙脫捆綁，用驚恐將村子焚為平地。

艾洛許聽完沉吟片刻，接著說：「瓦西婭，**妳到底去哪裡？**」

「我去了冬王的住處，當他的座上賓。」瓦西婭說。

「嘿，那妳應該帶金銀珠寶回來才對。」艾洛許立刻說道，瓦西婭笑了。

晨光漸朗，樹林間飄出一道熱且臭的詭異氣味，索拉維耳朵向前，腳下步伐又平又穩。他應當是戰神的坐騎，但瓦西婭兩手空空，而且對戰鬥一無所知。

妳絕不能害怕，索拉維說。瓦西婭摸了摸他滑順的脖子。

橡樹龐然浮現眼前，瓦西婭感覺身後的艾洛許身體一繃。兄妹倆經過橡樹，發現來到一處空地。瓦西婭不曾到過這個地方。天空花白一片，空氣溫暖，讓她衣服底下冒出汗來。

索拉維仰起上身奮力長嘶，艾洛許摟住瓦西婭的腰，只見泥濘之中趴著一個白色形體，在它身下壓著另一個形體，胸膛劇烈起伏，四周一大灘鮮血。

熊就在兩個形體上方獰笑等待，但他不再是臉上有疤的矮小男子，瓦西婭眼前是真正的熊，比她見過的熊都要魁梧，毛髮稀稀落落，色如苔蘚，黑色的嘴唇圈著猙獰的大嘴閃閃發亮。

他一見到他們，黑唇便彎出淺笑，同時伸出血紅的舌頭。「一次兩個！」他說：「真是太好了。我還以為妳被我哥哥占有了，小姑娘，但我想他太蠢，沒能把妳留住。妳眼睛和海王一樣，有哪位凡人少女擁有這樣的眼睛？」

這時，瓦西婭瞥見白馬奔進空地。

「哎呀，真糟糕，他來了，」熊說，但聲音剎時變得冷酷。「嘿，老哥，你是來趕我走嗎？」

莫羅茲科目光熊熊朝瓦西婭瞥了一眼，她立刻感覺體內也竄起一把火焰，既有力又自由。壯碩的棗紅公馬在她身下，目光狂野的霜魔在另一邊，而怪物在他們倆之間。她仰頭大笑，感覺脖子上的寶石灼熱滾燙。

「欸，」莫羅茲科用風一樣的聲音嘲諷道：「我可是盡力保護妳安全了。」

空地風起，凜冽刺骨，勢小而急，天上白雲瞬間散了一小片，瓦西婭瞥見純淨的破曉天空。她聽見莫羅茲科開口說話，聲音溫和清晰，但她聽不懂意思，而他的眼睛盯著她看不見的東西。風愈來愈強，愈來愈冷。

「你想嚇唬我嗎，卡拉臣？」梅德韋得說。

「我可以替妳爭取一點時間，」那風在瓦西婭耳邊道：「但不知道能支持多久，要到隆冬我的力量才會更強。」

「我們沒時間了，他抓了我繼母，」瓦西婭說：「我忘了她也看得見。」

她忽然察覺森林裡還有其他面孔，聚集在空地邊緣，除了長髮浸溼的裸體女子和皮膚狀似樹皮、老人樣貌的東西，還有睜著一雙大魚眼的河王伏賈諾伊，波列維克和波洛特尼克[51]也在。其中不少怪物挨到白馬身旁，跟瓦西婭和索拉維一起，聚在他們腳邊。瓦西婭身後的艾洛許驚吁一口氣。「我看得見他們耶，瓦西婭。」

熊也開口了，聲音如人尖叫，一些怪物聽到了開始朝他靠攏，除了惡毒的沼澤妖怪波洛特尼克，還有——瓦西婭心頭一震——露莎卡，可愛的臉龐變得陌生、狂亂、空洞與飢渴。

妖怪選邊而站，瓦西婭發現他們全都神情專注。**冬王梅德韋得，我們會回應你的召喚。**瓦西婭感覺他們個個蓄勢待發，準備大戰一場。她熱血沸騰，聽見妖怪們七嘴八舌。白馬也上前一步，莫羅茲科在她背上。索拉維仰起上身，大力地蹬地跺步。

「上吧，瓦西婭，」寒風帶著莫羅茲科的聲音說：「妳繼母必須活著。跟妳哥哥說他的劍砍不進死人肉裡，還有——別死了。」

女孩調整重心，索拉維載著兩人飛也似的朝前殺去。熊大吼一聲，空地瞬間陷入混戰。露莎卡撲向自己的父親伏賈諾伊，撕扯他長疣的肩膀。瓦西婭看見樹妖列許受了傷，樹幹上的傷口噴出樹汁般的液體。索拉維繼續前行，兩人一馬來到那灘血泊旁停了下來。

51　波洛特尼克：沼澤住民、沼澤妖精。

烏皮爾抬頭張望，朝他們齜牙咧嘴。安娜臉色死灰、沾滿泥塊倒在烏皮爾身下，動也不動，敦婭全身是血和泥，臉上爬滿淚痕。

安娜嘴裡咕嚕，緩緩發出一聲長嘆。她喉嚨被劃開了。他們身後傳來熊勝利的歡呼，敦婭像貓一樣伏低身子準備突襲。瓦西婭緊盯著她，滑下馬背。

不行，瓦西婭，公馬喊道，**快回我背上來**。

「艾洛席卡，」瓦西婭依然盯著敦婭。「去對付其他人吧，索拉維會保護我。」

艾洛許下了馬。「說得好像我會離開一樣，」他說。幾頭聽命於熊的妖怪包圍了他們。艾洛許發出一聲戰吼，揮舞手中的長劍，索拉維低下頭，有如預備攻擊的鬥牛。

「敦婭，」瓦西婭說：「敦婭席卡。」她隱約聽見哥哥嘟囔一聲，混戰已經逼到他們附近。某處傳來像是狼嗥的叫聲，又像女人的尖叫，但她和敦婭繼續對峙，劃出了一小圈寂靜。索拉維前蹄蹬地，耳貼腦後，**那東西不認得妳了**，他說。

「**她認得**，我知道她認得，」驚恐和強烈的飢餓在烏皮爾臉上僵持不下。「我只是告訴她不用害怕。敦婭——敦婭，求求妳。我知道妳很冷，也很害怕，但妳不認得我了嗎？」

敦婭不停喘息，眼裡閃著地獄的火光。

瓦西婭掏出匕首，朝手腕上的血管狠狠劃了一刀。她的皮膚無能抵擋，傷口血流如注。索拉維本能往後退，「瓦西婭！」艾洛許大喊，但她沒有理會，逕自上前一大步，鮮血從她腕上汩汩而出，灑得雪地、泥巴和雪花蓮上一片腥紅。索拉維再往後退。

「喏，敦婭席卡，」瓦西婭說道：「來吧。妳餓了，之前總是妳讓我填飽肚子，記得嗎？」她伸出淌血的手腕。

下一秒鐘，她不再有時間思考。那東西猶如貪吃的小孩抓住她的手臂，嘴巴牢牢貼著她的手腕開始拚命吸吮。

瓦西婭動也不動，努力讓自己不要腳軟。

那東西邊吸邊哭，抽噎得愈來愈厲害，後來突然甩開瓦西婭的手，跌跌撞撞往後退開。瓦西婭頭暈目眩，腳步踉蹌，視線邊緣黑花朵朵。索拉維站到身後將她托住，用鼻子焦急點她。

瓦西婭的手腕像是狗啃過的骨頭。她咬牙撕下一塊上衣，將手腕緊緊包好，耳中聽見哥哥揮劍的聲響。艾洛許被打鬥捲了進去，愈離愈遠。

烏皮爾卑微惶恐地望著她，鼻子、下巴和臉頰沾滿了血漬與血痕。森林似乎屏住了呼吸。「瑪莉娜，」吸血鬼說道——是敦婭的聲音。

空地傳來憤怒的嘶吼。

吸血鬼眼裡的地獄火光消逝了，臉頰上的血漬龜裂飄散。「終於見到妳了，我的瑪莉娜，實在太久了。」

「敦婭，」瓦西婭說：「真高興見到妳。」

「瑪莉娜，瑪莉席卡，這是哪裡？我好冷。我一直好害怕。」

「沒事了，」瓦西婭強忍淚水道：「不會有事的。」她雙手摟著那個死味瀰漫的東西。「妳現在不用怕了。」兩人身後再次傳來怒吼。敦婭在瓦西婭懷裡打了個哆嗦。「噓，」瓦西婭像是安撫孩子似的說：「別看。」她感覺嘴唇鹹鹹的。

莫羅茲科突然出現在她身旁，呼吸急促，神情和索拉維一樣狂亂。「妳這個傻子真是瘋了，瓦西莉莎．彼得洛夫納。」霜魔說著伸手抓了一把雪，摁在她淌血的手臂上。雪瞬間結凍將血凝住，瓦西婭撥掉多餘的雪，發現傷口被一層薄薄的雪像是護套蓋了起來。

「出了什麼事？」瓦西婭說。

「妖怪撐住了，」莫羅茲科嚴肅說道：「但無法一直拖下去。妳繼母死了，所以熊自由了，他很快就會掙脫——非常快。」

打鬥再次回到空地，樹妖們站在巨熊身邊就跟小孩一樣。他又變大了，肩膀似乎頂破了天空。他倏地一口咬住波列維克，將它甩了出去。露莎卡站在熊的身旁，發出不成話語的尖叫。熊仰起毛髮蓬亂的頭顱，「自由！」他齜牙咧嘴大喊道，隨即哈哈大笑。他抓住列許，瓦西婭聽見樹木折斷的聲音。

「那你應該去幫他們，」瓦西婭怒氣沖沖道：「為什麼跑來這裡？」

莫羅茲科瞇起眼睛沒有說話，瓦西婭忽然有個瘋狂的念頭，他是不是過來防止她害死自己？白馬用鼻子蹭了蹭敦婭乾枯的臉頰。「我認得你，」老婦人低聲對馬說道：「你真美。」接著她看到莫羅茲科，眼裡再次浮現一絲恐懼。「我也認得你。」她說

「妳不會再見到我了，艾芙敦娣婭．米凱洛夫納，我衷心如此希望。」莫羅茲科說道，語氣很溫柔。

「帶她走，」瓦西婭匆匆說道：「讓她死在真理之中，才不會害怕。看，她已經開始淡忘了。」的確，敦婭臉上的清明正逐漸消退。「妳呢，瓦西婭？」莫羅茲科說：「我要是帶她走，就必須離開這裡。」

瓦西婭想到獨自面對熊，不禁動搖了。「你會離開多久？」

「也許一小時，也許一瞬間，沒有人知道。」

熊在他們身後大聲召喚，敦婭聽了身體發抖。「我必須到他那裡，」她低聲道：「非去不可——瑪莉席卡，拜託。」

瓦西婭決定了。「我有一個主意。」她說。

「我最好——」

「不行，」瓦西婭厲聲道：「快帶她走，拜託！她是我母親，」她雙手攫住霜魔的胳膊。「白馬說你是送禮物的人。現在我請你幫我做這件事，莫羅茲科，拜託你了。」

莫羅茲科沉吟良久。他看了看兩人身後的戰局，又看了看她。忽然間，他的目光飄向樹林。瓦西婭順著望過去，什麼都沒看見。不過，霜魔突然笑了。

「很好，」他說，說完便出乎意料地伸手將她摟到懷裡吻了她。瓦西婭瞪大眼睛望著莫羅茲科。「那妳得撐住，」他說：「盡可能堅持下去，要勇敢。」

他退後一步。「走吧，艾芙敦娣婭．米凱洛夫納，跟我一起上路吧。」

下一秒，他和敦婭已經坐在白馬上，只剩一具血淋淋、皺巴巴的軀殼躺在瓦西婭腳邊的雪地上。

「再見了。」瓦西婭低聲道，努力克制留下他的衝動。霜魔和敦婭騎著白馬揚長而去。

瓦西婭深吸一口氣。熊剛甩脫最後一群攻擊者，這會兒有著男人的刀疤臉，只是身材變得高大強壯，雙手冷酷血腥。他哈哈大笑。「幹得好，」他說：「我一直想親自攆走他。那人又冰又冷，德芙席卡，而我是火，我會溫暖妳。過來，小維德瑪，過來就能長生不老。」

他殷殷召喚，眼神似乎在誘引她。他的力量瀰漫空地，受傷的妖怪紛紛瑟縮在他跟前。

瓦西婭怕得倒抽一口氣，但索拉維在她身旁。她摸著他脖子，掌心感覺到他強健的肌肉，想也不想便上了馬。「寧可死上千次。」她對熊說。

梅德韋得咧開帶疤的上唇，瓦西婭看見他獠牙青光一閃。「那就來啊，」他冷冷說道：「要當奴隸或忠僕，妳自己選，但不論如何，妳都是我的。」他一邊說話一邊變大，突然又從人變成熊，上下頷大得能吞下全世界。他朝她獰笑。「喔，妳在害怕。他們最後都會害怕，但勇者的恐懼——那是最棒的。」

瓦西婭覺得心臟就快迸出胸口，但還是用哽著的聲音低低清楚說道：「我看到森林裡的妖怪，但多莫佛伊、班尼克和瓦奇拉呢？到我這裡來吧，村民壁爐裡的孩子們，因為我此刻的需求格外巨大。」她扒掉蓋住手臂上傷口的那層冰，好讓鮮血流淌。藍寶石在她衣服底下閃閃發亮。

空地上靜默片刻，隨即被艾洛許的揮劍聲和打鬥中的妖怪的吆喝聲打斷。她哥哥被三個熊的手下包圍著，瓦西婭見他神情專注，手臂和臉頰上閃著血光。

「到我這裡來，」瓦西婭急切說道：「因為我愛你們，你們也愛我。記得我分享的血，和我給的麵包。」

四周仍然一片死寂。熊用巨掌撥弄泥巴，「這下妳要絕望了，」他說：「絕望比恐懼更棒！」他像蛇一般吐出舌頭，彷彿要嚐空氣的味道。

蠢姑娘，瓦西婭心想，**家屋妖精怎麼會來？他們必須待在壁爐裡**。她嚐到血味，在嘴裡又苦又鹹。

「我們至少能救我哥哥。」她對索拉維說，公馬憤怒嘶鳴，這時熊忽然一隻巨掌揮來，殺得他們措手不及，公馬差點沒能閃過。他退後一步，耳貼腦後，熊揚起巨掌準備再次攻擊。

突然間，雷斯納亞辛里亞所有房舍裡的多莫佛伊、浴室妖怪和庭院精靈統統湧到他們腳邊，害公馬必須小心蹄下，免得踩到他們。瓦奇拉跑到索拉維的鬐甲上，瓦西婭家的多莫佛伊兩手沾滿煤渣，一手抓著火紅的煤炭上下揮舞。

從剛才到現在，熊頭一回面露遲疑。「不可能，」他喃喃低語：「不可能，他們從來不會離開屋子。」

家屋妖精大吼大叫，咆哮著聽不懂的挑釁，索拉維用力踩踏泥濘的地面。

然而，瓦西婭的心臟卻像跳到喉嚨卡在那兒似的劇烈跳動，因為露莎卡將艾洛許摺倒在地。她看見哥哥的劍飛了出去，看見他一動不動，心蕩神馳抬頭望著那個裸裎的女人。她看見她手指摸上他的喉嚨。

熊哈哈大笑。「別動，所有人停下來，否則這傢伙就死定了。」

「記得嗎，」瓦西婭隔著空地朝露莎卡急急喊道：「我曾經給妳花，現在更獻上我的血，別忘了！」

露莎卡僵住不動，只有頭髮還在滴水，抓著艾洛許喉嚨的雙手鬆開了。

艾洛許揮拳出擊，重新開始抵抗，但熊太近了。

「快啊！」瓦西婭朝索拉維，朝她的雜牌軍隊喊道：「上吧，他是我哥哥！」

就在這時，空地另一頭傳來一聲怒吼。

瓦西婭轉頭一看，發現父親手握長矛站在那裡。

❄

那熊是一般熊的兩到三倍大，只有一隻眼睛，半張臉滿是雜亂的傷疤。看得見的那隻眼睛炯炯有神，顏色有如雪地上的淺影，不像一般的熊充滿睡意，而是閃著飢餓與輕佻的惡意。

站在熊面前的是瓦西婭，不會錯的，和巨獸相比小得可憐，騎在一匹毛髮深暗的馬背上。但他兒子艾洛許卻倒在巨獸腳旁，而那張血盆大口正要往下……

彼得激動咆哮，聲音既關愛又憤怒。巨獸聽了猛一轉頭。「觀眾還真多，」他說：「耳根清靜了一千個世代，這會兒全世界的人都來了。好吧，我不反對，但一個一個來，首先是這個男孩。」

但這時一名綠色皮膚、長髮滴水的裸體女子忽然尖叫著撲到熊的背上，手和牙齒死咬著巨獸不放。緊接著彼得的女兒大吼一聲，公馬往前猛衝，抬起前蹄朝巨獸重重一踢。他們後面跟著一大群稀奇古怪的生物，高矮胖瘦，男女都有。所有人撲到熊的身上，發出高亢詭異的尖叫，巨獸剎時被他們撲倒在地。

瓦西婭歪歪斜斜滑下馬背，抓住艾洛許將他拖走。彼得聽見她語帶哽咽。「艾洛席卡，」她哭喊：「艾洛席卡。」

索拉維再次舉蹄猛踢，隨即退後保護地上那對兄妹。艾洛許眨著迷茫的眼睛望著他們。「起來，艾洛席卡，」瓦西婭哀求道：「求求你起來，拜託。」

熊猛甩身體，身上的奇人怪物幾乎全被他甩開了。他揮掌攻擊，公馬差點沒被他掃中。裸體女子摔到雪裡，頭髮上的水珠四濺。瓦西婭趴在半昏迷的哥哥身上，熊張著獠牙朝她沒有保護的背上咬去。

彼得不記得自己有跑，但當他突然意會過來，已經氣喘吁吁站在兩個孩子和巨獸之間。除了心跳如雷，彼得異常鎮定，兩手握著長劍。瓦西婭像是見到幻影似的望著他，他看見她嘴唇蠕動。**爸爸。**

熊停下動作，「快滾開！」他嘶吼道，伸出帶爪巨掌朝他揮來。彼得用劍擋開，不為所動。

「我的性命不值一錢，」他說：「我不害怕。」

熊張口咆哮，瓦西婭身體一顫，但彼得依然不動如山。「退開，」熊說：「我要殺了海王的小孩。」

彼得故意上前一步。「我不認識海王，這兩個是我的小孩。」

熊齜牙咧嘴湊到彼得面前，離他的臉只有一吋，彼得還是動也不動。

「走開，」彼得說：「你什麼都不是，只是傳說，乖乖滾出我的領地。」

熊嗤之以鼻。「這片森林現在是我的了。」他說，但剩下的那隻眼卻提防地四處張望。

「你要拿什麼來換？」彼得說：「我也聽過老故事，想要什麼都要用換的。」

「隨便，把你女兒給我，你就能平安無事。」

彼得看了瓦西婭一眼，父女倆目光相會，他看見女兒吃力地嚥了嚥喉嚨。「她是我的瑪莉娜生的最後一個孩子，」他說：「也是我的孩子。人不會拿另一個人去交換，更別說自己的孩子了。」

當下一陣死寂。

「我拿我的命來換。」他說，說完將劍一扔。

「不要！」瓦西婭尖叫：「爸爸，不要！不可以！」

熊眨了眨獨眼，不知所措。

彼得突然兩手空空朝那苔蘚色的胸膛撲去，熊本能地一掌將他揮開，只聽見恐怖的「喀啦」一聲，彼得有如稻草人飛出去，趴倒在雪裡。

❄

熊大聲嘶吼，朝彼得撲過去，但瓦西婭已經站起來，完全忘了恐懼，咆哮宣洩無言的憤怒，於是熊又轉頭過來。

瓦西婭翻身上馬，和索拉維一起朝熊衝去。她哭泣著，忘了自己手無寸鐵，胸前寶石冷得發燙，有如另一顆心臟猛烈跳動。

熊咧嘴大笑，舌頭像狗一樣耷拉在獠牙之間。

「欸，這就對了，」他說：「過來吧，小維德瑪，快過來，小巫婆。妳還沒本事對付我，永遠沒辦法。快過來，和妳父親重逢吧。」

他話還沒說完，身體已經開始縮小，從熊變成人，變成瑟縮的小個子，睜著水汪汪的灰色獨眼望著他們。

這時一道白色人影出現在索拉維身旁，伸手撫摸公馬緊繃的脖子。公馬仰頭放慢腳步。「不行！」瓦西婭大喊：「不行，索拉維，別慢下來。」

獨眼男蜷縮在雪地上，她感覺莫羅茲科摁著她的手。「夠了，瓦西婭，」他說：「看到沒有，他被關住了，結束了。」

她眨眨眼睛，茫然望著地上的小個子說：「怎麼會？」

「這就是人的力量，」莫羅茲科說，不知怎的似乎很滿意。「永生者不知勇敢為何物，也不可能為愛犧牲自己的性命，但妳父親做到了。他的犧牲關住了熊。彼得．弗拉迪米洛維奇會如願死去，一切都結束了。」

「不要，」瓦西婭將手抽開。「不要……」

她縱身下馬，梅德韋得嘴裡唸唸有詞，瑟縮著想要爬開，但她早就忘了他，逕直跑到父親身旁。但艾洛許先她一步，扯開父親被撕爛的斗篷。剛才那一擊打碎了彼得的半邊肋骨，鮮血從他唇邊汨汨而出。瓦西婭雙手按住他的傷口，感覺溫熱的血不停從她指間滲出。她的淚水落在父親眼上，彼得死灰的臉稍稍恢復血色。他睜開眼睛，目光移到瓦西婭身上，頓時眼神一亮。

「瑪莉娜，」他沙啞說道：「瑪莉娜。」

他輕吁一口氣，就不再呼吸了。

「不要，」瓦西婭喃喃道：「**不要！**」她手指抓進父親鬆垮的皮膚，彼得的胸膛忽然有如風箱起伏，但睜大的眼睛沒有轉動。瓦西婭咬著嘴唇，嚐到血的味道。她奮力抵擋死亡，彷彿死的是她，彷彿……

一隻手指修長冰冷的手摁住她的雙手，奪去了她的體溫。瓦西婭試著掙脫，卻沒有辦法。莫羅茲科的聲音帶著一道寒風拂過她的臉頰。「放手吧，瓦西婭，這是他的選擇，妳挽回不了。」

「我可以，」她厲聲反駁，一口氣哽在喉間。「該死的是我，放開我！」但那手不在了，瓦西婭猛地轉頭，只見莫羅茲科已然遠去。她抬頭望著霜魔的臉，見到那蒼白的臉上神情漠然、冷酷，只有一絲和善。

「太遲了。」他說，四周的風同聲應和，**太遲了**，**太遲了**。

下一秒鐘，霜魔已經坐在白馬背上，前面坐著另一個人，瓦西婭只能用眼角餘光隱約瞥見。

「不要，」她跑向他們。「等一下——**爸爸！**」白馬已經慢步奔向樹林，消失在黑暗之中。

空地突然徹底靜寂，獨眼男偷偷摸摸鑽進樹叢，妖怪們也消失在冬日的森林裡。露莎卡走過瓦西婭面前，用滴著水的手拍拍她的肩膀說：「謝謝妳，瓦西莉莎．彼得洛夫納。」

瓦西婭沒有回答。

索拉維用鼻子輕輕碰了她。

瓦西婭置若罔聞，握著父親逐漸冰冷的手，茫然望著虛空。

「看，」艾洛許眼眶溼潤，啞著嗓子低聲說道：「雪花蓮凋謝了。」

的確，飄著作嘔的死亡氣息的暖風變冷、變強了，雪花蓮凋萎在硬土之上。仲冬尚未到來，花的季節還有幾個月。空地消失了，灰濛的天空下不再有泥濘，只有一棵巨大的老橡樹，枝葉紛亂糾纏。村子就在橡樹後方，不到一石之遠，這會兒清楚可見。天亮了，寒風料峭。

「關住了，」瓦西婭說：「怪物關住了，是爸爸的功勞。」她伸出凍僵的手摘了一朵凋萎的雪花蓮。

「爸爸怎麼會出現？」艾洛許略感不解地說：「他臉──臉上那神情，彷彿知道自己該做什麼，該怎麼做，還有為什麼要這樣做。憑著神的恩典，他終於跟媽媽重逢了。」艾洛許對著父親劃了十字，起身走到安娜身旁，同樣劃了十字。

但瓦西婭沒有動作，也沒有回答。

她將花放在父親手中，接著將頭靠在他的胸口，開始輕聲哭泣。

28 結束與開始

那一晚，他們為彼得・弗拉迪米洛維奇和他妻子守靈。兩人合葬在一起，彼得的前後任妻子在他兩旁。村民們雖然哀傷，卻不絕望，因為死亡與失敗的惡臭已經從他們的田地和房子消失了，就連半被焚毀的村子發出的污濁空氣被疲憊的柯堯帶出柵欄時，他們也不害怕。空氣溫煦，陽光普照，讓白雪閃著點點光芒，有如灑滿鑽石一樣。

瓦西婭穿著兜帽與斗篷抵禦風寒，佇立在家人身旁，忍受著村民交頭接耳。**瓦西莉莎・彼得洛夫納先前不見蹤影，結果騎著有翅膀的馬回來。她應該死了才對。巫婆。**瓦西婭想起手腕被繩子捆住的感覺，想起她從小就認識的歐雷格那冷酷的目光，心中做了決定。

傍晚所有人離開之後，瓦西婭獨自站在父親墓前，感覺蒼老淒涼又疲憊。

「莫羅茲科，聽得見我嗎？」她說。

「聽得見。」莫羅茲科說道，隨即出現在她身邊。

她見他臉上閃過一絲提防，不禁笑了出來，笑中帶著哽咽。「怕我叫你讓我父親回來？」

「每次我漫步在人群之間，活人就會朝我尖叫。」莫羅茲科淡然說道：「他們會抓著我的手，攫住我坐騎的鬃毛。每當我帶走孩子，母親就會叫我用她們的性命交換。」

「哎，我已經受夠死人復活了。」瓦西婭努力掩飾話語間的無動於衷，但聲音卻帶著顫抖。

「我想也是，」莫羅茲科答道，但他臉上的提防消失了。「我會記得他的勇氣，瓦西婭，」他說：「還有妳的勇敢。」

瓦西婭嘴角抽搐。「永遠嗎？就算我和父親一樣長眠冰冷的地下也是？嘖，記得這種事還真了不得。」

莫羅茲科沒有回答，兩人四目相對。

「你叫我來做什麼，瓦西莉莎．彼得洛夫納？」

「我父親為什麼死？」她脫口而出。「我們需要他。如果有人必須死，那也是我才對。」

「那是他的選擇，瓦西婭，」霜魔答道：「也是他的特權。他不會改變選擇的，他是為妳而死。」

瓦西婭使勁搖頭，不停在墓周圍兜圈子。「我父親怎麼會知道？他跑到空地來，他**知道**，他怎麼會找得到我們？」

莫羅茲科踟躕不答，接著緩緩說道：「他比手下先回家，發現妳和妳哥哥不在，便到森林裡找人。空地被施了魔法，除非那棵樹死了，否則它會全力把熊關住。它知道需要什麼，甚至比我還清楚。妳父親一進森林，它就將他引到妳身邊。」

瓦西婭沉默良久。她瞇眼看他，霜魔沒有閃躲。最後她點了點頭。

「我還有一件事得做，」她突然說：「而且需要你的協助。」

❄

一切都錯了，坎斯坦丁心想。彼得．弗拉迪米洛維奇死了，在自己村子邊被一頭野獸殺了。至於安娜．伊凡諾夫納，他們說她發瘋了奔進森林裡。**唔**，**那當然**，坎斯坦丁喃喃自語，**她是瘋子**，

又是傻子，所有人都知道。但他仍然不斷看見她驚惶慘白的面孔，只要他醒來睜開眼就會看見。

他為彼得・弗拉迪米洛維奇做追思禮拜時，幾乎不曉得自己說了什麼，葬禮後的筵席也食不知味。

傍晚時分，有人來敲他的房門。

門一開，他低吁一聲，驚惶得踉蹌倒退，只見瓦西婭站在門口，燭光熊熊照在她臉上。她已經變得如此美貌，神情蒼白而遙遠，優雅而困惑。**我的，她是我的，神讓她回到我身邊了，這是他的赦免**。

「瓦西婭。」他說著朝她走去。

瓦西婭不是獨自一人。當她閃入門內，一個身穿黑斗篷的人影從她肩後暗影裡浮現，隨她進了房間。坎斯坦丁見不到那人的臉，只看到一團白，還有細而修長的手指。

「那是誰，瓦西婭？」他說。

「我回來了，」瓦西婭說：「但你也看到了，我不是獨自一人。」

坎斯坦丁見不到那人的眼。對方眼窩深不見底，手指骨瘦如柴。坎斯坦丁舔了舔嘴唇。「那是誰，小姑娘？」

瓦西婭笑了。「死神，」她說：「他在森林裡救了我，也可能沒有，我其實已經成了鬼魂。今晚我感覺自己是孤魂野鬼。」

「妳瘋了，」坎斯坦丁說：「陌生人，你是誰？」

那人沒有說話。

「我要你離開這裡，死活不管，」瓦西婭說：「回莫斯科，去弗拉基米爾、沙皇格勒或地獄都行，就是得在雪花蓮開花前離開。」

「神要我——」

「神的事結束了，」瓦西婭說著朝他走近，她身後的黑衣男子似乎變大了，腦袋是骷髏頭，深陷眼窩的兩眼閃著藍火。「你要嘛離開，坎斯坦丁．尼可諾維奇，要嘛喪命，而且不會死得太安穩。」

「我不走。」但他已經背靠著牆，牙齒打顫。

「你非走不可，」瓦西婭說。她繼續往前，直到伸手就能碰得到他。他可以看見她臉頰的曲線與眼裡的堅決。「否則我們一定會先讓你和我繼母一樣精神錯亂，才讓你告別生命。」

「魔鬼。」坎斯坦丁喘著氣說，眉尖冒出一顆冷汗。

「沒錯。」瓦西婭說完露出微笑，這魔鬼之女。她身旁的黑影也笑了，骷髏頭般緩緩的笑。

說完他們就消失了，和他們來時一樣悄然無聲。

坎斯坦丁跪在地上，對著牆上影子伸出懇求的雙手。「回來，」他哀求道，隨即豎耳傾聽。他雙手顫抖。「回來，你高舉我，卻被她侮蔑，回來！」

他感覺影子似乎微微動了，但他耳中聽到的只有沉默。

❄

「他會離開的，我想。」瓦西婭說。

「很有可能，」莫羅茲科說。他在笑。「我從來沒有聽命於人過。」

「所以你向來是為了自己而讓人害怕囉。」瓦西婭說。

「我？」莫羅茲科說：「我只是傳說，瓦西婭。」

這下換瓦西婭笑了，但笑聲很快便哽在喉嚨。「謝謝你。」她說。

莫羅茲科微微側頭，接著夜色似乎伸出手來將他一把抓住吸了進去，原本他在的地方只剩一片漆黑。

❄

家人都睡了，只有伊莉娜和艾洛許還待在廚房。瓦西婭影子般溜進房裡。伊莉娜剛才在哭，艾洛許抱著她。瓦西婭默默走到爐灶椅前，坐到兩人身旁，張開雙臂抱住他們倆。

三人沉默了一會兒。

「我不能待在這裡。」瓦西婭說，聲音輕得不能再輕。

艾洛許望著妹妹，無神的眼裡帶著悲傷與打鬥後的疲憊。「妳還在擔心會被送進修道院嗎？」他說：「哎，這件事不用再擔心了。安娜．伊凡諾夫納死了，父親也離開了我們。我會分到領地，指定由我繼承的土地。我會照顧妳。」

「你得成為百姓的領主，」瓦西婭說：「百姓如果知道你有一個瘋妹妹，對你的觀感會變差。你知道很多人會把這次的事怪在我身上。我是巫婆。神父不是這麼說嗎？」

「別理他們，」艾洛許說：「妳沒有地方可去。」

「是嗎？」瓦西婭說道。火光緩緩照亮她的臉龐，拂去她臉上的傷悲。「只要我開口，索拉維會帶我到天涯海角。我想投向這世界，艾洛許。我不會成為新娘，不論對象是男人或神。我想去基輔、薩萊和沙皇格勒，我想去看海上的太陽。」

艾洛許望著妹妹。「妳真的瘋了，瓦西婭。」

瓦西婭笑了，但淚水模糊了她的視線。「一點也沒錯，」她答道：「但我會擁有自由，艾洛許。你懷疑我的能力嗎？我應該死在森林裡的，卻帶了雪花蓮回來給繼母。你老實說，這裡對我不是高牆和牢籠是什麼？我會得到自由，我不計代價也要擁有它。」

伊莉娜抓著姊姊。「別走，瓦西婭，別走。我會乖乖的，我保證。」

「看著我，伊莉席卡，」瓦西婭說：「妳很乖，妳是我認識最棒的小女孩，比我棒得多。但妹妹，雖然妳不覺得我是女巫，其他人卻這麼認為。」

「的確。」艾洛許說。他見過村民恚怒的目光，聽過他們在葬禮上竊竊私語。

瓦西婭沒有說話。

「妳這樣不自然，」她哥哥說道，但語氣悲傷多於憤怒。「妳難道不能知足嗎？人們遲早會忘記這件事，而妳所謂的牢籠，不過是女人的命運。」

「但不是我的命運，」瓦西婭說道：「我愛你，艾洛席卡，我愛你們兩個，但我做不到。」

伊莉娜開始哭泣，兩手抓得更緊了。

「別哭，伊莉席卡，」艾洛許說。他求證似的望著妹妹。「她會回來的，對吧，瓦西婭？」

瓦西婭微微點頭。「我有一天會回來的，我保證。」

「妳在路上不會挨餓受凍吧，瓦西婭？」

瓦西婭想起林中的小屋，想起擺在那裡等她的財富。那些東西不再是嫁妝，而是可以拿來交易的珠寶、抵擋寒冷的斗篷，還有靴子……全是旅途用得到的東西。「不會，」她說：「我想不會。」

艾洛許勉為其難點了點頭。他看見妹妹眼裡閃著堅定的意志，有如野火照亮她的臉龐。

「別忘了我們，瓦西婭。」他伸手從脖子的皮繩上取下一個木製品遞給她。一隻張開雙翼的木雕小鳥，翅膀已經磨鈍了。

「這是父親做給母親的，」艾洛許，「戴著它，小姊妹，記得我們。」

瓦西婭吻了他們倆，手裡緊緊握著木頭小鳥。「我保證會。」她又說一次。

「去吧，」艾洛許說：「免得我把妳跟爐灶綁在一起，不讓妳走。」但他也溼了眼眶。

瓦西婭走出廚房，才跨過門檻就又聽見哥哥說：「願神與妳同在，小姊妹。」

廚房的門關上了，卻仍蓋不住伊莉娜的哭聲。

❄

索拉維在柵欄外等她。「走吧，」瓦西婭說道：「只要有路，你願意載我到天涯海角嗎？」她邊說邊哭，但馬用鼻子替她揩去了眼淚。

他張大鼻翼呼吸傍晚的冷風。**哪裡都行，瓦西婭。天地如此遼闊，路會帶領我們到世上任何地方。**

瓦西婭翻身上馬，索拉維立刻衝刺而出，和夜裡的飛鳥一樣迅捷寂靜。

不久，瓦西婭便見到冷杉林和樹木間一道火光，有如雪地上的一抹金黃。

門開了，「請進，瓦西婭，」莫羅茲科說：「外面很冷。」

作者後記

學過俄文或會說俄語的人肯定會發現，我的俄文音譯毫無章法可言。有些人或許對此深惡痛絕。

我甚至可以想像讀者一臉苦惱，問我到底根據什麼方法，才能將俄文的 водянóй 譯成 vodianoy（伏賈諾伊），卻又將字尾相同的 Домовóй 譯成 domovoi（多莫佛伊）？

回答是，我希望音譯能做到兩件事。

首先，我希望俄文音譯之後能保留一定的異國風味，因此才將 Константин 譯成坎斯坦丁，而非慣譯的康斯坦丁，將 Дими́трий 譯成狄米崔，而非狄米屈。

其次，而且是更重要的一點，我希望音譯之後英文讀者會覺得好發音，而且聽來悅耳。因此，雖然 метель 譯成 Myetyel（梅特以爾）比譯成 Metel（梅特）正確，但前者在英文拼寫困難，而且容易讀錯，所以我決定採取後者。

我喜歡 vodianoy 印成白紙黑字的感覺，Aleksei（Алексéй，艾雷克塞）也一樣，但 Соловей 寫成 Solovey（索拉維）我比較喜歡。

我決定不在英譯名加上硬音和軟音標記，也不加撇號，因為這些對一般英文讀者毫無意義，唯一例外是 Rus'（羅斯），因為史料裡大量出現這個拼法，因此英文讀者非常熟悉。

至於研究俄國史的人可能的批評，我只能說這個時期史料不全，我已經盡量忠於歷史事實。所有更動處，例如讓弗拉狄米爾・安德烈維奇親王比狄米崔・伊凡諾維奇年長（其實他年輕幾歲）並讓他娶歐爾嘉・彼得洛夫納為妻，都是為了小說效果，還望讀者海涵。

致謝

寫第一本小說就像對抗風車，心底暗自期望那是巨人。對樂於在這場漫長古怪的戰役中扮演桑科潘薩的朋友們，我無法道盡內心的感激。

換句話說，感謝所有願意相信的人，這真是趟瘋狂的旅程。

感謝爸爸和貝絲閱讀我的初稿，賜給我美味晚餐，並樂於接納我這個瘋女兒窩在你們的閣樓裡。感謝媽媽替我留意那把虛構的鏟子，除了她，沒有人（包括我）會注意到。感謝卡羅．道森讀我的文字、喜歡我、幫助我，除了我的雙親，她是第一個這麼做的人。感謝阿布黑．莫利塞不顧我說要待在筆電前直到生根，硬是拖我去曬太陽。感謝克里斯．強森的電影和阿傑．艾德勒的歌，還有你們倆講的爛素食者笑話。感謝菲爾．凱斯特的生質巧克力和幕後出版情報。感謝凱特琳．麥斯斐德在我的紙堆裡東翻西找，直到發現類似初稿的東西。感謝艾林．黑伍德那麼會編故事，陪我度過了許多精彩時光：我只要思緒打結，絕對打電話給你。感謝羅賓．萊斯讀到他覺得精彩處總會大聲喝采，鼓舞我搖搖欲墜的信心。感謝塔提安娜．斯莫洛定斯卡亞、塞爾蓋．達維多夫和明德學院俄文系所有人給我的出色，希望我沒有辱沒了各位。感謝卡爾．席柏、康斯坦丁、安東和碳十二創意公司的所有人，為我打造了一個女孩所能擁有的最美的網站。感謝德佛瑞．費南德茲願意在雨中拍照，也感謝克里斯．艾契在豔陽下拍照，並花了好幾小時發揮修圖神技。感謝寶拉．哈特曼在我寫作初期的鼓勵，讓我度過了幾道難關。感謝安恩・杜比涅特提供美味晚餐和深夜建言。感謝蘭登書屋所有人，包括天才編輯珍妮佛・赫許，總是簡單一個想法就能讓稿子好上幾百倍，還有安恩・史培爾、文森・拉史卡拉和艾蜜莉・德哈夫。感謝我出色的經紀人保羅・路卡斯在我行將放棄之際把我拖回寫作桌前，並證明了他沒有看走眼。我真是太感謝你了。同樣感謝陶勒西・文森、布雷納・英格利許羅伯、麥可・史特格和詹克洛與內史彼特作者經紀公司的所有人。

對你們所有人，我無法道盡內心的感謝。

推薦文

冬夜幻想之旅

鄭宇庭（臺東大學兒文所碩士／新手書店創辦人）

閱讀凱薩琳．艾登的《熊與夜鶯》過程，我喊了兩次好看，真真實實的大喊。

我知道推薦文不應該把故事精彩處說出來，僅提供兩個關鍵與一個期待開啟這場美妙的閱讀體驗。

關鍵之一，早年流行的民間故事多是口傳文學，之後以第一手紀錄的身分進入書面文學，是為今日讀者熟知的格林童話之起源，但後世讀者之所以更喜歡安徒生（或王爾德）童話的原因，在於它們透過作家獨特手筆，重新創造出新的幻想，故事中有浪漫的角色與平常生活中的事物，也不乏復仇等成人感受。作者凱薩琳．艾登寫主角群的故事，以及他們與外在世界的連結，可以說將民間故事與幻想故事的素材雜揉在女主角的現代成長故事裡，解放傳統童話與幻想故事的局限，與讀者直接對話，是一個美妙的邀請。

關鍵之二，這個故事的敘述出差錯了，以死亡作為故事的開始，無處不在的精靈們讓故事的發展顯得游移而不真實。我們都能夠理解閱讀童話或奇幻故事無非想求得安穩與一場好夢，就算過程再坎坷，我們都能預期故事會有完整的開場與一個美好的結束。但作者讓危機從故事開始便無處不在，當童話故事的讀者成長到一個年紀後，就不再花時間玩小紅帽的故事，這是個屬於女孩／女人的故事，她有勇氣面對自由，不再恐懼，願意冒險，預備好接受生命裡的大量不可知事物，一如那些隨處可見的精靈，還有人生裡一定要面對的死亡陰影，真實襲來。

前面讀來繞口，但我們都不否認攤開小說就是期待閱讀有樂趣，如果作品裡有讀者可以自行填補的空隙來認識世界，就更棒了。《熊與夜鶯》是一個有第二世界的奇幻小說，讀者在幻想故事真實感與童話故事似曾相識的熟悉感之間，在冰天雪地的故事設定裡，經歷這個世界與另一個世界，甚至是另一個文化世界的冒險，鮮明生動且具說服力的意象設定，讀者和作者／說書人分享了這個世界裡我們不熟悉的歷史文化與自然景觀、居民動物與其他生物，以及他們的特殊行為、外貌語言、價值觀和喜好。

我們都在遊戲與真實裡尋求自己的身分認同；優秀的幻想故事，是具備歷史滋養的成長故事，《熊與夜鶯》就是這樣一部出色的傑作！

藍小說 283

熊與夜鶯

作　者—凱薩琳・艾登
譯　者—穆卓芸
主　編—嘉世強
編　輯—張瑋庭
企劃經理—何靜婷
封面插畫—Aitch
美術設計—蕭旭芳
內頁排版—極翔企業有限公司

董事長—趙政岷
出版者—時報文化出版企業股份有限公司
108019台北市和平西路三段二四〇號三樓
發行專線—（〇二）二三〇六—六八四二
讀者服務專線—〇八〇〇—二三一—七〇五
（〇二）二三〇四—七一〇三
讀者服務傳真—（〇二）二三〇四—六八五八
郵撥—一九三四四七二四時報文化出版公司
信箱—一〇八九九臺北華江橋郵局第九九信箱

時報悅讀網—http://www.readingtimes.com.tw
電子郵件信箱—liter@readingtimes.com.tw
法律顧問—理律法律事務所　陳長文律師、李念祖律師
印　刷—勁達印刷有限公司
初版一刷—二〇一八年十一月二十三日
初版九刷—二〇二二年三月十四日
定　價—新臺幣三六〇元
（缺頁或破損的書，請寄回更換）

時報文化出版公司成立於一九七五年，
並於一九九九年股票上櫃公開發行，於二〇〇八年脫離中時集團非屬旺中，
以「尊重智慧與創意的文化事業」為信念。

熊與夜鶯 / 凱薩琳・艾登（Katherine Arden）著；穆卓芸譯. – 初版.
– 臺北市：時報文化, 2018.11
面；　公分. –（藍小說；283）
譯自：The Bear and the Nightingale
ISBN 978-957-13-7550-2

874.57　　　　　　　107015610

ISBN 978-957-13-7550-2
Printed in Taiwan